20世纪初中国小说中的西方形象

Images of the West in the Chinese Fiction of the Early 20th Century

邹小娟 著

中国社会科学出版社

图书在版编目（CIP）数据

20世纪初中国小说中的西方形象/邹小娟著．—北京：中国社会科学出版社，2019.8

ISBN 978-7-5203-5073-0

Ⅰ.①2… Ⅱ.①邹… Ⅲ.①小说研究－中国－近现代 Ⅳ.①I207.42

中国版本图书馆CIP数据核字（2019）第204015号

出 版 人	赵剑英
责任编辑	陈肖静
责任校对	刘　娟
责任印制	戴　宽

出　　版	中国社会科学出版社
社　　址	北京鼓楼西大街甲158号
邮　　编	100720
网　　址	http://www.csspw.cn
发 行 部	010-84083685
门 市 部	010-84029450
经　　销	新华书店及其他书店
印　　刷	北京明恒达印务有限公司
装　　订	廊坊市广阳区广增装订厂
版　　次	2019年8月第1版
印　　次	2019年8月第1次印刷
开　　本	710×1000　1/16
印　　张	17
插　　页	2
字　　数	244千字
定　　价	88.00元

凡购买中国社会科学出版社图书，如有质量问题请与本社营销中心联系调换
电话：010-84083683
版权所有　侵权必究

目　录

序　一 ··· 1
序　二 ··· 3

绪　论 ··· 1

第一章　中西博弈：19 世纪中期至 20 世纪初的西方与中国 ········· 7
第一节　中西互动 ··· 9
第二节　中国知识分子士阶层与西方 ···························· 16
第三节　作家视野中的西方形象 ··································· 26

第二章　政治小说中的西方形象
——以梁启超《新中国未来记》为例 ···················· 33
第一节　瑰丽"盛会" ·· 37
第二节　西方英雄豪杰 ··· 51

第三章　社会小说中的西方形象（一）
——以吴趼人小说为例 ······································· 60
第一节　"洋玩意儿" ·· 61
第二节　万国博览会 ··· 86
第三节　市井百态话"洋人" ······································ 90

第四章　社会小说中的西方形象（二）
——以李伯元小说为例 ······································ 101
第一节　居庙堂之高的"洋大人" ······························· 105

第二节　天堂与地狱 ··· 125

第五章　社会小说中的西方形象（三）
　　——以曾朴小说为例 ································ 136
　　第一节　不同的西方女性形象 ··························· 138
　　第二节　不同的西方男性形象 ··························· 151
　　第三节　迷醉温柔乡 ··································· 161

第六章　女性解放小说中的西方形象
　　——以颐琐小说《黄绣球》为例 ························ 168
　　第一节　妇女解放启蒙者：罗兰夫人 ····················· 173
　　第二节　女教育家莱恩 ································· 181

第七章　"华工禁约"小说中的西方形象
　　——以佚名《苦社会》为例 ···························· 188
　　第一节　出洋船上的施暴者 ····························· 191
　　第二节　在美国本土的虐待者 ··························· 197

第八章　科幻小说中的西方形象
　　——以荒江钓叟《月球殖民地》为例 ··················· 200
　　第一节　"救助"之神 ·································· 206
　　第二节　奇妙之术 ····································· 212

第九章　西方形象综论 ·· 226
　　第一节　"西方"的流变 ································ 226
　　第二节　西方形象的特点 ······························· 231
　　第三节　西方形象的叙事策略 ··························· 243

结　　语 ·· 250
参考文献 ·· 254
后　　记 ·· 260

序 一

方长安

　　邹小娟是武汉大学外语学院副教授，英语文学科班出身，十多年前考到文学院，从我攻读中国现当代文学博士学位。那时，我特别感兴趣的问题，是晚清到"五四"时期中国人怎样理解、评说"西方"。这个"西方"既是日常生活层面的，也是政治、经济、文化维度的；是强行闯入的，给中国社会带来了刻骨铭心的创伤，撕裂了中国固有的形象，但同时又植入了新的文化成分，一定程度上又激活了中国内在的生命力。所以，它与中国社会新旧转型、现代文化建设之间，有着复杂的关系。以史料为依据，厘清那时中国人心中的"西方"，是一个重要的课题。我那时授课任务重，手头上的活没有做完，就把这一课题分给了几位学生，记得有三位博士生的学位论文，研究的就是这一领域的问题。

　　邹小娟的这本《20世纪初中国小说中的西方形象》是在她的博士学位论文基础上修改完成的。她从小说维度研究那时中国人怎样看"西方"这一问题，将无边界的研究对象限定在小说领域，并从大量的小说作品中择取一些代表作进行个案研究，显示出处理复杂题材的智慧。通过具体文本分析，她认为那些小说中出现了三类西方形象，即西方器物形象、西方人物形象和西方政治制度和思想形象，这是很有见地的观点。该著的学术特点与贡献，就是通过小说文本分析，弄清了那时中国人看待"西方"的视角、方法，弄清了小说中的"西方"形象，不是空谈，不是理论推断，而是以深入细致的作品解读，通过具体情结、细节、语言等进行归纳论证，使自己的观点建立在可信的基础上。

在具体分析中，又重视历史还原，将作品所描写的故事、人物等置于当时中西关系中思考、论述，将那时中国人的"西方"观念置于历史变革的具体过程中分析，将中国人心目中的"西方"形象与民族自我认知、自我确证等结合起来思考，使研究具有了更重要的历史文化价值，所得出的结论基本可信。

邹小娟是英语科班出身，对西方社会、西方文化有深入的研究，在考察 20 世纪初中国小说中的"西方"形象时，西方文化知识很丰富，对"西方"问题的把握较之于中文专业背景的研究者，就有一种优势，所以能较好地处理课题研究中的相关复杂问题。

该著个案研究特点突出，但她也努力从宏观上去归纳与总结，努力从理论上把握问题，思路很清晰。

20 世纪初中国小说中的"西方"形象确实很复杂，作家是如何描写"西方"形象？描写出怎样的"西方"形象？它们与那时人们心中的"西方"是否一致，与真实的"西方"之间的关系如何？给中国小说艺术本身带来了怎样的变化？从数量上看，当时究竟有多少小说描述过"西方"形象，诸如此类的问题，还有很大的思考、研究空间。

邹小娟的研究，也只是一个开头，希望她能沿着现有的思路，在资料准备上，下更大的功夫，取得更多优秀的研究成果。

祝贺邹小娟！

2019 年 7 月 18 日

序 二

徐 康

当我得悉邹小娟副教授的书稿即将付梓，为她感到由衷的高兴。这部书经历了寒窗数载，倾注了她苦读的心血，是她对学术追求的心爱硕果，正可谓"锲而不舍，金石可镂。"

1996年，她从重点高校毕业后。步入武汉大学，成为大学英语部的一名年轻教师，也成了我的同事。然而，随着时代的飞跃发展，教育对高校教师的要求愈来愈高，她意识到深造对提升自己学养的必要性和紧迫性，毅然选择了继续读书的生活。2004年，她考上了本校外国语言学及应用语言学硕士学位专业，从此我们就多了一层师生之谊。在她读研期间，我与她在学术上深层的接触中，发现她是一个有目标、有潜力，能持之以恒的人。

她学习勤勉，书不释手，在等人的时候，常从包里拿出书来阅读，而且多年来保持学生读书激情，陶醉在图书馆的氛围里。静静读书。她阅读宽泛，既有英文理论性书籍，也有小说、诗词、散文，迄今仍保持着良好的阅读习惯，对于生活工作繁重的高校中年女性教师来说，这不能不说是一种难能可贵的品质。在亦师亦友的往来中，我目睹了她的成长，着实感到欣喜，鼓励她继续深造。2008年她考上了武汉大学文学院的博士研究生，涉足中国文学研究领域，师从方长安教授，于2011年获得文学博士学位，我诚然欣慰。读博的三个春秋，对于个跨专业的人来说，何其艰辛子自知，她一定深刻地体味到"学海无涯苦作舟，书山有路勤为径"的精义。

记得她读博期间，暑期曾回故里看想父母亲，我准备去西宁旅游，她电话告诉我,让我特带几本书给她。第二天,她妹妹将梁启超的《饮冰室文集之六》、裴效维的《近代文学研究》、李泽厚的《中国现代思想史论》送了过来。三册书从文学到思想,再到饮冰室文集,可窥见她读书的路径和思考脉络。今日不乏读书者,但为何读书,读什么书,如何读书,未必清晰。读书不仅在于学习兴趣和对知识的摄取,更重要的是对学问的敬畏,孔子说"君子有三畏:畏天命,畏大人,畏圣人之言。"没有教畏便失去虚心,什么都不在乎,又何谈其它?邹小娟老师博士毕业后这些年,初心依旧,不减读书的热情,不失对学问的敬畏。在教学任务和指导硕士研究生工作繁重的情况下,她孜孜不倦,笔耕不辍,研究不懈。

  《20世纪初中国小说中的西方形象》是她跨学科研究的成果。该书勾勒出晚清社会转型期,中国小说中对"西方"书写的图景,呈现了晚清社会文化层面发生的巨大变化。作者采用个案分析、资料梳理、比较研究等方法,从形象学、文化心理学和后殖民主义批判的视角,考察这一特殊时期的社会现象和文化背景,分析、研究文学中的"西方形象"所呈现出的中西文化差异。通过作者对文本的研读、史料的发掘和文献综述,可以看到作者严谨的学术态度。这本著述是她学术生涯中绽放的首朵艳丽花朵,希冀不久的将来含苞待放的花蕾赓续绽开在百花争艳的学苑春色之中。

2019年6月武昌珞珈山

绪　　论

　　法国学者巴柔（Daniel Henri Pageaux）定义形象学是在文学化，同时也是社会化的过程中得到的对异国认识的总和①。……一切形象都源于对"自我"与"他者"，"本土"与"异域"关系的自觉意识之中，即使这种意识是十分微弱的②。本文所探讨的"西方形象"是中国作家站在中国本土文化的立场上，对西方的具体描述和书写，是中国社会向近代和现代化转型过程中出现的特殊社会和文学现象。

　　19世纪中期中英鸦片战争之后，西方列强用炮舰敲开中国大门，西方人、西方器物和西方制度等具有"他者"特征的西方涌入中国社会。同时，西方文化以其强势的文化特征对中国传统文化形成了强烈的冲击，加速了近代中国社会现代化进程。作为叙述历史方法之一的文学，以其独特的文学话语和叙事方式言说了这一特殊时期的社会现象。因此，在这世纪转型之际，中国作家在小说中塑造了大量的西方形象，以此表述他们对西方的自我认知和态度。在此意义上，西方形象可以说是西方在中国作家眼中的文学镜像。

　　诞生于世纪之交的晚清文学实际上也是中西文化冲突的体现之一。中国文学从"旧"至"新"的急剧转型就是西方文化冲击的结果。"新小说"的兴起最具有时代特征，迎合了中国社会急剧变革的时代需要，从诞生之日起，就被赋予了启蒙救亡的重任，作家试图以创作"新小说"为主要手

---

　　①　［法］巴柔：《从文化形象到集体想象物》，转引自陈惇等编：《比较文学》，高等教育出版社1997年版，第167页。

　　②　［法］巴柔：《总体与比较文学》，转引自陈惇等编：《比较文学》，高等教育出版社1997年版，第169页。

段达到新民的目的。所以说"新小说"的生成与中国社会的转型有着极大的关系。如著名汉学家费正清所言,"欧洲人来华是决定18世纪中国历史命运发展方向的原因之一,19世纪初,中国开始在政治、经济和文化方面发生"现代化"的转变不仅是欧洲文明的直接或间接影响的结果,而且是中国内部社会演化的结果[①]。"19世纪末20世纪初,西方势力急剧改变了中国社会的性质,促使中国从封建专制沦落为半殖民地、半封建的社会。代表中国社会喉舌的知识分子阶层对西方的反应也发生了巨大的变化,从俯视到仰视,从轻蔑到学习,西方形象在他们的视野中经历了重要的转变。20世纪初中国小说中的西方以不同层面的形态、丰富多彩的姿态出现在作家的笔下。从形象学、历史学和文化学的角度研究这一时期小说中的西方形象,有助于我们更全面认识20世纪初中国文学受西方影响的程度。

20世纪初中国小说中与西方相关的文字是本书的研究对象。对于"西方形象"的概念,权且不做先验性的预设,而是以作家书写的有关"西方"的文字为唯一依据,是在文本中读出的西方。也就是说,西方形象仅仅是小说文本中所呈现的中国知识分子心中的西方。因此,本文研究的西方形象具有以下三个特点:

首先,作家视野中的西方形象不具有客观性,是作家的主观感受。对西方的描述具有间接性和想象性,是经过文化过滤后所呈现的西方形象,在小说中大部分作家对于西方形象的书写有相当多的成份是靠想象获得。19世纪中期至20世纪初,中国作家对于西方的认知主要靠媒介和主观感性的认识,他们大多数人并没有亲自深入体验异国他乡的生活。但同时,由于西学东渐,中国人开始利用报刊、西书等方式了解西方和西方文化。据耶稣会1897年统计,在中国,除京报外,共计有76种报纸[②]。由西人所办最有影响力报纸有《格致汇编》和《万国公报》,西书出版机构和译

[①] [美]费正清、刘广京编:《剑桥晚清史》上册,中国社会科学出版社1985年版,第35页。

[②] [英]李提摩太《中国各报馆始末》,杨光辉等编:《中国近代报刊发展情况》,新华出版社1986年版,第1页。

书翻译馆等促进了中国知识分子了解西方的进程。在中国的外国人也开始进入中国作家视野，他们会从这些打交道的"洋人"身上获得比较感性而直观的经验。

其次，作家笔下的"西方形象"具有鲜明的政治、意识形态和文化立场的价值判断。世纪之交，梁启超以日本政治小说的社会功能为参照，在中国提出"小说界革命"的口号。"新小说"在诞生之初，就已经被赋予政治功能的时代重任。严复和夏曾佑也这样认为小说的价值："且闻欧美、东瀛，其开化之时，往往得小说之助"[1]。梁启超更是赞同英国名士之言，他认为"小说为国民之魂"[2]。相对于"旧小说"，"新小说"所具有的"新质"迎合了"戊戌变法"政治斗争失败后转向理论宣传的政治需要。"新小说"的社会功能为特定时期的意识形态服务，挑起了民族国家救亡和振兴的担子，也为20世纪中国文学与政治之间的紧密关系设置了阴影，使得中国文学从"文学革命"到"革命文学"始终不能脱离与政治和意识形态的密切联系。处于中西、新旧文化对立和碰撞下的19世纪末20世纪初的中国作家，他们对于西方的态度不一，他们视野下的西方不一定是接近真实的西方，而是经过文化过滤后做出的价值判断。

最后，"西方形象"在个体作家笔下和单个文本中呈现的不是一个完整的西方，而是零星的、片段的，或集中于某个方面描写的西方。正因为如此，本书通过个案研究，基本能呈现出一个全景式的西方，这也是本书所选择个案研究的意义所在。作家由于个体生活背景和人生阅历的不同，对于西方的书写有一定的局限性，很难全景式呈现贴近真实的西方。本书宏观把握不同身份的作家，以历时的研究方法去考察不同作家笔下的西方形象，大致会勾勒出一个完整的"西方形象"谱系。

---

[1] 几道、别士：《本馆附印说部缘起》，《国闻报》，1897年10月11至11月18日，陈平原、夏晓虹编：《二十世纪中国小说理论资料》（第一卷）1897—1916，北京大学出版社1997年版，第27页。

[2] 任公：《译印政治小说序》，《清议报》第1册，1898年，陈平原、夏晓虹编：《二十世纪中国小说理论资料》（第一卷）1897—1916，北京大学出版社1997年版，第38页。

因此，本论文着重解决三个问题，①文本中呈现出的西方形象，②分析作者如何描述西方形象，③探讨作者塑造西方形象的社会、历史、文化等原因。

"形象学"在西方学界已经有一个世纪的研究历史，直到上个世纪九十年代才被陆续介绍到中国，并引起了广泛的关注。2000年，由北京大学孟华主编的《比较文学形象学》论著，开启了中国学界对"形象学"的关注。该论著介绍了欧洲大陆学者13篇有关形象学的研究论文，为刚刚起步的中国"形象学"研究的方法、理论起到了指导作用。随着全球化进程的加快和比较文学学科的不断发展和完善，近几十年来，世界上不同国家、地区的学者对西方文学中的"东方形象"、"中国形象"非常感兴趣，进行了深入考察、分析，并建立了富有全球影响的"东方学"，如：图多拉夫的《文化多样性—法国思想中的民族主义，种族主义和异国情调》（1994年）、米丽耶·德特利的《19世纪西方文学中的中国形象》（1998年）、顾彬的《关于"异"的研究》（1997年）、纳吉的《形象的渐进—英国文学中的东方》（1996年）等等。在中国大陆，近十年来，关于西方文学中的"东方形象"，也出现了厦门大学教授"周宁"系列研究成果，如：《风起东西洋》（2005）、《中西最初的遭遇与冲突》（2004）、《西方的中国形象研究》（2006）、《世界之中国：域外中国形象的研究》（2007）、《异想天开：西洋镜里看中国》（2009）等等。

然而，与之相比，"西方形象"的研究领域颇显荒芜，在笔者有限的视野范围内，只看到了孟华主编的《中国文学中的西方形象》（安徽教育出版社，2006年）和王洁群著《晚清小说中的西方器物形象》（湘潭大学出版社，2009年）两本专著。迄今为止，没有一部完整、全面的论著对不同阶段的中国文学所描绘出的"西方形象"作具体的考察与深入的研究。孟著共收入参与"中国文学中的西方形象"课题的北京大学十五位师生提交的十八篇论文，这些论文从不同的角度入手探讨了"西方形象"在中国文学（包括副文学文本）中的变迁轨迹与丰富形态，揭示出异国形象的成因和文化意义，涉及的时间从十六世纪早期西方人来华至二十世纪中叶，尽管关注点不同，但为中国文学中"西方形象"研究提供了研究范式。虽然也有些学者在历史学、社会学、文化学等学科研究中提及到"西方形象"，但他们仅仅是用来分析中西文化交流关系，论题集中于"中体西用"或"全盘西化"等命题上，对于中国不同时期的作家如何想象、描绘"西方"以及描绘出了怎样的"西方"，没有做过深入、系统的研究。王著着眼点于晚清小说中的西方器物形象研究，细致剖析了晚清小说中西方器物形象所折射出的社会文化心理，虽为一部有开创性的著作，但研究范围仅仅限制在西方形象中的西方器物层面。

近几年来，出现了屈指可数的几篇有关晚清"西方形象"的论文，如：中山大学博士生罗爱华的《观念史背景下的晚清西方形象》（《求索》2008年10期）、《晚清西方形象研究导论》（《淮阴师范学院学报》，2010年第1期），曾艳的《近代中国西方形象的建构与演迁——从妖魔化到理想化的言说》（《四川师范大学学报》：社会科学版，2008年第1期），尹德翔的《郭嵩焘使西日记中的西方形象及其意义》（《社会科学战线》，2009年第1期）等。这些论文各具特色，但侧重点不同，没有详细呈现出文本中的西方形象，所以，严格意义上讲，本论题是一个没有涉及过，需要真正展开的研究领域。

本书研究的主要内容是探讨20世纪中国小说中的"西方形象"。通过不同作家在文学作品中对诸多"西方形象"的书写，揭示晚清作家在面对西方列强对中国传统儒道文化带来强烈冲击的背景下，如何描述他们视野和想象中的"西方"，和他们所描述的西方与真实的西方之间的差别。作为作家文本中"他者"的"西方形象"，在言说"他者"和言说"自我"方面起到的作用，以及挖掘这一现象背后的社会原因和作者不同的文化心理。

基本思路：首先，在全球化语境下考察、论述西方各国与中国社会的互动状况，重点分析晚清知识分子的思想，包括作家队伍的结构、知识背景以及他们对于西方文化的态度。其次，进行文本细读，具体梳理和论析20世纪初以梁启超、吴趼人、李伯元、曾朴等为代表的晚清作家对"西方"

的各种描述，不仅寻找其共性，更探寻其差异性，揭示出他们塑造不同特征的"西方形象"背后的原因，探讨作家们在塑造这些"西方形象"时呈现出的态度、寄托的社会理想。再次，论述20世纪初中国作家塑造"西方形象"的思维方式和话语特点，分析他们在中西文化夹击下矛盾的文化心理，弄清他们融合中国传统儒道文化与西方现代文化的方式和方法。最后，综合讨论20世纪中国小说中"西方形象"的具体特点、叙事策略以及与"五四"新文化运动精神的联系。

  本书以形象学、传播学、新历史主义批评、后殖民主义理论等为理论资源，采取文本细读的文学内部研究方法，结合文学的外部研究、历时描述与多角度跨学科的方法进行研究。特别注重从形象学、文化心理学和后殖民主义批判视角，将文学文本置于具体的历史文化背景中去考察，进行深入分析，研究"西方形象"及其与塑造者的特定关系。

第一章　中西博弈：19世纪中期至 20世纪初的西方与中国

学界对"晚清"没有一个确定的时间划分，通常以第一次鸦片战争发生的1840年为起始，终止于1911年辛亥革命。"晚清"不仅指的是清王朝后期到民国建立的五十年的时间段，而且还指从更深、更广的层面上看中国社会在政治制度、社会结构、文化领域发生了从"旧"到"新"，从"传统"到"现代"的转型变化。这一阶段在中国历史上至关重要，一方面，长达几千年封建社会走向终结；另一方面，具有新质的社会因子开始滋生，中国社会开始迈向现代化的道路。

晚清社会是中国发生巨变的一段时期，推动社会变化的力量来自中国社会内部和西方强国的外力入侵。在内力和外力的共同作用下，中国由封建社会逐渐过渡到半封建、半殖民地性质的社会，西方在这场变局中起到了极其重要的外力作用。

1913年，美国行为主义心理学家华生提出"刺激——反应"（S-R）理论，将一切对人的影响力量包括外部环境与内在状态，统称为"刺激"，把人对这些刺激的应答行为称之为"反应"。如果将这一理论应用在晚清社会的变化上，我们不难发现，晚清社会的变革和转型在某种意义上来说，是西方列强所给予的外部刺激而做出的反应。正是西方带来的冲击和中国人相对冲击而做出的反应，中国社会才由表及里发生了一系列变革，与几千年的封建社会制度、文化做出了决绝的了断和新的选择。如美国汉学家费正清所言，中国和西方的迎面相遇广义上来讲，是中西文化的冲突[①]。

[①] ［美］费正清、刘广京编：《剑桥中国晚清史》下卷，中国社会科学出版社1985年版，第134页。

19世纪早期，中国社会还处于自给自足的封闭状态，并以世界大国自居，常常藐视其他国家和民族的存在和壮大。极少数来华的外国人不仅不受重视，而且常常受到嘲笑和讽刺，他们往往处于无足轻重的社会边缘，民众对他们保持漠视和麻木的态度。19世纪中期，英国完成第一次工业革命，经济腾飞，称霸世界，确立了海上霸权，开始在海外疯狂扩张。中英鸦片战争发生，英国人用强大的武力和廉价的商品逐步打开了中国的大门，举国上下震惊，但统治阶级并没有真正意识到西方国家的强大，仍然自以为是，保持泱泱大国的盲目文化心理。只有少数知识分子士阶层开始觉醒，有意识地睁眼看世界，以有限的方式去了解西方，以西方为参照，对比自我，发现了不少实际问题，但这些人的影响力毕竟有限，并未唤起统治者和民众的觉醒。

19世纪中期，西方国家对华发动更大规模的侵略战争，彻底打破了中国社会固步自封的状态。针对西方"船坚炮利"的强烈刺激，中国统治阶级中有识之士自觉发起"洋务运动"，也被称为"自强运动"，试图以此来改变被动挨打的命运。"洋务派"以效仿西方先进科技为手段，达到富国强民的目的。这一阶段，统治阶级一改过去对西方的漠视态度，开始正视西方的强大之处。"洋务派"通过译介西书、创办学堂、开办工厂等手段，向西方学习各种"夷技"，但并未看到西方国家先进的社会制度和思想观念的重要性。

19世纪末，中日甲午战争中方溃败，不仅证明了几十年的"洋务运动"的失败，更重要打击了泱泱大国人的民族自尊心。紧接着，西方列强在中国掀起了瓜分狂潮，中国社会已被纳入西方殖民主义者的势力范围之下。在危难之间，首先觉醒的知识分子对"自我"进行深入的审视和反思，他们直视社会的诟病和症结所在，力图寻求救国之路。而中国民众与愚昧的统治阶级从心理上开始惧怕西方，中西文化冲突更加尖锐。

面对国家受辱挨打的局面，中国知识分子将求助的目光转向西方，他们与西方有了直接或间接的接触之后，在20世纪初做出了独特的反应。具体来讲，1894年中日甲午战争，中国被"东瀛小国"击败，标志着单一向西方学习先进知识和技术的"洋务运动"的失败，也使得中国知识分子开始真正觉醒。他们清醒地意识到西方先进科学技术并不能挽救病入膏肓、奄奄一息的中国,学习西方思想意识形态和社会制度才是中国走向自救的唯一途径。强大的西方列强提供给中国知识分子的是中国必须学习西方富国强兵之法典。六十年间,中国人由对停留在先进器物表层认识的西方到了1900年前后,已经上升到对国家民族问题的思考。对于西方的态度不仅限制于对"船坚炮利"、"声色光电"的单纯仰慕,而且对优越的西方社会制度,有了较为深入的思考和透彻认识。西方以其优越的政治制度和资产阶级民主思想吸引着中国新式知识分子,西方社会的发展模式为中国知识分子思考中国社会何去何从提供了努力的方向。1898年,中国发生了具有资产阶级改良性质的"戊戌变法"运动,虽以失败告终,但动摇了中国社会的封建统治局面,形成了"变"的发展趋势。

正是在这不断的刺激和反应的过程中,中国社会逐步摆脱封建意识形态的藩篱,知识分子士阶层思想上发生了很大的变化,他们提出向西方学习,建立平等自由的民族国家成为19世纪末20世纪初的文化取向。本章着重探讨在中西文化发生冲突和碰撞的历史背景下,19世纪中期至20世纪初的西方是如何刺激中国社会,而中国社会,尤其是知识分子社会精英,如何回应西方的刺激。

第一节 中西互动

18世纪末到19世纪中叶,西方诸国发生了天翻地覆的变化,不少国家相继发生了具有划时代意义的变革。国际风云变幻影响到了中国,对中国产生了至深影响的国家有英、法、美和日本四国。本节探讨这四个国家的变化以及他们如何影响中国社会。

一 中英对抗

在西方列强中,英国对中国社会影响最大。从1815至1914年期间,无论从政府组织、经济实力、社会凝聚力、技术专业化程度还是军事力量方面来评估，英国无疑属于世界上最强大的国家[①]。始于18世纪中期，止于19世纪中期的英国工业革命在英国发展史上具有划时代的重要意义。先进的机器代替了手工劳动的生产方式使得英国资产阶级地位稳固，国力日益强盛。英国凭借其强大的海军力量和经济实力，在英伦本岛之外，大量扩张、开拓殖民地，目的在于攫取更多原材料，倾销更多商品，加速资本主义经济的发展。他以其装备精良的蒸汽船和电缆、铁路、医药科学、马克西姆机关枪等称霸于世界，从1783年到1870年在海外实施了几乎无间断的征服和暴力行为[②]。到了19世纪中期，英国已经成为世界上最大的热带产品市场和世界主要制造产品供应地，他可以任意与其他经济不发达地区建立联系，并依赖于强大的海军实力，可以毫无顾忌用武力打通贸易关系，奠定了"日不落帝国"的世界霸权地位。经过一个世纪的发展，英国在19世纪末，国力如日中天，享有"日不落帝国"之美称。

18世纪，英国以东印度公司为据点开始和亚洲各国进行商业贸易，中国广州就是在这样的背景下成为英国在华贸易的最初据点。中国输出茶叶、英国输入鸦片是中英最初贸易的特征。1833年，东印度公司垄断亚洲贸易的特权被取消，英国接下来的计划是开放印度洋和太平洋地区的自由贸易，中国受到欧洲贸易体制冲击，英国的炮舰政策形成[③]。1839至1842年，1856至1860年，英国发动了对中国两次鸦片战争。战后，中国被迫与英国签订不平等条约，割地、赔款、开放通商口岸。由于英国炮舰在全球范围内无人可比，在1875年以前，英国在远东地区一直处于霸主地位，并且控制了远东地区大部分国际贸易。从19世纪80年代起，后崛起的西方

[①] ［英］P.J.马歇尔主编，樊新志译：《剑桥插图大英帝国史》，世界知识出版社2004年版，第140页。

[②] 同上书，第24页。

[③] 王尔敏：《弱国的外交—面对列强环伺的晚清世局》，广西大学出版社2008年版，第16页。

其它国家成为英国的强有力竞争对手,英国在华势力有所减弱[1]。19世纪末,"大英帝国"受到其他西方列强的挑战,首先是刚刚脱离英国殖民统治的美国,欧洲列国诸如德国海上兵力加强,意大利、日本等国逐渐组成了现代化的战舰装备,英国逐渐失去海上霸主的地位。

英国用炮舰,以战争的形式撞开了中国的门户,对中国社会的影响史无前例。英国的炮舰让中国人尝到了技不如人的失败滋味,大国至尊的虚荣心理受到了严重打击。其他西方列强也接踵而来,贫穷的中国开始沦为半封建半殖民地的社会,民族苦难逐步加深。中英鸦片战争的结果是中国赔款、割地,开放通商口岸,无条件接受殖民者提出的扩张要求。两次鸦片战争并没有引起中国封建统治者任何警觉,他们根本没有意识到国家已经走向没落,只剩下一副躯壳。清朝官员昏庸,愚昧无知,而且腐败成风,袭故蹈常,欺上瞒下,只有极少数知识分子精英清楚地看到中国社会的危机。以林则徐、魏源和徐继畬等为代表的知识分子意识到西方国家的优势和中国社会的弊端,"师夷长技以制夷"是英国提供给衰弱中国的经验。他们普遍认为只要中国加强像英国一样强大的军事装备,中国就可以摆脱外族的欺压。

英国发动对华的两次鸦片战争为中国知识分子士阶层提供了这样一个思路:要赢得战争的胜利,必须靠精良、先进的武器装备,依赖强大的经济,军事上保持最强的装备。这也是中国人认识西方的最初阶段,仅仅停留在"船坚炮利"的肤浅认识层面。

当然,英国扩张不仅仅是攫取更多的经济利益,而且还在于传播他们的文化价值到世界各地。"大英帝国"象征着强权,他们认为英国人的文化思维方式就是其他国家行动的准则。在文化上,来华英国传教士是最早将基督教传至中国的外国人。1807年,英国传教士马礼逊是第一个来到中国的西方传教士,1819年,他完成了《圣经》的中文翻译,并编撰了第一

---

[1] [英]P.J.马歇尔主编,樊新志译:《剑桥插图大英帝国史》,世界知识出版社2004年版,第47页。

本汉英词典。随后有不少传教士相继而来，他们印刷宣传宗教的小册子和文章，通过办报纸、办学校、开医院等方式，向中国人介绍西方文化，向西方学者介绍中国文化，对西学在中国的传播起到了一定的积极作用。中国社会现代性的诉求也始于此。

中英官方正式交往始于1877年，知识分子郭嵩焘以驻英公使的身份被派往英国，1878年清廷大臣曾国藩之子曾继泽继任。郭嵩焘被称为"走出国门向西方寻求真理的人"。他发现英国的昌盛不仅仅是"船坚炮利"，而在于英国实行的民主政治制度。他还接触到以亚当斯密为代表的资产阶级经济理论，认识到中国社会封建专制所存在的问题。同时，他系统地了解并深入考察了西方文化包括政治思想，为19世纪末中国的维新改良思想运动打下了基础。

二　中法对峙

第二个影响中国颇深的国家当属以其革命传统著称的法国[①]。18世纪中期，思想界以孟德斯鸠、伏尔泰和卢梭三位哲学家为代表掀起了启蒙运动，提出了"平等"、"自由"等资产阶级新思想观念，为18世纪末法国大革命在思想上做好了准备。18世纪末，法国展开了轰轰烈烈的革命运动。因为与英国展开竞争，陷入财政危机，加之其他因素，法国大革命爆发。1789年，象征封建统治的"巴士底狱"被民众攻打，封建王朝被彻底推翻。8月26日，法国制定了具有巨大影响力的政治文件《人权宣言》，强调了现代自由主义的重要性。1789至1791国民大会实行改革，法国确立了君主立宪制。1792年，国王被推翻，共和国成立。1804年，拿破仑统治的法兰西第一帝国成立。大革命和拿破仑时代，法国建立了一套适应资本主义发展的法律和行政体系。19世纪的前半期，法国政权更迭频繁，出现了法兰西第二帝国、第三帝国等不同政权。19世纪后半期，法国经济在世界

---

① ［英］科林·琼斯著，杨宝筠、刘红雪译：《剑桥插图法国史》，世界知识出版社2004年版，第176页。

经济大复苏总趋势的影响下,世界贸易十分昌盛,工业发展迅速。

法国因为中国政府处死马赖神甫,加入英法联军,于1858年至1860年第一次入侵中国,实质上也是一种经济侵略。英法联军炮击广州城,广州总督叶琛被捉,广州沦陷。联军到达天津,威胁北京,显示了强大的军事力量。中国清政府被迫签下另外一个不平等条约《北京条约》,这又是欧洲对华进行炮舰外交的胜利[①]。之前,法国强迫中国签订了一系列不平等条约,诸如《天津条约》和《中法黄埔条约》等,通过条约方式,进一步控制中国的关税,进行经济掠夺,同时取得领事裁判权,建立租界,划分势力范围等侵略活动。1895年,在西方列强瓜分中国的狂潮下,法国划定广东、广西和云南为其势力范围,开始获得了在西南各地开矿和筑路的特权。

法国在中国的势力主要以罗马天主教护法神的地位自居,通过签订《中法黄埔条约》,法国获得了在五个通商口岸传教的特权。据统计,1844年至1858年,法国传教士的活动遍及全国25个省份,但传教士与中国地方官员和老百姓的冲突时常发生。法国传教士除了与其他西方传教士一样在中国各地传教外,还创办学校、医院和其他慈善事业[②]。但同时,他们也欺压中国百姓、干涉地方内政。因为他们的负面行为,从而成为大多数中国人憎恨的对象。

法国与中国的关系与中英之间关系颇为相似。1866年,中国政府首次派斌椿去法国,开始了非正式外交。1878年,中国政府派郭嵩焘首次出任驻法大使。当时的法国对这些首次走出国门的中国官员来说是新奇的,正是这批人,开始真正了解真实的西方。

法国对中国的思想界影响深远,尤以法国资产阶级启蒙思想和法国大革命精神为突出,表现最为明显的是法国人参与中国在19世纪60年代兴起的"洋务运动"和90年代的资产阶级改良运动。1866年的洋务运动中,

---

① [美]费正清、刘广京编:《剑桥中国晚清史》上卷,中国社会科学出版社1985年版,第252页。

② 沈炼之主编:《法国通史简编》,人民出版社1990年版,第657—658页。

法国人协助中国洋务派左宗棠创办福州船政局[①]、开设船政学堂、派遣留学生赴法学习。随后，严复翻译了法国资产阶级启蒙思想家孟德斯鸠的《法意》，在中国知识界得到广泛的传播。中国早期改良主义者王韬和马建忠对法国有着较深的了解，以康梁为代表的维新派更是对法国资产启蒙思想倍加推崇。梁启超推崇孟德斯鸠的"三权分立"和卢梭的"天赋人权"思想，他以此来极力鼓吹资产阶级民主思想制度，为变法做出了积极的准备。19世纪末的中国资产阶级革命派也是以法国大革命为榜样，以西方的观点为思想资源，力图推动中国社会的变革和转型。

三　中美日对比

美国在18世纪末摆脱英国殖民统治，获得民族独立，建立了新的国家。在西方工业革命的影响下，美国北方工业迅速发展，南方种植园经济相对阻碍了资产阶级生产力的发展，由此引发1861年至1865年的南北战争。这场内战的矛盾冲突直接表现为废除黑奴运动，最终北方战胜南方。战后，美国进入自由贸易阶段。19世纪80年代末期，美国完成了工业革命。美国对中国的侵略始于19世纪60年代以后，随着国力的日渐强大，瓜分中国的野心也日益膨胀，瓜分计划也被提到日程上。18世纪时，美国人对中国的看法尾随欧洲人[②]。1844年的《望厦条约》、《天津条约》，美国开始向太平洋亚洲扩张。但其实力还是不够强大，尾随英国，合伙瓜分中国。19世纪末，美国的实力加强，1899年美国对华提出实行"门户开放"政策，尽可能在华获得更多的商业利益。

美国人的传教活动也是随美国与中国商业贸易而来。最早被派往中国的美国传教士追溯为1829年来的俾治文，1833年到来的卫三畏来华与他一起主持出版工作[③]。与其它西方国家来华传教士一样，美国传教士也承

[①] 沈炼之主编：《法国通史简编》，人民出版社1990年版，第658页。
[②] [美]费正清：《19世纪中叶的美国与中国》，欧内斯特·梅、小詹姆斯·汤姆逊编：《美中关系史论》，中国社会科学出版社1991年版，第23页。
[③] 同上书，第27页。

担着传教和介绍西学的任务。当时在中国最有影响力的《万国公报》,由美国传教士林乐知任主编。他坚持办报,不但传教,而且传播新思想、新观念,《万国公报》成为中国人获得新知识的重要源泉之一。美国来华传教士还对中国的教育有过很大的贡献。1870年,在广东的美国传教士将容闳等六少年带往美国留学,开辟了中国人首批留学美国的先河。

19世纪中叶之前的日本和中国一样,处在闭关锁国的孤立状态下,社会动荡,封建经济逐渐瓦解,以德川幕府为代表的封建体制处在崩溃的边沿[①]。19世纪中叶,日本不可避免地遭受了西方国家用炮舰袭击的命运。1854年,美国用炮舰撞开日本德川幕府的长久统治。1868年,日本发生了"明治维新",以武士为主要维新势力派推翻了德川幕府的封建统治,建立了以明治天皇为首的新政府。此后,日本开始向西方学习,全面实行资产阶级改革,逐渐摆脱了落后、被动的命运,走向民族发展的道路[②]。

"明治维新"之前,日本主要通过中国来了解西方。鸦片战争后,经世致用派的中国知识分子魏源着手编写《海国图志》,介绍世界各国地理、历史、政治、经济、文化、军事等方面情况,1841年仅有五十卷,1847年增加到六十卷,1852年又扩增到一百卷。《海国图志》在1854年被译介到日本,并广为流传,日本的知识分子从中了解西方。同时,有关中国的灾难的新闻也被日本关注,这一切加强了日本人避免重蹈中国覆辙的决心,"明治维新"势在必行,也取得了成功。

"明治维新"后的日本焕然一新,反过来影响中国人。冯桂芬、李鸿章等人对日本的变革大加赞赏。日本"明治维新"的成功经验,为中国资产阶级改良派提供了丰富的思想资源。发生于1898年的戊戌变法便是对日本明治维新的效仿,可惜以失败告终。

近代中日交往应以王韬为起始点。王韬是中国首位出使日本的中国人,他于1879年到日本游历长达四月之久,并著有《扶桑游记》。据他描述,

---

[①] 王晓秋:《近代中国与日本互动与影响》,昆仑出版社2005年版,第3页。
[②] 同上书,第84页。

他到东瀛之后，结交了不少日本明治维新讲求西学之士为友。他在日本也相当受欢迎，他的著述《普法战纪》与魏源的《海国图志》成为日本知识分子了解世界大势的两部最受欢迎的书籍。日本人中村正直在《扶桑游记》序言中对于王韬的东游做出了很高的评价："抑先生博学宏才，通当世之务足迹遍海外，能知宇宙大局，游囊所挂，宜其人人影附而响从也"[1]。后来黄遵宪、康有为和梁启超先后都来过日本居住，尤其崇尚和敬佩日本政治和文化。

总之，中国处在19世纪中期到20世纪初世界格局发生巨大变化的大背景下，不可能独自长期保留昔日封建王朝稳居中原大国的状态。随着强大的西方帝国主义势力极大冲击着保守、封闭的中国，中国统治阶级必须，也必然迎接更艰巨的新挑战。"以天下兴亡为己任"的中国知识分子士阶层在国家和民族生死存亡的危难时刻，积极寻求救国良方，从"内部"爆发了"变革"的力量。

第二节　中国知识分子士阶层与西方

如果说促使晚清社会转型的外力来自于西方列强的冲击和影响，那么中国社会变革的内在动力应该来自于中国知识分子思想发生的巨大变化。中国传统儒家文化决定了传统知识分子具有很强的普世、救世的文化心理。在社会震荡时期，当本土文化遭到西方文化强有力的冲击后，知识分子士阶层会率先思索、积极寻求救国之策，对中西文化的优劣也会做出相对深入的思考和理性的判断。

中英鸦片战争后，中国的门户被西方打开，中国知识分子士阶层对此做出了强烈的反应。六十年间出现了三代具有不同特点的知识分子：19世纪40至50年代的经世致用派，有睁眼看世界的林则徐、主张"师夷长技

---

[1] ［日］中村正直：《扶桑游记·序》，王韬：《扶桑游记》，钟叔河主编：《走向世界丛书》，岳麓书社1985年版，第399页。

以制夷"的魏源；60年代至70年代走出国门，迈向西方，目睹西方世界强盛的士大夫有郭嵩焘、王韬、郑观因和徐福成等，还包括主张洋务的李鸿章、张之洞等清廷重臣；90年代有被迫流亡他乡的康梁维新派的改良主义者。这三类知识分子站在社会的前沿，以敏锐的眼光打量着社会的变迁，他们对待西方的态度也在不同时期呈现出复杂多变的特点。"西方"不仅是他们站在民族主义的立场上审视一切外来因素的"他者"，而且是他们反思"自我"的参照。

具体地说，第一次鸦片战争后，以林则徐和魏源为代表的经世致用派知识分子，已经意识到了解西方的必要性。他们认识和了解西方的目的在于学习西方的技能，旨在以先进的技能来对抗西方的武力侵略，维护封建统治。

林则徐通过各种方式，努力了解西方。他广纳外语人才，组织译介西文报刊书籍，并主持翻译了《四洲志》。《四洲志》原书为英国人慕瑞1834年所著的《世界地理大全》，主要介绍五大洲的主要国家状况。魏源以强烈的经世意识在原著的基础上编撰了百卷巨著《海国图志》，不光介绍世界各国的主要地理知识，而且以十二卷的篇幅，重点介绍西方的洋武器。魏源编译《海国图志》的目的在于"以夷攻夷而作，为师夷长技以制夷而作。"[①] 除了林则徐和魏源，徐继畲所著的十卷本《瀛环志略》也具有非常大的影响力。这套书介绍了世界各国的地理、历史、经济、文化等，尤其对欧洲强国英法两国和美洲的美国做了重点的介绍。林、魏、徐等第一批积极介绍西方各国的知识分子站在"西学中用"的立场上，介绍西方，扩大世人的眼界，具有开创意义，为后来的洋务派和资产阶级改良思想提供了思想基础。

第二次鸦片战争后的19世纪60、70年代，中国兴起向西方寻求学习技术的"洋务运动"。以李鸿章、左宗棠、张之洞和曾国藩等朝廷大臣为

---

① 魏源：《海国图志叙》，陆学艺、王处辉主编：《中国社会思想史资料选辑》晚清卷，广西人民出版社2007年版，第16页。

主的官绅上奏朝廷,建议进行社会改革,而将"洋务"运动的思想贯彻和深化的是以郑观应、冯桂芬、郭嵩焘和薛福成为代表的一批知识分子。洋务思想的实质是"自强"、"求富"的主张,吸收近代西方自然科学技术,目的还在于维护封建社会制度[①]。

早期改革派思想家冯桂芬重视向西方学习,"法苟不善,虽古先吾斥之;法苟善,虽变蛮貊吾师之[②]"。他清楚地看到西学有中学不及的长处,"此外如算学、重学、视学、光学、化学等皆得格物致理,舆地书备列百国山川厄塞、风土物产,多中人不及"[③]。中国通过"兴西学",学习西方富强之术,才能富强。他还提出学习西方的有效途径:"今欲采西学,宜于广东、上海设一翻译公所,选近郡十五岁以下颖悟文童,住院肄业,聘西人课以诸国语言文字,又聘内地名师,课以经史等学,兼习算学[④]"。不仅如此,他还认为翻译外国书籍也非常必要。冯认为只要善于学习西方,就一定会超过西方,"如前议中国多秀民,必有出于夷而转胜于夷者,诚今日论学一要务矣[⑤]"。他还认为"鉴诸国"的重要性,兼中西之长,才是明智的选择。"如以中国之伦常名教为原本,辅以诸国富强之术,不更善之者善者哉[⑥]"?

王韬以宣传变法自强、重民等改良思想而闻名于19世纪70年代。因为长期接触西方人和西学的缘故,故他对于西方了解较深。他西游回国后,更关心国家命运,主张变法图强,学习泰西之所长。"天心变于上,则人事变于下,天开泰西诸国之心,而畀之以聪明智慧,器艺技巧,百出不穷,航海东来聚之于一中国之中,此固古今之创事,天地之变局。诸国既恃其

[①] 龚书铎:《中国近代文化概论》,中华书局2002年版,第62页。
[②] 冯桂芬:《收贫民议》,《校邠庐抗议》,陆学艺、王处辉主编:《中国社会思想史资料选辑》晚清卷,广西人民出版社2007年版,第44页。
[③] 冯桂芬:《采西学议》,《校邠庐抗议》,陆学艺、王处辉主编:《中国社会思想史资料选辑》晚清卷,广西人民出版社2007年版,第43页。
[④] 同上书。
[⑤] 同上书。
[⑥] 同上书,第44页。

长……，则我又乌能不思变计哉？是则导我以不容不变者，人事也[①]"。他具体讲到变法的主要内容，取士之法、变练兵之法、学校之虚文和律例之繁文。他对"洋务运动"一针见血指出其弊病，"自其外观之，非不庞洪彪炳，然惜其尚袭皮毛，有其名而鲜其实也[②]"。他认为学习西方不能停留在器物等形而下的层面上，而是形而上，被称为人伦的"道"，"道"足以治国平天下。他重民思想体现在"苟得君主于上，而民放于下，则上下之交固，君民之分亲矣。内可以无乱，外可以无侮，面国本有若苞桑磐石焉[③]"。君民并重的思想在封建思念禁锢的时代，具有进步的时代意义。

郑观应看到国家存在的隐患，积极通过各种方式了解西方，"于是学西文，涉重洋，日与彼都人士交接，察其习尚，访其政教，考其风俗利病得失盛衰之由[④]"。向西方学习不能仅仅停留在表面，应该"洞见本原"，他发现西方之所以富强在于其国家的体制。"乃知其治乱之源，富强之本，不尽在船坚炮利，而在议院上下同心，教养得法[⑤]"。他能发现中国与西方的巨大差别，西方以先进的制度作为"体"，先进的器物为"用"，而中国本末倒置。"中国遗其体而求其用，无论竭蹶步趋，常不相及[⑥]"。他还认为变法是中国自强的途径，变专制政治为立君政治，君民共主之国，可以避免暴虐政治，如英国、德国和日本。

郭嵩焘是活跃于19世纪中期的知识分子，他早期积极参与"洋务运动"。他通过在华洋人广泛了解有关西方情况，大量接触西学。看到西方在很多方面强于中国之后，推翻了"洋务派"只注重学习西方的"船坚炮利"的主张，提出向西方国家学习其政治和经济制度的观点。1876年，郭嵩焘做为第一

---

① 王韬：《变法·上》，《弢园文录外编》，王处辉主编：《中国社会思想史资料选辑》晚清卷，广西人民出版社2007年版，第54—55页。

② 王韬：《变法·下》，《弢园文录外编》，王处辉主编：《中国社会思想史资料选辑》晚清卷，广西人民出版社2007年版，第57页。

③ 同上书，第59页。

④ 郑观应：《盛世危言》自序，王处辉主编：《中国社会思想史资料选辑》晚清卷，广西人民出版社2007年版，第63页。

⑤ 同上书。

⑥ 同上书，第64页。

位正式出使英国，后兼法国大使的官员。出任期间，他亲自考察了西方民主政治的情况，包括英国的议会和市长。他还接触了有关亚当·斯密的资本主义经济理论，主动了解英国经济发展的状况。不仅如此，郭嵩焘还注意到教育的重要性，深入了解西方的文化历史，参照他所了解的西方文化，敢于批评中国旧的文化观念。郭的思想和维新派思想有很多相似之处。

  1894 年至 1895 年中日甲午战争，中国被"东瀛"小国所击败的事实让中国统治阶级上层人物大为震惊。《马关条约》的签订，为帝国主义敞开了在华兴建企业、修铁路等关系着国家命脉的经济大门。[1] 西方列强视积弱的中国为一块肥肉，掀起瓜分狂潮。这个重要的转折点也表明了清政府学习西方器物三十年的失败，有力证明了仅仅停留在表层的"洋务运动"的不可靠性，向西方学习先进技术不能彻底改变落后、积弱的现状。面对民族生死存亡的局势，以康有为、谭嗣同、梁启超和严复为代表的维新派站在"救亡"的时代立场，将七八十年代知识分子的改革观点进一步明确化、尖锐化，开始产生了一整套资产阶级性质的社会政治理论基础和哲学观点，作为变法的思想基础[2]。除了严复外，90 年代的康梁谭维新派并没有亲自去西方获得西游经历，他们有关西方的观点大多是从西学中获得，遭受重创的时代背景赋予了他们沉重的思索，他们开始探求新的"救亡"之路。

  康有为是维新变法运动最重要的中心人物。他明确提出国家必须按照资产阶级模式进行全面的民主改革，政治上立宪、开国会、定法律等；经济上开矿、修铁路、大力扶持民族工商业；军事上主张废除绿营，练新军；文化上提出废科举、办学堂、翻译书；社会习俗要求妇女禁止缠足。欧美各国体制是康氏参照和学习的对象，"今欧、美各国，所以致富强，人民所以得自主，穷其治法，不过行立宪法、定君民之权而止，为治法之极则矣[3]"。

  严复是一位与西方无法分开的新式知识分子，他以翻译西书而著名，

---

[1] 李泽厚：《中国近代思想史》，三联书店 2008 年版，第 67 页。
[2] 同上书，第 73 页。
[3] 康有为：《答南北美洲诸华商论中国只可行立宪不可行革命书》，王处辉主编：《中国社会思想史资料选辑》晚清卷，广西人民出版社 2007 年版，第 182 页。

积极译介西方资产阶级文化,被称为中国资产阶级重要的启蒙思想家[1]。严复所取得的巨大成就在于他译介了一系列西方资产阶级学说,有《天演论》、《原富》、《法意》和《穆勒名学》等重要学说。首次介绍了进化论、经验论、西方古典经济学和政治理论,是一整套资产阶级思想,将中国知识分子对西方感性的认识提高到理性层面,推进了中国人全面认识西方的历史进程,从根本上起到了思想上的启蒙作用。李泽厚先生极力肯定严复的重要地位,认为他是"近代中国学习和传播西方资本主义新文化的总代表,成了最主要的启蒙思想家之一[2]"。严复主张变法维新思想,1895年,他在天津《直报》发表的《救亡决论》,开篇提出变法的重要性。"如今日中国不变法则必亡是已。然则变将何先?曰:莫亟于废八股[3]"。他还写了不少非常重要的政论文章,如《论世变之亟》、《原强》和《辟韩》等。

梁启超以宣传维新变法思想而闻名于19世纪90年代和20世纪初。1896年,他创办《时务报》,极力宣传康有为的变法思想,跟随康有为参加了1898年的"戊戌变法"运动。失败后,梁启超流亡日本,思想发生了巨大的变化。在日本,他通过研读西书,了解到西方的资产阶级政治、经济等新理论,他以创办报刊的形式来宣传西方资产阶级思想。在《新民丛报》中他提出"新民说",以此做出中国变法失败的思考和总结。他还提出"新小说"为"新民"最可取的一种有效工具。"新小说"在诞生之际,便被赋予"救亡"和"启蒙"的时代责任。梁启超、严复、夏曾佑、甚至林纾等处于时代中心或边缘的知识分子以19世纪欧洲小说在社会上的至高地位为参照物,大力倡导小说的功能,重视小说的地位,为"新小说"的发展提供了文学理论基础,使得20世纪初小说被正式推向"文学舞台[4]"。

1897年,严复和夏曾佑在天津创办《国闻报》,刊登新小说,在其十

---

[1] 李泽厚:《中国近代思想史》,三联书店2008年版,第262页。
[2] 同上书,第265页。
[3] 严复:《救亡决论》,《中国社会思想史资料选辑》晚清卷,广西人民出版社2007年版,第117页。
[4] 陈平原、夏晓虹编:《二十世纪中国小说理论资料》第一卷1897—1916,《前言》,北京大学出版社1997年版。

月十六日创刊号至十一月十八日连载《本馆附印说部缘起》一文中，论述小说的功能。"夫说部之兴，其入人之深，行世之远，几几出于经史上，而天下之人心风俗，遂不免为说部之持[①]"。也就是说经史有指导人的行动之功效，小说有树立伦理道德，改变社会风俗的作用。《国闻报》的宗旨在于借用小说的功能开化民风。"本馆同志，知其若此，且闻欧、美、东瀛，其开化之时，往往得小说之助。……而本原之地，宗旨所存，则在乎使民开化。自以为亦愚公之一畚，精卫之石也[②]"。

康有为强调小说的巨大社会功能。在其《日本书目志》一文中，他高呼"易逮于民治，善入于愚俗。可增七略为八、四部为五，蔚为大国，直隶王风者，今日急务，其小说乎！仅识字之人，有不读'经'，无有不读小说者。故六经不能教，当以小说教之；正史不能入，当以小说入之；语录不能喻，当以小说喻之；律例不能治，当以小说治之[③]"康氏把小说的作用提高到至高无上的地位。

1898年，梁启超在《清议报》第一册中刊登《译印政治小说序》。他在文中引用西方政治小说的巨大社会功能，以强调政治小说在中国的积极作用。"在昔欧洲各国变革之始，其魁儒硕学，仁人志士，往往以其身之所经历，及胸中所怀，政治之议论，一寄之于小说。彼美、英、德、法、奥、意、日本各国政界之日进，则政治小说，为功最高焉[④]"。梁氏以西方国家政治小说在社会变革中起到的作用为例，说明政治小说在中国的重要性，并且强调政治小说的巨大社会功能。

不同于以上处在社会政治中心的士大夫阶层，大多数晚清作家处于社会的边缘，他们大都饱读诗书，受过良好的传统文化教育，但都无缘于科场，

[①] 几道、别士：《本馆附印说部缘起》，陈平原，夏晓虹编：《二十世纪中国小说理论资料》第一卷1897—1916，北京大学出版社1997年版，第27页。

[②] 同上书。

[③] 康有为：《〈日本书目志〉识语》，陈平原，夏晓虹编：《二十世纪中国小说理论资料》第一卷1897—1916，北京大学出版社1997年版，第29页。

[④] 梁启超：《译印政治小说序》，陈平原，夏晓虹编：《二十世纪中国小说理论资料》第一卷1897—1916，北京大学出版社1997年版，第37页。

第一章　中西博弈：19世纪中期至20世纪初的西方与中国

无法找到真正可以发挥其社会才能的政治舞台。1905年科举制度的废除，由"士入仕"的希望破碎，广大知识分子士阶层必须面对自谋生路的挑战。当时晚清印刷业、报业具有很大的发展空间，知识分子便趋于从事办报刊、写小说这样的文化活动自谋生路。小说创作不仅是作家们谋生的手段，更是他们对转型期的社会现实发表真实看法的重要途径。他们不必担心捍卫朝廷的尊严，所以采取"嬉笑怒骂"等各种灵活多样的文学形式反映他们视野中的社会现象。虽然如此，晚清作家们仍然没有忘记读书人的时代责任，更觉得有必要借助小说的社会功能干预社会，所以在1900年至1910年期间，小说呈现出五彩缤纷之形态。有政治抱负的人写政治小说，了解官场的人写谴责小说，了解妇女解放运动的人做妇女解放题材的小说，了解烟花柳巷生活的人写狭邪小说，所以这一阶段的小说呈现出前所未有的繁荣景象。名目众多的小说从社会功能的角度来评价，是成功的，但从艺术审美上来看，没有多少作品真正具有艺术价值。

这个时期比较著名的小说家，除了无法考证身份的除外，基本上是报刊的创刊人或者主笔。无论他们创办何种性质的报纸，撰写何种题材的小说，作家们都找到了"言志"的出口，所以这些自谋生路的报人比传统仕子享有更大的自由，成为知识分子阶层中最活跃的自由群体。他们作为现代思想的传播者，西方先进文化的介绍者，在社会转型期间为中国社会现代化起到了重要的推波助澜作用。

梁启超在"戊戌变法"之前，1896年创办过《时务报》，为维新变法做出了有力的宣传工作。变法失败后，他逃亡至日本，目睹日本明治维新后的繁荣景象，所以1901年他创办了《清议报》，以介绍西方为主要内容，达到"启蒙"的目的。1902年，他创办《新民丛报》，以"新民"的方式达到"新国"之目标。在《新民丛报》第二十号，他提出"小说为文学之最上乘。盖今日之提倡小说之目的，务以振国民精神，开国民智识，非前此诲盗诲淫诸作可比。"的论断[①]。1902年，他又创办《新小说》杂志，

[①]　《〈新小说〉第一号》，陈平原，夏晓虹编：《二十世纪中国小说理论资料》第一卷 1897—1916，北京大学出版社1997年版，第56页。

专门登载新小说，并且认为新小说是新民的有效手段。梁启超创办诸多颇有巨大影响力的报刊、杂志，是他宣传和鼓吹自己思想的媒介，也是他不忘"救世"时代责任感的体现。他始终以开阔的视野，政治家的韬略和抱负，思想家的睿智头脑为晚清社会寻找一贴救治良方，虽然很多观念无法实施，但先进的一套西方政治制度的理念被完整地介绍进闭塞保守的中国，无疑，这具有划时代的意义。梁氏的唯一一部创作小说《新中国未来记》被认为是他抒发政论的政治小说，虽然艺术价值不高，但为中国小说的发展开拓了新的境界[①]。

谴责小说作家群与政治小说家在社会中的地位不同。谴责小说家远离政权，不依附任何权力，不受束缚，能自由表达思想和看法，敢于揭露和讽刺黑暗腐败的晚清社会统治阶级，所以谴责小说在晚清大行其道。这种现象也表明小说家与社会和时代的紧密关系，他们仍然保持着"忧国忧民"的传统士子情结，所以说，他们以文学的形式参与民族的"救亡"和"启蒙"运动。典型代表作家包括吴趼人、李伯元、曾朴和刘鹗等优秀作家。虽然这些自由作家没有多少政治话语权，但正是作为自由撰稿人，他们可以不用顾忌太多，手写其口，自由表达思想。正是因为他们，"新小说"得以在中国扎根[②]。他们的身上保持着旧文化的痕迹，对于没有和西方有过多少接触的作家来说，他们大多倾向站在民族主义的立场上来看待西方。对于西方文化，远没有文学理论家和政治小说家那样狂热，而是采取观望的和怀疑的态度，他们没有刻意去模仿域外小说的特征，而是有选择地继承中国小说优良传统，学习域外小说的新奇表现方法，将二者很好地结合起来，形成中国小说的独特风格。

吴趼人没有梁启超那样幸运，时代被迫他成为穷困潦倒的一介书生。他才气横溢，但时代风潮将他推向穷困没落的社会边缘。他年少丧父，被迫到上海谋生，先后在江南制造局当过抄写员，1897年开始办小报，有《字

[①] 陈平原：《中国现代小说的起点——清末民初小说研究》，北京大学出版社2010年版，第17页。

[②] 同上书。

林沪报》、《采风报》、《奇新报》、《寓言报》。在1902年后又参与《汉口日报》、《楚报》和《月月小说》杂志等报业活动，在梁启超创办的《新小说》上登载他诸多创作小说，有历史小说《痛史》、社会小说《二十年目睹之怪现状》、翻译写情小说《电术奇谈》等，1905年又在《绣像小说》上发表迷信小说《瞎骗奇闻》等。吴趼人以报人和小说家的身份名噪一时。

李伯元与吴趼人的经历具有相似性，他略微比吴趼人幸运。他在上海创办《游戏报》、《世界繁华报》，结交社会上层名流，深知官场的黑暗和腐败，由此写出长篇巨著《官场现形记》，暴露官场的龌龊与残酷，被树为四大谴责小说之一的经典。李伯元身上虽然带有浓厚的传统知识分子特点，但思想还是趋于先进。他创办的《绣像小说》杂志和创作诸多小说等充分表现了他具有现代知识分子的先进思想，但略微带有传统旧式文人的痕迹。

曾朴与吴、李二人又有很大的区别。他少年得志，不为生计发愁，并且年轻时候受到了良好的教育，进入北京同文馆特班学习法语。在陈季同先生的影响下，对于文学发生了浓厚的兴趣。1904年，他创办"小说林"，后创办"真美善"书店。曾朴致力于法国文学的翻译，自然会吸收西方文化的因子，以广阔的视野看待中西文化。

刘鹗是一位特立独行的纯粹知识分子。他博览众长，在医学、算学和治黄学等方面颇有造诣。他生性直爽，行走在政权的边缘。刘鹗在西方文化的影响下，主张修铁路、开矿办实业等手段振兴、富强国家，他的超前观点被视为"卖国行为"。庚子之乱后，他看到民不聊生，具有爱国、爱民情怀的他自筹款项，从俄国人手里买回大米卖给饥民，办掩埋局、施医局等慈善机构帮助老百姓。后被顽固派治罪，发配新疆而死。他由权力的中心到社会的边缘所经历的失落，在其著作《老残游记》中得到充分表述："棋局已残，吾人将老"是他发出的无奈叹息。他的身份也由士大夫转变成为不受垂青的局外士子。对于西方，他主张学习西方和日本，以达到振兴国家和民族的目的。

颐琐，据考证原名汤宝荣，曾任商务印书馆总记室，涵芬楼丛刊沈九经其校刊。所以也算具备报人身份的现代知识分子。他的代表作《黄绣球》所讨论的妇女问题在当时极具"启蒙"功能。

如阿英所言，从作品中看晚清小说家的思想呈现出复杂多样的特点。有极其顽固的守旧党，有主张变法、革命的进步新人，也有处于两者之间，无任何政治倾向的中间人，他们在小说中以自由、辛辣的语词揭露官场，或者为了迎合大众阅读口味，书写新事物和新风俗[①]。在晚清这样的特殊历史背景下，知识分子士阶层思想异常活跃，加快了社会变革和转型的步伐。

第三节　作家视野中的西方形象

"西方形象"出现在中国人视野中始于16世纪末明朝万历年间，随着西洋耶稣会士罗明坚（Michel Ruggieri）、利玛窦（Matteo Ricci）、金尼阁（Nicholaus Trigault）等先后来华传教，"西方"也进入中国人的视野。西洋人因为外表长相奇特，行为举止怪异，官方中国人称之为欧美洋人、西夷人或夷人，对西洋惯性的藐视怠慢之形容。民间百姓最初称西方人为"红毛番"[②]，明代部分文章典籍对早期来华西人描述仅用"番"字为修饰语[③]。至18世纪中期，来广东经商或传教的欧洲人越来越多，中国人使用夷人、夷商等夷狄称谓，发泄对异族人的不满情绪。据王尔敏搜集到的资料在1810年时，地方官行用文书谕内用蛮夷等字，似有轻侮之意，府议以"蛮夷"二字系外国统称。从第一次鸦片战争1840年后，民族矛盾加深，中国文学作品中出现了用"洋鬼子"来指代西方人。这个称谓也正式进入文学文本中[④]，表达了中国人对西方列强在中国国土上横行霸道

[①] 阿英：《晚清小说史》，江苏文艺出版社2009年版，第6页。

[②] 彭兆荣：《"红毛番"：一个增值的象形文本——近代西方形象在中国的变迁轨迹与互动关系》，孟华主编：《中国文学中的西方人形象》，安徽教育出版社2006年版，第11页。

[③] 孟华：《中国文学中一个套话化了的西方人形象》，孟华主编：《中国文学中的西方人形象》，安徽教育出版社2006年版，第1页。

[④] 同上书。

的愤慨情绪。西方器物、西方风俗据孟华考证在明清的笔记《粤剑编》、《竹叶亭杂记》等中都有所记载。

20世纪初中国小说中的"西方形象"区别于明代以来的表述。明代作品对早期来华西人形象不同语词的概括:"怪诞"、"贪婪"、"鄙俗"等。明末清初,随着西方天主教传教士和更多商人的来华,中国文学中对西人的描述也日益增多,西方人的形象也因此种外部关系的变化而呈现出较丰富的形态。居住在广东沿海一带的文人,得以通过自己的亲身经历来获取对外国以及外国人的直接、真实、鲜活的认知。大批外国传教士的来华,被留在清廷中为皇帝服务。作为欧洲文化的传承者,他们有意识地把西方的科学仪器、日用品、艺术品、著作等西方知识传到中国。从康乾盛世相对开放宽松的环境一直到鸦片战争前夕,"番鬼"的含义与以前明代贪婪成性、粗鄙、怪异的"鬼子"形象迥然。此时的"番鬼"颇具人性、甚至和蔼可亲。鸦片战争后,情形发生了很大的改变。西方人开始入侵、掠夺中国,引起国人极大的愤慨和仇视。随着一系列不平等条约的签订,"洋鬼子"被整合成一个贬义词,正式进入文学文本中。"洋鬼子"也成为中华民族一段痛苦的民族记忆。

19世纪末20世纪初是中国近代社会急剧转型的时期,西方势力已经渗透于各个社会领域。在文化领域内,新小说的发生、壮大和繁荣也是学习西方的结果。这一时期,新小说家对西方的态度发生了巨大的转变,从蔑视为"洋鬼子"到仰视,称为"西学鸿儒"的转变。概括地说,西方形象在这一时期的小说中可分为三类:西方先进器物、西方人物和西方先进的民主制度。

西方器物指近代以来,西方科技飞速发展所带来的物质繁荣。通过中英鸦片战争,西方器物在中国人视野中最直观的形象就是"船坚炮利",这也是中国传统社会中所缺失的部分。作家在小说中很多地方有很多描述和虚构,直接表现为对先进科技的喜好和向往。在吴趼人的小说《新石头记》中,作者借贾宝玉回到现实世界。他先目睹庚子之乱,亲身体会到民风的败坏,失望之极,便逃遁到一个理想的"文明境界"中。在"文明境界"中，他乘坐极其先进的交通工具飞车，参观没有污染的工厂，观摩发达的医术，观看精悍的海军操练，感受五光十色的光电，领略开化的社会风气等等，与他在上海沿途所见大不一样。这是吴趼人对未来理想社会的具体构想的想象。另一部科学小说《新纪元》，作者碧荷馆主人对西方先进光电武器也是顶礼膜拜。他想象的未来世界各国的对抗在于先进武器的拥有和使用，黄白两个种族的比拼体现在各自武器是否精良的较量。中华大国利用先进的科学知识和强大的水师装备，与西方列强对峙，并在战争中击败了白种各国。这是作者幻想出的一场中西之间先进武器的较量和角逐，强与弱的关系依靠的是各国科学发展的程度，双方不断采用的更先进的新式武器标志着科学的发展程度，黄白两种人种的较量是一场科技的比武。作者在中国首相金作砺为元帅黄之盛送行之际，说出了这场战争的实质："从前遇有兵事，不是斗智，就是斗力；现在科学这般发达，可是要斗学问的了[①]"。小说中作者提到的各种武器，有由美国马加亚君造于一千八百八十六年，"形状如两只大鸟翼一般，是熟铁制成的，安在舰头两旁""行轮保险机"、行军电器叫做"海战知觉器"，"洋面探险器"、"洞九渊镜"、"水上步行器"、"电射灯"、"绿气炮"、"炭气法"等等。

　　作者用超越于同时代人的眼光来，以想象和虚构的方式，描述了自我心目中理想的世界。黄种人不再积弱，而是以东瀛日本国战胜俄国的例子作为蓝图，勾勒了一幅黄种人与白种人一样雄起于世界的格局。作者的幻想基于这样的美好愿望："世界之进步有足令人惊讶者，且轮船、铁路、电线、交通似识。高山峻岭不能隔，重洋溟渤不能限，风俗互殊，言语各异不能阻。七万二千里周之大球，消息灵通，往来便捷，近若比邻，亲如一家。不图古人所谓缩地之法。乃实验之于今日，诚生斯世者之幸福也[②]"。

[①] 碧荷馆主人：《新纪元》，《中国近代小说大系》，百花洲文艺出版社1996年版，第456页。

[②] 《东方杂志》，1904年第1期，第17页。

当然，作家们对于西方器物也不全是仰慕和赞赏的态度。对于中国社会和文化有危害作用的西方物品遭到知识分子的痛斥。吴趼人在小说中对于鸦片表现出极其痛恨的态度，表现了他的人道主义关怀和民族主义的爱国情怀，以警世之力来劝诫深受鸦片烟吸食者。

第二类西方形象为西方人物形象。作家们对西方人物的书写在晚清小说中占主要部分，而且也最为生动，文学性相对较强。小说文本中的西方人物形象或以圆形人物或扁平人物出现，以"他者"的身份，被编织在复杂的故事情节里。作者对"他者"的表述不是作者的写作目的，而是为了冷峻地审视"自我"。从作者对西方人物形象的态度判断，西方人物形象在小说中基本呈现出三种特点：正面、反面和中间状态。除了在吴趼人与李伯元的社会小说中，西方人物形象多有被美化的倾向。

梁启超在其《新中国未来记》中视西方硕学鸿儒为中国人学习的典范，重点书写诗人兼豪杰的拜伦和法国思想家卢梭，作者通过小说中有为青年对这些西方名人的崇尚和敬仰之情，寄托了作者本人的政治理想。

吴趼人对于西方人物基本上还原本来面目居多，也有少数"妖魔化"的倾向。在其谴责小说《二十年目睹之怪现状》中，把洋商人奸诈狡猾的丑行戏剧性地呈现出来。《上海游骖录》描写了洋人在中国租界耀武扬威的骄蛮习性。当然作者笔下所塑造的洋人还以主持公道、善良仁义的特点，帮助中国百姓打抱不平，一起反抗官府欺压。李伯元笔下的西方人物形象大多呈现出漫画式的喜剧色彩。洋人为自己的利益要么勾结官府，要么与官府作对，以《文明小史》中的洋矿师和洋教士为代表，取得了不同的艺术效果。当然小说中还塑造了一系列西方人形象，包括洋商人、洋兵等，值得注意的是，李伯元站在人道主义的道德的至高点立场上正确看待和评价在华西方人物的是与非，有愤怒、赞赏，也有同情和理解，以写实的方式还原其文学视野中的西方人。

曾朴与吴趼人和李伯元有着较明显的区别。曾朴早年得志，有机会进入北京同文馆学习，开始接触西方，后又专事法国文学翻译工作，通过文学，他深受西方文化的熏陶，对于西方有着更理性的认识。在他创作的《孽海花》

中，他对于西方人物形象呈现出"英雄化"的倾向，女性形象有俄国虚无党女英雄夏雅丽，英国皇室贵夫人维亚太太和英法两位多情女子；男性形象有德国将军瓦西德和日本义士浪人小山清之介。《孽海花》中的西方人物形象的视角是中国出使英法大使金雯青和其夫人傅彩云，他们以审美的角度来看待西方人和西方文化，区别于吴趼人和李伯元小说中描写西方人物形象的视角，所以，曾朴视野中的西方人物形象具有"美化"的文学功能，达到借外喻今的作用。

  颐琐著的《黄绣球》是一部反映妇女解放主题的小说，作者笔下的西方人物形象主要以西方女杰为视点，采用仰视的角度书写小说中的西方人物形象。最为典型的是对法国女杰罗兰夫人的描写，罗兰夫人虽为法国大革命期间的女英雄，但为中国的妇女解放运动起到了典范作用。罗兰夫人在小说中对于女主人公黄绣球的女性解放意识的发生、成长扮演着启蒙者的角色，所以被赋予"神化的"色彩。除此之外，西方人物形象还有北美女子美丽莱恩，创办女学堂，为女子教育奔走、奉献。作者还以其他西方英雄形象为黄绣球树立了学习的楷模，有：哥伦布、玛志尼、立温斯顿、俄皇大彼得、法国磁器专家巴律、日本学人福泽谕吉等。这些西方人物形象在小说中以扁平人物存在，英雄形象仅仅是借他人之口被提及。

  在其它有关妇女解放题材的小说中，西方人物形象也呈现出"英雄"和"女杰"的特征，充当启蒙者的角色。比如思绮斋写于1907年的《女子权》，小说的理想圆形人物贞娘为女子婚姻自由离家进入广阔的社会场景，接触到西方人物，这些西方人物已经不再承担间接"启蒙"的角色，而是与贞娘直接进行对话。在《女子权》中最有影响力的西方形象非联邦女公使域多利莫属。如果说中国女性贞娘代表了女权运动的在中国的发起人，域多利公使以其独特的政治身份，则代表了来自西方文化观念具有现代意识的女权运动的领导地位。域多利是西方女子参政的典型代表，而且还担任过驻其他国家公使的经验，对中国有深入的了解，到中国来任公使，理所当然，承担起启蒙的角色。域多利提倡男女平等，女人与男子平等的社会地位是该国家和民族富强兴旺的象征，是打破专制社会制度，建立民主国家的前

第一章　中西博弈：19世纪中期至20世纪初的西方与中国

提。域多利是作者想象的人物，不光来到中国，而且深入到封建统治的内部，进行宣传和说教。域多利公使作为女权激进人物，她失去了个人色彩的特性，因此，作者没有对她进行艺术方面的描写，而是采用了议论的方式，表达她的政论，减少了小说人物文学性，但人物思想达到了一定的深度。

反映华工禁约运动小说《苦社会》，作者署名佚名，小说中的西方人物形象以反面的角色被书写。诚然，华工受外国商人非人虐待的事实，的确引起了民族主义情绪，作者极力刻画外国商人的恶毒、残暴、兽性的特点，挖掘建立在金钱交易之上，人性恶的深度，并揭露这一现象背后的深层次原因。在贩卖华工的船上，外国商人以模糊的形象被作者妖魔化。他们鞭打华工、抛尸、凌辱中国妇女等行为让人发指。在另一部同样题材的小说《黄金世界》中，外国商人的丑恶形象被具体化。作者塑造了一个"圆形式"洋人的形象，古巴人勃来格，从肖像描写到具体事件的讲述，无一不表现出他凶残、暴虐的特点。

总之，西方人物形象无论被20世纪初中国作家们如何书写，他们都是作为代表西方的"他者"形象出现在文本中，作家们在聚焦"他者"的同时，也在深刻审视"自我"。西方人物形象比起西方器物更直观，更多维度地反映作家看待西方的态度和价值取向，表现出作家不同的文化身份和心理机制。

西方资产阶级思想和民主制度是第三类西方形象，主要表现在政治小说中，虽然被直接书写的比例很小，其社会意义不可忽视。西方资产阶级革命的成功经验成为中国政治家改良思想的源泉，西方近代启蒙思想是中国新式知识分子反对封建思想的有力武器。"民主"、"自治"、"民权"、"立宪"、"法律"为中国社会转型思想所用。梁启超作为小说家代表了与他同时代站在时代前沿，深切关注民族命运的诸多知识分子的爱国热忱。通过学习西方资产阶级思想和民主制度来彻底改变旧中国的命运。

20世纪初中国小说中的西方形象不是以纯粹的文学现象出现，也不是作家们为文学而刻意的选择，而是社会内容的反映。在中西文化交汇、碰撞的19世纪末和20世纪初，西方形象更多地被赋予了超越于文学范围之外的社会使命，更多扮演了"救亡"、"启蒙"等等政治角色。

19世纪至20世纪的西方确实在历史上发挥着极其重要的作用。西方文化以极其强劲的势头波及世界各地，在19世纪中叶开始在中国掀起"西风东渐"的风气。西方文化随着西方殖民主义东来，带有强烈的"西方霸权主义"势力，以发达的科技，强大的经济为后盾。作为"落后"、"愚昧"的东方的"拯救者"和"启蒙者"，"东方"仅仅是供欧洲人贸易的地方，在文化上、心智上和精神上都被排除在欧洲和欧洲文明之外[1]，东方沦落为非人道、反民主、落后、野蛮的代名词[2]，中西文化形成冲突和对峙。在19世纪中期至20世纪初，中西文化之间展开过几次文化论争。虽然中国传统文化阵营依旧坚实，但处于变革的历史潮流选择了西方文化，西方文化以势不可遏的气势进入20世纪中国，在"五四"新文化运动中成为中国传统文化的送葬者。

中国知识分子对西方文化的选择和接受建立在一定的实用功能上，19世纪的西方呈现出民主、和谐、自由、发达等新风貌，而同期中国社会仍然处在闭关锁国的落后状态。西方国家和中国形成强烈的反差，也是中国社会发展的参照。在动荡时期，知识分子寻求救国、保种之路，西方的社会模式无疑为中国提供了一种理想范式，西方在中国知识分子，尤其是资产阶级改良派的视野中成为救治中国的良方。西方文化被中国知识分子想象为理想的文化取向，西方也在所难免有被过分美化的嫌疑。

---

[1] ［美］爱德华·W·萨义德著，王宇根译：《东方学》，三联书店1999年版，第91页。
[2] 同上书，第194页。

第二章　政治小说中的西方形象
——以梁启超《新中国未来记》为例

无端忽作太平梦。放眼昆仑绝顶来。/河岳层层团锦绣。华严界界有楼台。/六洲牛耳无双誉。百轴麟图不世才。/掀髯正视群龙笑。谁信晨鸡蓦唤回。/却横西海望中原。黄雾沈沈白日昏。/万蛰豕蛇谁是主。千山魑魅阒无人。/青年心死秋梧悴。老国魂归蜀道难。/道是天亡天不管。竭来予亦欲无言。

这是梁启超于1902年所写的诗歌《自题新中国未来记》，是他对自己唯一一部创作小说《新中国未来记》的真实感受。小说《新中国未来记》表面看似作者对未来中国的美好想像，实际上是对危机四伏的中国现状深层次的担忧。梦中的新中国处处可见锦绣河山，并能称霸于世界，但现实的中国却浓雾弥漫，看不清方向，有志青年的希望如同秋天的梧桐树一般，难以施展心中的抱负。梁启超借此诗文抒发他忧国忧民的情感，也是他对未来中国发展方向的思索。

《新中国未来记》约九万字，共五回，未完，1902年11月（光绪二十八年十月）发表于由作者本人所创办的四大小说杂志之一的《新小说》第一、二、三和七号上，后收入1936年出版的《饮冰室合集》。《新中国未来记》被认为是梁启超发表并阐释其政治主张的小说，作者借助文学作品虚构和想象的特点，勾勒了一幅未来中国的盛世蓝图。他主张积极向西方学习，学习西方先进的政治制度和文化思想，旨在从根本上彻底改变中华民族落后、积弱的境况。

《新中国未来记》是梁公在"戊戌变法"失败后，流亡日本期间所作的政治小说。梁氏逃亡至日本后，他全面反思了中国"维新运动"失败的原因，并且与日本"明治维新"成功的经验做对比，他认为失败的原因在于民智的不开化。在日本，他积极汲取日本近代文明，从思想层面着手，认真思考中日两国的差别，找出中国存在的病根。梁公在《中国积弱溯源论》中提出："吾国之受病，盖政府与人民，各皆有罪焉"[①]。他认为中国之所以衰弱的原因是封建专制和国民的麻木。"中国积弱之大源，其成就之者在国民，而孕育之者仍在政府。彼民贼之呕尽心血，遍布落网，岂不以为算无遗策，天下人莫于毒乎？[②]"他认为，目前中国社会制度存在着重大的缺陷，国民的总体素质严重阻碍了中国社会现代化的进程。他借鉴日本"明治维新"成功经验，积极向西方学习，通过译介西书、办报刊杂志等有效方式，介绍西方科学文化到中国，加深中国人对西方的了解程度。梁公先后创办了《清议报》、《新民丛报》和《新小说》等报刊杂志，将西方社会中有利用价值的思想观念积极介绍到中国来，为中国新式知识分子提供了新思想的源泉，承担起"救亡"与"启蒙"的社会功能。

创刊于1898年的《清议报》（光绪二十四年十一月十一日），以"主持清议，开发民智"为主要内容，发挥"国民之耳目，维新之喉舌"的作用[③]。他认为开发民智的渠道就是介绍西方包括欧美和日本的先进社会文化思想。1902年2月（光绪二十八年正月初一日）由他在日本横滨继《清议报》创刊之后，创办了《新民丛报》，以"欲维新吾国，当先维新吾民"为宗旨，初期主要由梁公主笔，所以《新民丛报》基本上可以说是他政治思想的反映。《新民丛报》的创刊号登载了他著名的《新民说》前三节，论述了国民与国家的关系，新民对于振兴国家和民族能起到至关重要的作用，"国之有民，犹身之有四肢、五脏、筋脉、血轮也。未有四肢已断，

[①] 梁启超：《中国积弱溯源论》，《饮冰室文集之五》，《饮冰室合集》第1册，中华书局1989年版，第13页。

[②] 梁启超：《中国积弱溯源论》，《饮冰室文集之五》，《饮冰室合集》第1册，中华书局1989年版，第14页。

[③] 《清议报》，1898年，第1期。

第二章 政治小说中的西方形象

五脏已察,筋脉已伤,血轮已固,而身犹能存者;则未有其民愚陋、怯弱、涣散、混浊,而国犹能立者。故欲其身之长生久视,则摄生之术不可不用;欲其国之安富尊荣,则新民之道不可不讲①"。创刊于1902年11月(光绪二十八年十月)《新小说》的发刊首页登载了他著名的文学理论《论小说与群治之关系》,"故今日欲改良群治,必自小说界,革命始欲新民必自新小说始②"。梁氏认为新小说具有强大的力量来改变社会政治、文化等,是改变国民性的重要手段。

  欲新一国之民,不可不先新一国之小说,故欲新道德,必新小说;欲新宗教,必新小说;欲新政治,必新小说;欲新风俗,必新小说;欲新学艺,必新小说;乃至欲新人心、欲新人格,必新小说。何以故?小说有不可思议之力支配人道故③。

处于中国文学末流地位的小说被梁氏提高到前所未有的高度上,他认为新小说是一切新质产生的关键,决定着国家的富强与赢弱。1902年梁启超在《新民丛报》第二十号上写有关他对《新小说》杂志第一号的看法:"盖今日提倡小说之目的,务以振国民精神,开国民智识,非前此海盗海淫诸作可比。必须具一副热肠,一副净眼,然后其言椑于用④"。新小说报社在《中国唯一之文学报〈新小说〉》一文中将政治小说列为第二种小说,仅仅排名位于历史小说之后。"尤其以政治小说最有力量,著者欲借以吐露其所怀抱之政治思想也⑤"。由此可见梁公对于政治小说的热衷,其重要性在于可以抒发政治思想和见解。

---

  ① 梁启超:《新民说》,《新民丛报》1902年,第1号。
  ② 梁启超:《论小说与群治之关系》,《新小说》1902年,第1号。
  ③ 同上书。
  ④ 《〈新小说〉第一号》,陈平原、夏晓虹编:《二十世纪中国小说理论资料》,北京大学出版社1997年版,第56页。
  ⑤ 新小说报社:《中国唯一之文学报〈新小说〉》,陈平原,夏晓虹编《二十世纪中国小说理论资料》,北京大学出版社1997年版,第61页。

梁启超重视政治小说的社会功能起始于 1898 年。在《清议报》第一期上发表的《译印政治小说序》一文中，他这样论述政治小说的作用："彼英美德法奥意日本，各国政界之日进则政治小说，为最高焉，英国名士某君曰小说为国民之魂，今特采外国名儒所撰述，而有关切于今日中国时局者，次第译之，附于报末爱国之士或庶览焉"[①]。他认为政治小说在西方国家受到重视并发挥了巨大的社会功能，译介政治小说到中国是社会和时代的需要。因此《清议报》连载他翻译日本东海散士的小说《佳人奇遇记》和由周宏业翻译日本矢野龙溪的《经国美谈前编》，两部均被冠之以"政治小说"。他评价这两部小说"令人一读，不忍释手，而希贤爱国之念自油然而生"[②]，简言之，政治小说的效应莫过于此。梁氏正是在这样特殊的背景下创作了《新中国未来记》。

《新中国未来记》中，立论皆以中国为主，事实全出于幻象。梁启超作此小说的目的在于"专欲发表区区政见，以就正于爱国达识之君子"[③]。他针对目前中国的现状，探讨中国未来的发展问题。小说全用幻梦倒影之法，而叙述皆用史笔，一若实有其人，实有其事者然，令读者置身期间，不复觉其为寓言也"[④]。小说采取倒叙的手法，以发表政论的形式，从他想象的 1962 年维新变法成功五十年后的庆典开始叙述。第一回想象强国之后，万国博览会在中国召开，西方列强纷纷来祝贺，被称为曲阜先生的孔觉民大博士在"万国博览会"上开讲坛，以演讲的形式追忆新中国的自由思想奠基人——黄克强。后几回小说主人公黄克强巧遇留美学生李去病，与李就未来中国所应采取的政治制度"革命"还是"立宪"进行了激烈的辩论，最后两回两人去被沙俄侵占之地旅顺游历，目睹殖民者的统治。

《新中国未来记》是政治家梁启超对未来中国何去何从所做的思考的

---

① 梁启超：《译印政治小说序》，《清议报》，第 1 期。
② 郭延礼：《中国近代文学发展史》第 2 卷，山东教育出版社 1991 年版，第 105 页。
③ 梁启超：《新中国未来记·绪言》，《饮冰室专集之八十九》，《饮冰室合集》第 11 卷，中华书局 1989 年版，第 1 页。
④ 陈平原，夏晓虹编：《二十世纪中国小说理论资料》，北京大学出版社 1997 年版，第 56 页。

第二章　政治小说中的西方形象

一种想象,想象中的未来强大的中国是以西方文化价值体系为参照的社会。所以,全面挖掘和分析这部小说中有关西方的言说,是进一步深入研究梁启超西学思想不可缺少的途径。前人研究梁启超,大多从思想史、文化史的角度分析,很少有学者从小说文本的角度入手,去研究小说中有关西方的书写。本文重点研究《新中国未来记》中的有关西方的文字,考察作者如何通过描写西方形象来反映出他心目中的西方,探讨塑造西方形象折射的各种原因。本章主要从两个层面展示西方形象：政治层面和人物层面。

第一节　瑰丽"盛会"

鸦片战争之后,中国封建社会受到前所未有的重创,中日甲午战争中国被邻国日本所击败的事实惊醒了国人对朝廷的幻想。"戊戌变法"的失败,标志着维新派的改良愿望也彻底粉碎,但富国强民的梦想在以梁启超为代表的知识分子阶层中并没有消失,而且愈加强烈。梁氏在《新中国未来记》第一回《楔子》中描写了维新五十年庆典日和世界博览会的盛况：

> 恰好遇着我国举行祝典,诸友邦皆特派兵舰来庆贺,英国皇帝、皇后、日本皇帝、皇后,俄国大统领及夫人,菲律宾大统领及夫人,匈加利大统领及夫人,皆亲临致祝。其余列强,皆有头等钦差代一国表贺意,都齐集南京,好不匆忙,好不热闹。那时我国民决议在上海地方开设大博览会,这博览会却不同寻常,不特陈设商务、工艺诸物品而已,乃至各种学问、宗教皆以此时开联合大会。各国专门名家、大博士来集者,不下数万人。处处有演说坛,日日开讲论会,竟把诺大一个上海,连江北,连吴淞口,连崇明县,都变作博览会场了。[①]

[①] 梁启超:《新中国未来记》,《饮冰室专集之八十九》,《饮冰室合集》第11卷,中华书局1989年版,第2第3页。

这是在"维新"变法五十年之后，对中国跃居世界强国的美好幻想，各国特派重要人物都光临中国南京参加"维新五十年庆祝大典"和博览会的宏大场面。各国代表纷纷前来庆贺，梁启超特别提到参会的有皇权至上的英国皇帝及皇后、日本皇帝及皇后、俄国大统领及夫人、菲律宾大统领及夫人和匈牙利大统领及夫人等，他们亲临致祝盛典，标志着新中国已经加入世界强国的行列。这是作者梁启超乌托邦式的想象，希望在未来的世界中，强大的中国能够取得与西方列强平等友好的关系，幻想能够与"英、日、俄"等强国为友，这说明了中国知识分子富国梦，强烈渴望重新恢复昔日中华帝国的繁荣和富强。作者心目中的未来中国与19世纪现实中的中国社会迥然不同，而且反差巨大。事实上，正如费正清所言，"十九世纪的经历成了一出完全的悲剧，成了一次确是巨大的、史无前例的崩溃和衰落过程[①]"。旧的社会制度逐步瓦解，新的还未形成，尤其19世纪后半期，西方列强发动一系列的侵华战争，使得中国社会风雨飘摇。

1840年到1842年中英鸦片战争，英国以炮舰打开中国的大门，强迫签订一系列不平等条约，要求中国开放通商口岸，国土不再完整，主权受到挑战；1857年到1860年英法联军进攻北京，烧毁房屋，攫取大量钱财；1871年，俄国侵占伊犁、1874年日本夺取中国的琉球、1883年到1885年爆发中法战争、1894年到1895年日本侵占中国、1898年西方列强争夺在华租借地，这些被西方频繁的侵略事件使得19世纪的中国处在水深火热之中。正因为如此，强国梦更是故国命运多舛的民族脊梁们精神自救的幻想。

梁氏的强国梦建立在其固有的传统思想上，并不是凭空想象。在中国历史上，中华帝国曾经有过辉煌的历史，"华夏至尊"、"泱泱大国"的民族自豪感在传统的"士"阶层依旧存在。早在隋唐，中国对东亚的密切文化影响已经确立，并且至近代，东亚各地还受中华文明的支配。中国不仅是东亚的中心，而且是亚洲文明发源地。所以在文化方面，中国人有了

---

① ［美］费正清、刘广京编：《剑桥中国晚清史》上卷，中国社会科学出版社1985年版，第3页。

相当强烈的民族自豪感,称外族人为"夷狄",并加以蔑视,如西方人所言,中国人的自大体现在对他者的贬低,"中国人是高贵的,'蛮夷'是卑贱的、渺小的"①。这样盲目看待西方的观念直到鸦片战争失败之后,才开始觉醒。长期闭关锁国的国门被西方的炮舰打开,空洞的民族自豪感被击垮,有志之士开始反思和探索中国的未来。一方面他们觉得西方的先进科技的确技高一等,另一方面,却不能摆脱"华夏独尊"的传统观念,在他们头脑中仍存有挥之不去的强国梦幻,他们期待兴国之日为期不远。

此外,这部小说的里还提到在上海召开的"博览会"。专家博士云集上海开讲坛、搞演说。这一想象表明了梁氏强国梦的具体内容。中国能举办"世界博览会"在当时知识分子脑海中是真正富强的标志。"19世纪后期到20世纪初是西方社会举办万国博览会的时代,博览会成为西方国家综合国力的呈现,更能表现国家之间的激烈竞争②"。所以说,博览会是国力的象征之一,普遍认为举办博览会是国富的体现。

因为在1851年,中国商人徐荣村就参与了在英国伦敦举行的第一届世博会。1876年,中国官员首次出现在美国费城的世博会上,直接感受到西方先进的科技和强大的综合国力,并把感受记载带回国。1904年,清政府正式派出代表团参加美国圣路易斯世博会。杂志报刊刊登了有圣路易博览会之景。简而言之,举办世界博览会象征着国强民安的盛世。

国内的报刊杂志也对世界博览会做过不少真实的报道。1903年的《大陆报》第四期在"译录"栏目,就有介绍《博览会源流考》一文,文中介绍博览会,其宗旨为汇集世界上千百种之货物,开拓国民之眼界,增益国民之知识,以诱掖农工商各业之竞争共进。不仅如此,《新民丛报》第二十九号图画页登载了一系列有关博览会的图片,包括大阪博览会总裁载仁亲王、博览会全景、博览会正门、教育馆、美术馆、水族馆、农业馆、工业馆、林业管、水产馆、动物馆、通运馆、机械馆、温室和台湾馆等,

---

① [英]崔瑞德编:中国社会科学院历史研究所西方汉学研究课题组译:《剑桥中国隋唐史:589-906》,中国社会科学出版社1990年版,第21页。

② 李政亮:《亮丽的强国梦》,《读书》,2006年第11期。

详细地展现了大阪博览会的盛况。可见，举办博览会成为强国的重要标志之一。在别国眼见世博会的盛大状况，能在中国本土举行世博会就成为一代知识分子的梦想。

小说中想象的世博会具有浓厚的中国传统文化特色，不提商务，而是注重学问，并且处处开设讲坛。这与中国传统儒家文化历来"轻商重学"，视学问为最上乘，商贸为三教九流的传统观念有关。所以，被想像的中国的世博会区别与在其他世界各地的世博会，专以弘扬学问见长。作者还想象出了世博会最有影响力的人物，大知识分子孔觉民博士，作为"开民智"者，也被称为曲阜先生，用"演讲"的方式，大力宣传其政治主张。在演讲中，他提到中国的强大，有三件事起到了至关重要的作用：

> 第一件事：外国侵凌压迫已甚，唤起人民的爱国心；第二件是民间志士为国亡身，卒成大业。第三件是前皇英明，能审时势，排群议，让权与民。三件里头，第二件却是全书主脑。一国所以成立，皆由民德、民智、民气三者具备，但民智还容易开发，民气还容易鼓励，独有民德一桩，最难养成[①]。

首先，孔博士"曲阜"先生在小说中是作者想象出来的人物，并且是孔夫子旁支裔孙，新中国第一硕儒，曾游学欧美日诸国，是维新志士，任新政府国宪局起草委员，转学部次官，后为教育会长。孔博士在博览会史学讲坛上演讲中国史，两万听众中，有一千多来中国游学的外国学生。明显看出，孔博士具有"亦中亦西"的文化身份，既姓"孔"，字"曲阜"，又有西方"博士"的头衔，集两种文化之长的"自我"形象。孔博士的形象是未来强大的中国的精英人物，作者塑造这个文学形象，是对社会精英承担强国责任的殷切希望，期望他们能挑起兴国的重担，抛弃个人的得失，成为民族的脊梁。梁启超在其政论文《英雄与时势》中论述，英雄是人世

---

① 梁启超：《新中国未来记》，《饮冰室专集之八十九》，《饮冰室合集》第11册，中华书局1989年版，第5页。

的造物主，大事业皆由英雄完成。他还列举了外国的英雄人物，企盼中国能有如哥伦布、俾斯麦、华盛顿等能造时势、整顿乾坤的英雄。他还对参加"维新变法"的"戊戌六君子"之一的谭嗣同高度赞扬，描写了他大义凛然、临危不惧、舍生取义、愿为革命抛头颅、洒热血的英雄奉献精神。在《康广仁传》中，梁公大力赞扬"六君子"的伟大献身精神也说明在危难之中，国家和民族需要这样的仁人志士。

再次，"演说"也是硕儒们常采取的一种传播知识和文明的方式。梁启超在《传播文明三大利器》一文中称"演说"是对于识字不多的国民传播文明的有效方式，日本的西学先锋福泽谕吉就认为演说为传播西学的主要途径。

此外，孔觉民博士所演讲的内容是有关对中国社会制度的思考。他介绍有关新中国的历史，实际上是新中国的强国史，着重强调宪政党的重要作用。他认为新中国的强大，最重要的原因之一是成立了宪政党。宪政党重视教育、设立大学、普及各种小学校、创办银行、开办轮船公司、金矿公司和各种官办工厂、创立法律等。新中国的巨大变化，全部仰仗宪政党的再造之功，宪政党的稳固全靠国民精神上的团结。这些观点实际上是作者表达他自己心目中的未来中国社会，孔觉民博士就是梁公本人的思想代言人。

《新中国未来记》中，黄君克强是另外一位重要政治人物。他主张立宪，立宪主要体现在设立最高权力机关议事（立法）、办事（行政）和监事（司法）三权分立制。还规划了总统、国会及内阁的模式，这些与西方政体相似的政治想象表明了梁启超追求的政治目标，其具体论述体现在一系列有关"立宪"文论中。梁启超在《立宪法议》一文中这样解释"立宪"："君主立宪者，政体之最良者也。立宪在于君权、官权、民权的明确有限规定"[①]。他认为"君主立宪"是"立宪"种类中的上品，适合当下的中国，既能保

---

① 梁启超：《立宪法议》，《饮冰室文集之五》，《饮冰室合集》第1册，中华书局1989年版，第2页。

证君王的至上地位，又能为国民争取最大限度的权利，官员也实行自治权。梁氏还以英国和日本推行君主立宪为成功例子，论证"君主立宪"强国的重要意义，目的在于证明"立宪"制度的优越性，勾画出未来中国政治的发展方向。"中国也应早日采取'君主立宪'制度，故中国究竟必与地球文明国同归於立宪。无可疑也。特今日而立之。则国民之蒙福更早。而诸先辈尸其功"[①]。梁氏对未来中国社会政治制度已经有了非常具体地的认识和规划。

当然，"立宪"是当时社会集体想象，也是维新改良派呼声最高的政治主张之一。同时代的报刊杂志对此做了大量的宣传。如：《月月小说》发刊词中有这样的政论"立宪根于自治，此事不在一二明达之士夫，而在多数在下之国民，苟不具其资格，宪政何由？立自治何由？……西人皆视小说于心理上有莫大之势力，则此本之出或开通智识之一，助而进国民于立宪资格乎"。该杂志第1期还登有吴趼人写的短篇小说《庆祝立宪》；《万国公报》丙午第210期上的《东方诸国之立宪》和《美国立宪史》两文；《浙江潮》第4、5两期"政法"栏目中有《俄人要求立宪之铁血主义》一文；《新民丛报》第23号"论纪年"栏有《欧美各国立宪史论》一文。除此之外，《时报》、《东方杂志》、《中外日报》、《北洋学报》等报刊对于"立宪"的重要性都有所论述。可见，"立宪"是时代发展的迫切需求，是中国社会从专制走向民主的关键。

孔博士总结五十年的教训，第二件重要之事还强调了"民德"、"民智"和"民气"的重要性。这三者实际上是梁氏主张"新民"的主要内容之一，欲新国先新民，新民是新国的重要手段之一，新民应注重"民德、民智和民气"的培养。梁氏认为"民德"主要指的是"公德"，而不是"私德"。在《论公德·新民说》一文中认为我国民最缺的是公德，公德是人群和国家赖以成立的基础，而国人注重私德，泰西注重公德。因为公德，所以注

[①] 梁启超：《立宪法议》，《饮冰室文集之五》，《饮冰室合集》第1册，中华书局1989年版，第52页。

重新道德的培养,于国家和群体有利。梁氏认为的"民德"区别于中国传统文化上的"私德",实际上指的是西方概念上的公德,有利于一个群体团结的伦理规范,一个群体的团结,有利于发展。他在文中以英国、法国、美国等强国论证"公德"的必要性,所以梁启超认为公德是新民的急务之一。

梁公对于"民智"也相当重视。在其政论文《学校总论》中,用《春秋》三世之义来做对比:"乱世以力胜,升平世智、力互相胜,太平世以智胜[①]","智"相对于"力"是高级社会的理想境界。还用"鸟兽"和"人"做对比,人虽弱,但能用"智"驾驭"虎豹";蒙古、回回等外族只会用武力征服其他民族,但近百年欧罗巴高加索以"智"统辖和占领全球大部分地区。他由此总结"世界之动,由乱世而进于平,胜败之原,由力而趋于智。故言自强于今日,以开民智为第一义[②]"。他诠释"智"是促进社会发展的动力,也是衡量社会发展到一定义明阶段的标杆。

除此之外,梁启超在《新中国未来记》的第三回中以主人公黄克强之口,还提到过一系列有关西方政治制度和民主思想的套话,如"自治"、"民族主义"和"自由"等政治观念。小说的主人公黄君的身份是有具有资产阶级民主思想的新式知识分子,受过良好的西式教育,宪政党的创始人。其父饱学,中日甲午战争之后,根据国内形势和中国前途的要变,鼓励他和一得意门生李君同往英国游学。黄君在英国牛津大学主修政治、法律、生计等课程,立意讲求世界学问。李君主修格致、哲学等学科。两人在"改良"与"革命"的选择上持有不同意见,但对于中国目前的国内局势,两人都能达到共识。

第三回黄君忧心忡忡地谈论到中外自治制度的区别,认为外国之所以实行民主制度是由于他们具有自治权利、义务等先进思想,而中国社会仍然保持几千年不变的封建君王专制的社会制度,根本不存在民主,正因为中国缺乏自治制度,这才导致中国的落后,所以说反对封建专制,实行自

---

① 梁启超:《学校总论·变法通议》,《饮冰室文集之一》,《饮冰室合集》第1册,中华书局1989年版,第14页。

② 同上书。

治非常必要。

> 外国的自治权利、义务两种思想发生出来，所以自治团体是国家的缩本，国家便是自治团体的放大影相。泰西的国民叫做市民，市民亦叫做国民，中国能够这么着吗？中国的自治毫无规则，毫无精神，几千年没有一点进步，和那政治学上所谓的有机体的正相反对！只要一两个官吏绅士有权势的人，可以任意把他的自治团体糟蹋败坏，这样的自治，如何能够生出民权来？他和民权原是不同的种子的[①]。

以上文字充分表现了黄君忧国忧民的爱国思想，对中国"封建专制"与外国"自治"的深层次思考，代表了维新派的政治主张，反对中国的专制，推行西方的自治制度。

关于"专制"和"自治"的论述是时代的热门话题。报刊杂志做了不少介绍。1903年创刊的《浙江潮》第6期，在"社说"栏目，署名重堪的人专门论述《自治篇》，包括英德国民之自治精神，论述了我国民自治精神缺失的原因，因为阶级所迫，阶级包括政府、社会、家庭，以法律来改造性质论等论说。《新民丛报》第28号上，署名雨尘子做了《近世欧人之三大主义》一文，其中之一就集中论述了欧洲各国近百年的变化。"欧洲是多数人势力发生的时代，议会多数人之意见，则成国之法律，平民势力之发达，自由民权之声起，多数人团体势力神圣不可侵犯。少数人听命而已。但最可怜者莫过于多数人服从少数人。中国多数团体不知主张其权利，势力何从发生，是中国人无民权，不能成为国民，望其立宪、开议会，享自由之幸福"[②]。欧洲的变化归功于社会自由民主的社会制度，而中国恰恰最缺少民主制度，欧洲的强大为中国提供了成功的蓝本，所以中国实

---

① 梁启超：《新中国未来记》，《饮冰室专集之八十九》，《饮冰室合集》第11册，中华书局1989年版，第5页。

② 《新民丛报》，1903年，第28号。

行自治制度是维新派人士的最大愿望。

《新中国未来记》第三回中,李去病和黄克强交谈中所提及"民族主义"。他们认为这些新词汇是卢梭、边沁、约翰米勒尔各位大儒的名论,与其他政治名词一样,来自于西方资产阶级启蒙思想家的体系。强大繁荣的西方,以英国维多利亚时代为代表,他们信仰民族国家、法治、个人的利益、基督教和科学技术,以及使用战争来为进步服务等观念。所以,民族主义是强国富民的保证,有过欧美留学经历的中国志士对中国几千年以来实行的封建专制制度深恶痛绝。

梁氏倡导的"民族主义"比较具体化,他以欧洲强国近代发展史为例,深信近代中国要发展,要富强,要赶上欧洲强国,必须发展"民族主义",只有这样,中国才有可能实现富民强国。这种美好愿望虽然具有一定的局限性,但他为民族、为国家寻求富强之路的爱国精神值得肯定和发扬。在《论民族竞争之大势》中将"民族主义"解释为顺者昌、逆者亡的历史潮流,近代欧洲的强大原因在于民族主义的发生和发达。他以近四百年来,英明的君王或智慧的将相大臣如法王路易第十一、显理第四、英女王意里查白、英相格林威尔、渣琴、意相嘉富洱、德相俾斯麦等各国领袖豪杰为例,赞扬他们善于把握历史发展潮流,带领民众利用机会发展成富强的民族主义国家;相反,他认为拿破仑的失败原因是违背近代历史潮流,不该将异族强行纳为同一民族国家。

梁氏还认为"民族主义"是近代西方国家发展的原动力,他以德意志、意大利和匈牙利为例,说明民族主义是将同一民族团结起来,形成近代国家发展的原动力。他也深信中国必定要经历民族主义,才能富强。"若夫帝国主义之一阶段,吾中国终必有达之之一日"[①]。梁氏对于中国如果实行民族主义,国家一定会发展,变得富强的事实深信不疑。

报刊也重视民族主义的宣传。创刊于1903年《浙江潮》第1期和第2

---

① 梁启超:《答某君问法国禁止民权自由说》,《饮冰室文集之十四》,《饮冰室合集》第2册,中华书局1989年版,第31页。

期上分别登载了由余一所做的《民族主义论》绪言，"三十年来之制造派，十年来之变法派，五年来之自由民权派皆不知道民族主义"，"今日而再不以民族主义提倡于吾中国，吾中国乃真正亡矣"，"合同种异异种，以建一民族的国家是曰民族主义"。这些言论清楚地民族主义国家建立的重要性，与强国和亡国联系起来。

"自由"是资产阶级民主思想的核心内容之一。在《新中国未来记》中，黄君以美国脱离英国的殖民统治为例，说明"自由"对一个国家的发展的重要性。他以美国为例，说明了"独立"是对"自由"最好的例证。美国短短的几百年，从16世纪第一批欧洲清教徒穿过大西洋来到美洲，到18世纪末国家脱离英国的殖民统治，200多年的漫长奋斗，在新大陆建立了一个真正独立、民主和自由的国家。黄君以美国脱离英国的殖民统治为例，为中国早日获得真正独立和自由的民族国家勾勒出具体的蓝图。

"自由"也是维新改良派共同的政治主张。严复对自由有一段精辟的议论：

> 夫自由一言，真中国历古圣贤之所深畏，而从未尝立以为教者也。彼西人之言曰：唯天生民，各具赋畀，得自由者乃为全受。故人人各得自由，国国各得自由，第务令毋相侵损而已。侵人自由者，斯为逆天理，贼人道。其杀人伤人及盗蚀人财物，皆侵人自由之极致也。故侵人自由，虽国君不能，而其刑禁章条，要皆为此设耳[①]。

他认为"自由"在中国历来圣贤所不愿提到的，也不被重视，而西方人认为最重要的自由是天理，不可侵犯，实行"自由"才可能建立良好的新秩序。有关"自由"的宣传和鼓吹是当时各媒体报刊的主要内容之一。

兴办于1900年代的各种报刊对于"自由"进行了重点宣传。1900年

---

① 严复：《论世变之亟》，《直报》，1895年2月4日至5日。

《万国公报》（光绪二十六年136期）开始登载有关"自由"的文章；《自由论略序》至150期的《自由篇》，对自由进行了详细的介绍和论述。创刊于1901年的《国民报》第1期菊井丛谈栏目涉及到了一系列政治制度，包括：民权、自由不死、顺民、天赋权与强权之说，俄国政体等等。第3期有《自由之民》一文，翻译日本自由党领袖板垣退助于明治初年创自由党告国人言自由之文。《浙江潮》第10期政法栏目，署名支那子所著《法律上人民之自由权》论说栏目的《近时二大学说之评论》立宪者之评论，哲理栏目的斯宾塞快乐派伦理学说，喋血生所做。第8期"历史"栏目的宪政发达史。《月月小说》第1期历史小说栏目登载清河所译之《美国独立史别裁》。

《新民丛报》第25号图画页就有美国纽约市自由神像和美国华盛顿府国会议堂、第30号图画登载了巴黎自由女神像，这些现象表明"自由"是一个世界性的主题。梁启超在《论自由》开篇，这样强调："不自由，毋宁死！斯语也，实十八九两世纪中，欧美诸国民所以立国之本原也"，"自由者，天下之公理，人生之要具，无往而不适用者也"[1]。梁启超谈论"独立"，"独立者何？不借他力之扶助，而屹然自立于世界者也。人而不能独立，时曰奴隶，于民法上不认为公民，国而不能独立，时曰附庸，于公法上不认为公国[2]"。梁启超以欧美国家的独立为例，反复论说"自由"的重大意义，继而号召世纪末的清政府能自救，不依赖他人的力量，不做附庸，能像美国一样独立、发展成为世界强国。

梁启超强调政治自由，表现出其强烈的现实关怀，从而使其自由论述留下鲜明的时代印记。由于中国在现代化转型过程中，其中一个关键性因素是实现政治制度的转型，而由于外来列强的入侵，其时的政治问题又与中华民族反对外来势力干涉自身建国紧密相联。因此，梁启超认为参政问

---

[1] 梁启超：《论自由·新民说》，《饮冰室专集之四》，《饮冰室合集》第6册，中华书局1989年版，第40页。

[2] 梁启超：《独立论·国民十大元气论》，《饮冰室文集之三》，《饮冰室合集》第1册，中华书局1989年版，第62页。

题与民主建国问题实质一样，都是中国当前急需之事。

梁启超心中的"自由"这一概念，来自日本自由主义者中江兆民的理论，中江兆民的"自由理论"来源于西方思想家卢梭的《社会契约论》。梁氏认为中国所要求的是政治和民族自由，政治之自由体现在国民参政问题上，国民参政又回到了国民道德上，集中于"思想自由"的教育。"自由者精神发生之原力也[①]"。他进一步阐述自由的重要性：

> 文明之所以进步，其原因不一端，而思想自由，其总因也。欧洲之所以有今日，皆由十四五世纪时，古学复兴，脱教会之樊篱，一洗思想界之奴性，其进步乃沛乎莫之能御，此稍治史学者所能知矣。我中国学界之光明，人物之伟大，莫盛于战国，盖思想自由之明效也[②]。

以上文字说明"自由"与思想的关系，他以近代欧洲脱离中世纪教会统治为例，说明自由思想的重要性。这也不仅仅是外来的西方思想，中国早在春秋战国时代，自由思想就已经诞生。当时的"百家争鸣"就是自由思想的集成。中国人取得"思想自由"的有效途径是去掉"思想之奴性"，对于盘亘于中国人脑海中几千年的封建传统专治伦理进行彻底的改变，就是除掉"心奴"。梁启超所述之"心奴"，更多是针对传统国民自身所具有的而言，他认为崇信传统而非难现时，迷信权威而妄自菲薄。听天由命而不积极进取、溺于感官享乐而乏克己自强。从中可看出梁启超批判意识和忧患意识。

梁启超对"自由"进行了系统、深入的思考，他对自由的理解建立在与中国现实紧密结合的基础上，对西方自由主义含蕴的个人主义精神却有

[①] 梁启超：《自由书》，《饮冰室专集之二》，《饮冰室合集》第6册，中华书局1989年版，第36页。

[②] 梁启超：《保教非所以尊孔论》，《饮冰室文集之九》，《饮冰室合集》第1册，中华书局1989年版，第55页。

所排斥，他注重国家的自由。以美国作为享有自由的国家为典范，希望中国也能获得自由，摆脱殖民统治，使得国家走上独立富强的道路。梁启超包括其他维新派人士虽然认识到自由价值的普世性，但自由的价值诉求在梁公视野中仍被"西为中用"，带有富国强民的本土化烙印。富国强民的愿望使其自由理论具有鲜明的特色，这种良好的愿望也遮蔽了他对自由进行全面探讨与深入分析。这样，自由与其它价值观（如平等、正义等）之间的关系、自由自身存在的张力及这种张力之解决途径也就没能在其思想中得到充分展开。

以上论述了小说《新中国未来记》中有关西方政治制度的语词，这样带有非常明显的西方政治话语，目的为了特别说明西方政治模式是20世纪初中国知识分子建构未来新中国社会所需要参照和学习的蓝本。政治家兼作家身份的梁启超之所以对西方政治层面有过多的关注和重视，与他个人思想发展有密切的关系。

1898年"戊戌政变"失败到1902年10月，梁启超的思想发生了重大的转变，从改良主义思想逐步向革命派思想的转型。他在日本期间，正逢西方各种新思想、新学说涌入的阶段，他大量研读传至日本的西书，并接受了西方资产阶级民主思想。在反复思考和审视中国社会的实际情况后，他清醒地认识到西方资产阶级民主制度优于中国的封建专制，所以，他开始着手宣传、译介和撰写大量有关资产阶级民主制度和思想的文章。

他主笔的《清议报》1898年（光绪二十四年）十一月第1期刊登了东亚同文会员某君的一篇文章《与清国有志诸君子书》，作者认为黄种东人与白种西人一样，没有优劣之分，黄种人日本之所以强盛，清国之所以衰弱区别在于政治制度。"志士仁人，苟用心于此，则行政治，进开明，非难事也[①]"。而学习西洋的文明技术，兴铁路、开矿业等都不能达到强国目的。

注重对近代西方资产阶级民主制度和思想观念的介绍是维新派知识分

[①] 《清议报》，1898年，第1期。

子的任务之一，并非始于梁氏，而始于维新人士的新式知识分子严复。严复在19世纪末20世纪初就已经集中译介西方哲学和政治制度。他最重要的四本译著《天演论》、《原富》、《法意》和《穆勒名学》把进化论等西方先进政治理论、经济学说和哲学介绍到中国，使得中国知识分子第一次真正看到了西方更广阔的社会内容，并在维新运动中找到改良或革命的理论支撑。

另外，其他翻译介绍西方民主思想著作的杂志也成为国人了解西方的重要媒介。庚子年即1900年，由戢元丞等人在日本东京主办的《译书汇编》，译出了卢梭的《民约论》、孟德斯鸠《万法精理》和斯宾塞的《代议政治论》，用以加强青年民权意识。

1898年至1903年，梁启超在维新运动失败，逃亡日本期间，他主办的两大重要报纸《清议报》和《新民丛报》是他译介和鼓吹资产阶级思想政治、经济、文化等各方面的重要媒介。如《新民丛报》开辟专栏介绍西方著名学说，诸如第1号、第2号的《近世文明初祖二大家学说》、第3号的《天演学初祖达尔文之学说机器略传》和第5号的《法理学大家孟德斯鸠之学说》等介绍西方著名学者的观点。梁氏还以"政治"栏目发表自己的政见。如第二号上《论立法权》开始，陆续介绍梁氏的政论，如《论政府与人民之权限》、《公民自治篇》、《中国专制政治进化史》和《国家思想变迁异同论》等等。除此之外，"时局"栏目也是梁氏鼓吹其政见的版块，如《论民族竞争之大势》等等。所以说，梁启超视野中的西方政治制度应该是文明自由，人民具有参政权、自治权，是中国社会变革的目标。

梁启超在《新中国未来记》中通过想象，虚构了具有政治思想层面的维新五十年庆典日和在上海召开的世界博览会。作者没有过多地描写两个盛会的宏大场景，而是借助盛会，突出未来中国在世界格局中的重要地位。借孔博士之口，总结富强的根本原因，表述其政见，强调在当下中国采取西方先进政治制度和民主观念的必要性。这不仅是梁启超的观点，也是19世纪末20世纪初维新派人士的共同政治主张。

第二节　西方英雄豪杰

　　向近代繁荣、富强的西方社会学习是中国19世纪中叶至20世纪中叶的时代最强音。西方社会不但为落后的中国提供了走向富强的蓝本，更重要的是为中国社会的转型提供了丰富的思想理论源泉。西方社会从中世纪到近代的转型，离不开一批具有划时代的伟大政治家、思想家，他们在社会巨变的历史进程中起到了非常重要的民族脊梁带头作用。从神的意志为中心的社会转型到以人为中心的社会，人的思想解放为科学发展提供了肥沃的土壤，科学技术使得西方各国逐步走向强大。因此曾经担负着西方社会改良和变革的伟大人物成为中国知识分子寻求救国和强国的真理的载体，他们是维新派知识分子学习的典范。经过前人的译介，西方著名的思想家、政治家逐步走进中国知识分子的视野中，他们尤为被维新派人士通过报刊杂志来大力宣传和推崇。

　　《新民丛报》在不同时间出刊的首页，以图画的形式介绍了诸多历史上西方著名的政治家和思想家。这包括第1号的登载的法帝拿破仑第一的遗像和德前相俾斯麦的遗像、第2号的华盛顿遗像和格兰斯顿遗像和域多利与威廉第一遗像、第4号的倍根遗像和笛卡尔遗像、第5号卢梭遗像、第6号达尔文、约翰米勒和赫胥黎遗像以及斯宾塞肖像、第7号的西乡隆盛和福泽谕吉遗像、8号古鲁家像和阿圭拿度像、第9号意大利建国三杰像、第10号的福禄特尔遗像和孟德斯鸠遗像、12号的希腊三大哲像、13号的英皇英后小像、第14的日本三政党首领、第15号斯宾诺莎像和黑智儿（黑格尔）像、第16号的彼得大帝和亚历山大、第17号哥仑布士像和玛丁路德像、第18号克林威尔像和格兰德像、第19号的林肯和卖坚尼像、第21号的吉田松因像和藤田东湖像、第22号的梅特捏像和坡蕴那士德夫像、第23号美国现任大总统罗斯福像和英国现任宰相巴像、第24号的英国名将戈登和德国名将毛奇、第25号的当代第一雄主德皇威廉第二和当代第一政治家英国殖民大臣张伯伦、英国大哲学家洛克、英国大历史家谦谟和瑞士日内瓦府卢梭铜像、匈牙利布达彼斯得府狄渥铜像、为国流血邓壮烈公世昌、为民流血谭浏阳先生嗣同、第27号的英国前相侯爵沙士勃雷和德国宰相伯爵彪路像、第28号苏伊士运河开凿者李西蒲和铁道大王温达必像、第29大阪博览会总裁载仁亲王像、第30号登载了电话发明者克剌谦俾儿及其夫人和无线电信发明者马哥尼像、第31号的俄国圣彼得堡彼得大帝纪念像、第53号的爱尔兰四杰像（波尼尔、的活、哈利和布连）、第54号的匈牙利爱国者噶苏士和意大利前宰相格里士比像、59号图画英国大诗家索士比亚（莎士比亚）和英国大文豪弥尔顿像、第64号的欧人游历中国之先登者马可波罗遗像、第66号十八世纪之三哲学者像、第72哥伦布初探新大陆之图和林肯释放黑奴之铜像、第73的宗教改革之伟人六祖像、第79号硕儒奈端像、第84号意国大天文学家加利罗像、第85号法国大化学家罗威些像。这些图片充分证明了世界各种重要人物的重要性。他们主宰了历史，为本民族的解放事业做出过杰出的贡献，是中国志士学习的楷模。

《新小说》的图画也介绍了一批具有重大影响的各国文学家和思想家：第1号的的俄国大小说家托尔斯泰、第2号的英国大文豪摆伦（拜伦）和法国大文豪嚣俄（雨果）、第14号欧洲大诗人英国人斯利（雪莱）、德国人哥地（歌德）、德国人舍路拉（席勒）、第22号英美二小说家麦提安（马克吐温）、及布灵（R.Kippling）和第23号的俄国二小说家孙奇威士和米列哥士奇。

这些杂志不光用图画直观展示了西方政治家、思想家和文学家的形象，同时还登载了不少的著名学说。《新民丛报》专门开辟"学说"栏目，介绍西方的政治思想。介绍的有：第1号的《倍根学说》、第2号的《笛卡尔学说》、第3号的《达尔文学说》、第4号和五号介绍了《法理学大家孟德斯鸠之学说》、第11号和第12号的《卢梭学说》、第15号和16号的《边沁学说》、第17号的《颉德学说》、第18号《进化论革命者颉德之学说》、20号的《亚里士多德之政治学说》、第25号《近世第一大哲康德之学说》、第27号介绍维新派巨子黑智儿学说、第31号的《圣西门之生活及其学说》，第25号还介绍新说《达尔文天择论、物竞论斯宾塞女权论》等等。

《新民丛报》还在"传记"专栏，介绍了西方伟人的生平事迹。传记有：匈牙利爱国者噶苏士传、马君武的《新生物学（即天演学）家小史》（第5号、第8号）、《意大利建国三杰传》加富尔、玛志尼和加里波第（第9号、第10号、第15号、第16号）、《民约论巨子卢梭之学说》（第11号、12号）、《近世第一女杰罗兰夫人传》（17号、18号、19号和《新英国巨人克林威尔传》（第25号、26号），从第27号开始"传记"栏目取消，新增"时局"栏目。

不仅如此，梁启超在1898年到1903年之间，完成了大量的政治和学术论著，包括不少有关西方鸿儒的文章：如《霍布士学案》、《斯片挪莎学案》和《卢梭学案》等。李泽厚先生认为梁启超作为中国晚清最有影响力的资产阶级启蒙思想宣传家，他身体力行，在黄金时期，他是最有群众影响，起到了最好客观作用的宣传，这一时期的论著相对独立地全面宣传了一整套当时是先进的、新颖的资产阶级的意识形态[①]。

小说《新中国未来记》中，作者不断提到一批西方先进人士，包括上述西方鸿儒，他们有的是著名的思想家，如法国的卢梭；有的是西方各国的著名革命家，如法国的罗兰夫人和英国的克伦威尔；还有著名的诗人，如英国的拜伦和弥尔顿。这些西方鸿儒在小说中被作者美化、英雄化和本土化。作为文学形象，有的在故事情节中被一笔带过，有的作为扁平人物被简略描述，有的作为圆形人物，被重点描写。相对来说，作者采取仰视的角度，书写豪杰诗人拜伦和法国启蒙思想家卢梭。

一 爱国诗人拜伦

拜伦是18世纪英国著名浪漫派诗人。在中国晚清社会，他以其长篇讽刺诗《唐璜》中的《哀希腊》一节所反映出的反抗精神而闻名。中国对

[①] 李泽厚：《中国近代思想史论》，三联书店2008年版，第431页。

于拜伦的译介也始于此时，他被树立为希腊的独立而献身的英勇，成为清末热血青年的楷模。译介拜伦的学者先后有梁启超、王国维、马君武和胡适，四位大学者以不同的形式将这首英诗翻译为汉语，这足以证明拜伦在中国人心目中的重要地位。

梁启超是中国首位拜伦诗作译介者，他不但翻译拜伦的诗歌，而且在由其创办的具有深远影响力的小说杂志《新小说》（第2号）首次登出拜伦的照片，称赞拜伦和同期刊登的雨果为"大文豪"。鲁迅曾经这样赞扬拜伦："那时的 Byron 之所以比较的为中国人所知，还有一个原因，就是他的助希腊独立。时当晚清末年，在一部分中国青年的心中，革命思潮正盛。凡有叫喊复仇和反抗的，便容易惹起感应"[①]。拜伦精神成为时代的现实需求，被高度工具化和功利化。

在《新中国未来记》第四回，黄李二人一起打算游历至俄国殖民之下的旅顺，当天他们住在西式的客店里，忽然听到一种声音：

忽听得隔壁客房，洋琴一音，便有一种苍凉雄壮的声音送到耳边来，两人屏着气，侧耳听到有人在用英语唱歌，唱的是拜伦的《渣阿亚》的诗篇[②]。

作者安排小说中歌者吟唱拜伦诗作的歌声的情节，介绍拜伦其人及其诗作。歌者以苍凉雄壮之音吟诵拜伦的诗篇《渣阿亚》，体现了他对拜伦精神的崇拜，也说明拜伦的诗歌具有极大的社会价值和审美价值。黄君听到歌声慨叹拜伦的崇高品质。

（拜伦）最爱自由主义，兼以文学精神，和希腊好像有夙愿一般。后来因为帮助希腊独立，竟自从军而死，真可称文界里头

[①] 鲁迅：《坟·杂忆》，《鲁迅全集》，人民文学出版社2005年版，第233页。
[②] 梁启超：《新中国未来记》，《饮冰室专集之八十九》，《饮冰室合集》第11册，中华书局1989年版，第42页。

一位大豪杰,他言这诗歌,正是用来激励希腊人而作。但听起来倒像有几分是为中国说法哩①。

黄君心中的拜伦是自由主义者的化身,帮助希腊独立,为自由而献身,其革命精神是中国人学习的榜样。接着,他们又听下去,李君发现歌者又在吟诵拜伦的《端志安》(Don Juan 现译为《唐璜》)第三出第八十六章第一节。在这一节中,拜伦借别人之口,来惊醒希腊人,黄李二人之产生了思想和情感上的共鸣,他们顺着歌声找到了歌者,那便是住在隔壁的陈君。

陈君是一位在俄罗斯游学的有志青年,因为不满中国官场腐败,辞职来俄罗斯学习俄语,为将来代表中国和俄罗斯交涉做准备。他在异国,没有忘记国耻,书房案头放着英国诗人弥尔顿的诗集,在房间独自吟唱拜伦《渣阿亚》的诗篇。从陈君的书房的陈设来看陈君当属于站在时代前沿的仁人志士,以弥尔顿和拜伦为楷模。

陈君认为外国军歌和民族精神有大的关系,他最爱弥尔顿和拜伦的两部诗集,因为弥尔顿赞助克林威尔,做英国革命的大事业;拜伦入意大利秘密党,为着希腊独立,舍身帮他,这种人格,真得值得崇拜,不单以文学见长②。

梁氏不光介绍拜伦其人,而且还亲自翻译拜伦的《渣阿亚》和《端志安》,旨在强调拜伦的自由、反抗和人道主义精神,使得拜伦的形象更丰满,梁启超采用中国剧作曲牌形式翻译出了拜伦长诗《该隐》(梁译为《渣阿亚》)和《唐·璜》(梁译为《端志安》)中关于希腊的两节诗,其中《唐·璜》中的一节是:

---

① 梁启超:《新中国未来记》,《饮冰室专集之八十九》,《饮冰室合集》第11册,中华书局1989年版,第45页。

② 同上书,第44页。

（沉醉东风）咳！希腊啊！希腊啊！你本是和平时代的爱娇，你本是战争时代的天骄。撒芷波歌声高，女诗人热情好，更有那德罗士、菲波士（两神名）荣光常照。此地是艺术旧垒，技术中潮。即今在否？算除却太阳光线，万般没了①！

（如梦忆桃源）玛拉顿后啊，山容缥缈，玛拉顿前啊，海门环绕。如此好河山，也应有自由回照。我向那波斯军墓门凭眺，难道我为奴为隶，夸生便了？不信我为奴为隶，今生便了②！

显而易见，梁氏的翻译具有强烈的意识形态特点，强大的现实意义和社会功能。昔日的希腊与中国一样曾经辉煌强大，但如今都沦为他国的奴隶，拜伦出于人道主义关怀，他为希腊的自由而斗争，中国需要有拜伦式的人物，为获得自由权利而抗争，由此可见，梁氏在小说中不光介绍拜伦，而且还亲自选译拜伦的诗作，虽具有一定的功利性，但更能说明他一心救国的决心和爱国情怀。

二　大思想家卢梭

《新中国未来记》的第三回，黄克强和李去病彼此往复辩论四十四次，"虽仅在革命论、非革命论两大端，但所征引者皆属政治上、生计上、历史上最新最确之学理。若潜心理会得透，又岂徒有益于政论而已"③。作者在表达民主思想的时候，引述到了卢梭。这位西方资产阶级启蒙思想家，作者虽着墨不多，但作为西学鸿儒，不能缺少，他具有启蒙者的社会政治功能。

梁启超在1898年至1903年期间，极力介绍、鼓吹西方资产阶级先进思想，重点介绍西方鸿儒。他1899年在《清议报》上写下"欧洲近世医

---

① 梁启超：《新中国未来记》，《饮冰室专集之八十九》，《饮冰室合集》第11册，中华书局1989年版，第424页。
② 同上书，第45页。
③ 平等阁主人：《〈新中国未来记〉第三回总批》，陈平原、夏晓虹编：《二十世纪中国小说理论资料》（第一卷），北京大学出版社1997年版，第55页。

国之手，不下数十家。吾视其方最适于今日之中国者，惟卢梭先生之《民约论》"①。当年，他在游历途中，又吟诗将卢梭与孟德斯鸠一起称为"孕育新世纪的先河"②。他在1901年专门写了《卢梭学案》一文，全面介绍了卢梭思想，视他的《民约论》为解救中国问题的良方。他在《卢梭学案》中是这样评价卢梭：

> 呜呼。自古达识先觉。出其万斛血泪。为世界众生开无前之利益。千百年后。读其书。想其丰采。一世之人。为膜拜赞叹。香花祝而神明视。诚一游瑞士之日内瓦府。与法国巴黎之武良街。见有巍然高竿云表。神气飒爽。衣饰褴褛之石像。非JEAN JACQUES ROUSSEAU先生乎哉。其所著民约论。SOCIAL CONTRACT迄於十九世纪之上半纪。重印殆数十次。他国之繙译印行者。亦二十余种。噫嘻盛哉。以双手为政治学界开一新天地。何其伟也③。

卢梭之所以受到世人的崇尚在于他在思想方面的贡献。其著作《民约论》中"天赋人权、主权在民"的思想，为政界开了宣传自由的先河，为美国独立和法国的人权都具有借鉴意义。卢梭的思想扩大了梁启超的视野，对他的"新民说"有了理论上的指导。在《卢梭学案》结尾，梁氏再次强调卢梭学说的重要意义："案卢氏此论。可谓精义入神。盛水不漏。今虽未有行之者。然将来必遍於大地。无可疑也④"。

梁氏认为"民约"是立国之理论也。从家族、部落到邦国的形成，都由"契约"而成立，彼此心中默许。"邦国因人之自由而立之，凡两人或

---

① 梁启超：《自由书·破坏主义》，《清议报》，1899年，第30期。
② 梁启超：《壮别二十六首》，《饮冰室文集之四十五》《饮冰室合集》第5册，中华书局1989年版，第7页。
③ 梁启超：《卢梭学案》，《饮冰室文集之六》，《饮冰室合集》第1册，中华书局1989年版，第97页。
④ 同上书，第110页。

数人欲共为一事。而彼此皆有平等之自由权。则非共立一约不能也。审如是。则一国中人人相交之际。无论欲为何事。皆当由契约之手段亦明矣。人人交际既不可不由契约。则邦国之设立。其必由契约"[①]。"契约"就是小到个人，大到国家，所必须遵守的一种交往规则，保证人人自由，人人平等。自由、平等是社会契约思想的中心，君主和平民应该是平等、自由的关系。保持个人自由权是人生一大责任也，不能随意放弃个人的自由权利，也不能剥夺他人之自由权。

卢梭的另外一个观点就是谈论"公意"与"法律"。"公意"相对于专制，强调主权不在一个人的手中，而是众人之意，大众的意见就是法律，法律保证为大多人谋取最大利益。

梁氏在介绍"卢梭学说"时，有一定的选择性，他并非接受和认同"卢梭学说"的所有观点，之所以选取"契约"、"自由"、"平等"、"公意"、"法律"等概念，实为中国寻找一条适合自己的救国出路。在《卢梭学案》末尾，梁氏这样总结：

> 我中国数千年生息於专制政体之下。虽然。民间自治之风最盛焉。诚能博采文明各国地方之制。省省府府。州州县县。乡乡市市。各为团体。因其地宜以立法律。从其民欲以施政令。则成就一卢梭心目中所想望之国家。其路为最近。而其事为最易焉。果尔。则吾中国之政体。行将为万国师矣[②]。

卢梭的资产阶级启蒙思想成为梁启超改变中国社会制度的有力思想武器，卢梭本人被树立为中国有志之士学习的榜样。

本章以梁启超的《新中国未来记》为研究对象，探讨了梁氏视野中的西方形象的意义和形成的原因。政治意义上的的强国梦和西方鸿儒形象，

---

① 梁启超：《卢梭学案》，《饮冰室文集之六》，《饮冰室合集》第1册，中华书局1989年版，第100页。

② 同上书。

反映了作家通过小说中塑造的"他者"西方,实际上是他心中理想化"自我"的表达。作为中国近代西方资产阶级思想启蒙家,他的一系列政论文章表达了他"新民"的愿望,要彻底改造国民头脑中的传统思想,积极接受自由、平等、权利等西方制度。

从《新中国未来记》中有关"西方"的书写可以看出,梁启超对"西方"的认知是"模糊"的、"间接"的,主要原因显然与作者的经历有关。梁启超早年追随康有为,在广州万木草堂开始接受西方新思想,比一般的知识分子更早接触西方,对他长期所接受的传统文化有一定的冲击,但冲击力是微弱的,不足形成新的思想体系。他与其他传统知识分子一样,仍然寄希望于"变通",以此来拯救民族危机。"戊戌变法"的失败,证明了"变通"思想的不可行性,他继而做更深入的反思。后来流亡日本,他对西方的了解也是通过大量阅读西书间接获得。日本"明治维新"后的成功经验使得梁氏再次寄希望与学习西方先进民主制度和思想观念的政治层面上,首次将文学与政治捆绑起来,这也决定了20世纪中国文学的模式。

梁启超除了他几千万言的政论文外,唯一一部的创作小说《新中国未来记》成为他具体阐述和推广自己政治观点的媒介。借鉴西方,幻想未来中国,以"他者"的理想模式来建构"自我",这是维新派知识分子在"救亡"时期的集体想像物和共同文化心理特征。

第三章　社会小说中的西方形象（一）
——以吴趼人小说为例

吴趼人是晚清最重要的作家之一，他所取得的文学成就同时代无人可以超越。鲁迅在其著作《中国小说史略》中谈及清末之谴责小说时，对吴趼人和李伯元评价最高：

> 其在小说，则揭发伏藏，显其弊恶，而于时政，严加纠弹，更或扩充，并及风俗。虽命意在于匡世，似与讽刺小说同伦，而辞气浮露，笔无藏锋，甚且过甚其辞，以合时人嗜好，则其度量技术之相去亦远矣，故别谓之谴责小说。其作者，则南亭亭长与我佛山人名最著[1]。

阿英对于吴趼人等四位谴责小说家的评价：

> "谴责小说"也为"暴露小说"，此类作者不下十人，其杰出者有四，谴责小说内容涉及到社会的各个方面，包括作家们笔下形态各异的"西方形象"，盖即《官场现形记》作者李宝嘉（伯元）《二十年目睹之怪现状》作者吴沃尧（趼人）、《老残游记》作者刘鹗（铁云）以及《孽海花》作者曾朴（孟朴）[2]。

阿英从文学的角度，肯定了四大谴责小说家的所取得的文学价值。

---

[1] 鲁迅：《中国小说史略》，长江文艺出版社 2008 年版，第 189 页。
[2] 阿英：《说小说》，上海古籍出版社出版 2000 年版，第 77 页。

第三章 社会小说中的西方形象（一）

吴趼人被美国汉学家王德威称为最多才多艺的作家[①]，他以谴责小说《二十年目睹之怪现状》、写情小说《劫狱灰》和《恨海》、历史小说《痛史》以及科幻小说《新石头记》而名噪一时。无论从小说的门类，还是从小说文学性层面上来评价，吴趼人可以称得上是晚清最优秀的作家之一。身为报人，他为日报撰写小品，1903 年开始撰写长篇小说。他的《电术奇谈》、《九命奇冤》和《二十年目睹之怪现状》都陆续发表在当时最具有影响力的小说杂志《新小说》上。后他又作为《月月小说》的主笔，撰写了《劫余灰》、《发财秘诀》和《上海游骖录》。在《南方报》发表了《新石头记》，后又做《近十年之怪现状》二十回、《恨海》和《胡宝玉》等，四十五岁不幸去世。

吴的一生中，统计大约有二十几种小说，其中以《二十年目睹之怪现状》名气最大，以及《痛史》、《九命奇冤》、《恨海》、《劫余灰》和《上海游骖录》六部为重要作品[②]。本文以吴趼人的重要小说中有关对西方的描述文字为研究对象，考察他对"西方形象"的具体表述，探讨作者的文化心理。

第一节 "洋玩意儿"

吴趼人笔下的西方器物形象呈现出复杂多样的特点，主要涉及到三类：第一类是与民族国家命运息息相关的鸦片烟；第二类是中国人在生活中已经开始使用的西方先进器物；第三类为作者对西方先进科学技术乌托邦式的幻象。

一 祸国殃民的鸦片烟

鸦片烟是晚清社会最具有标志性的西方物品之一，在日常生活中被中国人普遍接受和使用。据历史记载，鸦片作为一种药剂从唐朝开始在中国

[①] ［美］王德威著，宋伟杰译：《被压抑的现代性——晚清小说新论》，北京大学出版社 2005 年版，第 310 页。

[②] 阿英：《说小说》，上海古籍出版社出版 2000 年版，第 82 页。

使用。1620年，鸦片和烟草一起被制成鸦片烟作为麻醉剂，传播到广东、福建一带。1773年，英国东印度公司在东印度正式建立鸦片生产基地，西印度公司则由葡萄牙人进行鸦片生产。从1800年起，中英每年的鸦片贸易不超过4000箱。从1819年起，鸦片贸易兴旺起来，中英贸易"顺差"被扭转，鸦片贸易扩大，英国商人终于找到了一种在中国会被大量购买的东西。"日不落帝国"为了扩大贸易市场、获取更大的利润，用鸦片敲开了中国商贸大门。抽鸦片逐渐成为中国人的风尚，诸如吴趼人的《新石头记》中，薛蟠告诉宝玉吕宋烟很便当，躺着、走着路都可以吃。中国每年进口要花4,000,000两银子。这并非虚构，而是真实地道出了鸦片烟在中国普遍性和销售情况。中国大量白银外流，加剧了晚清社会走向衰弱的程度。另一方面，吸食鸦片使得中国人体质羸弱，志气消磨，精神萎靡，不思上进，鸦片成为中国人身心健康的头号杀手。

1839年，以"林则徐"为代表的中国政府发起禁烟运动，但鸦片问题仍然未得到解决。1854年英国向清政府提出鸦片贸易合法化，上至官员士大夫，下至平民百姓都流行吸食鸦片，鸦片贸易形成贸易顺差。有志之士本着救国之雄伟大志，对此深恶痛绝。

1868年，中国官方派往西方的第一个外交使团，其成员志刚在其游记《初使泰西记》里痛斥鸦片的坏处：

> 鸦片流毒，甚于瘟疫。传染之害，举世皆知。即嗜之者，亦有暴虎凭河死而无悔之志。……然此而出于中国之自戕其类，则无怨矣，乃出于"最爱上帝"、"以爱人为怀"之洋人。夫洋人之谆谆讲爱上帝，以行其教者，有牢不可破之势。至于以坚船利炮，以力服人之凶焰，犹不若鸦片毒害之深。而究其实，不过取其利厚而售速耳。然其爱上帝者，固远不若其孳孳为利之心[①]。

[①] 志刚：《初使泰西记》，钟叔河主编：《走遍世界丛书》，岳麓书社出版1985年版，第347—348页。

第三章　社会小说中的西方形象（一）

　　志刚认为鸦片比瘟疫还厉害，吸食者等于自杀，贩运鸦片的罪恶之源就是注重"上帝之爱"的洋人。他们为了金钱，用鸦片毒害了中国国人，使一个民族越来越积弱，这种做法非常恶毒。

　　薛福成在1890年至1894年出使泰西各国，在其游记《出使英法义比四国日记》中，他用数字精确地算计到中国每年进口鸦片的数量、吸食鸦片人数和买鸦片所花销的银子，三十三年共花去九万万两白银。他为此感叹中国浪费如此多的银子买鸦片，所以导致国家贫穷不堪。"此九万万两之银，皆一往而不还者，宜中国之日趋于贫也"①。

　　不光中国人痛恨鸦片的危害，有良知的西方人也痛斥鸦片带来的后果。来华传教士傅兰雅在1893年所译西书《孩童卫生编·序》中也根据中国实际情况，谈及鸦片之危害。"考西国之害，饮酒为最，中国之害，鸦片为烈。……盖酒与鸦片，天生毒物，害人实深。如中外各国，能忽灭绝其种，则生民苦患，可十去八九矣"②。傅兰雅认为鸦片已经关系到亡国灭种的程度，必须戒之。

　　由美国传教士林乐知创办的《万国公报》在1875年光绪第二年第3期大量刊登有关反对吸食鸦片的文章：《劝解洋烟文并方》（光绪1年至32年）第7期有：《禁鸦片烟说略》、《劝诫吸烟人十戒诗》、《劝戒烟人十弃诗》、《劝戒烟人十悔诗》、《劝戒烟人十好诗》、《劝戒吸为人十劝诗》、《劝戒吸烟人十求诗》、《劝戒吸烟人十听诗》、《劝戒吸烟人十想诗》、《戒烟公所劝文》、《公所戒烟文》和《戒烟会告白赋》。第十一期的有：《吸烟无趣》。第十九期《禁鸦片》等等。大量有关反对鸦片的文章足以说明鸦片给中国人带来的巨大危害，已经成为普遍的社会问题。

　　20世纪初，鸦片的危害性仍然是报刊杂志关注的内容。1902年《新

---

　　① 薛福成：《出使英法义比四国日记》，钟叔河主编：《走遍世界丛书》，岳麓书社出版1985年版，第269页。

　　② 傅兰雅：《孩童卫生编·序》卷首，转引自熊月之：《西学东渐与晚清社会》，上海人民出版社1994年版，第489页。

小说》第9号登载了杂歌谣二《粤讴新解心四章》之一的《鸦片烟》,由外江佬戏作,他描写了鸦片烟的危害性和抽烟片烟在中国的普遍性:

> 几口日日至少都要一两八钱,你近来瘦骨如柴,都系自己作践。上至富贵人家,下至轿夫同着更练,官场幕友、房科差役,与及门签武营,又有将官和哨弁。唔搓烟屎,都要吞几粒烟丸①。

仁人志士对鸦片也是极度反对。1904年维新运动失败后,康有为流亡海外,在他的《法兰西游记》中他看到法国人嗜好葡萄酒,他认为法人嗜酒比中国人嗜鸦片更坏。虽然其观点听起来可笑,但从另一方面反映康氏也认为鸦片成为毒害中国人的毒品。"近世鸦片之毒,弱人体质,其害为吾国数千年所无"②。享有"海内重望,士大夫阶级之表率③"盛名的晚清知识分子张之洞对于鸦片烟深恶痛绝,提出鸦片烟的危害不仅毒害民众,而且可能导致"亡国"、"灭种"的灾难:"洋烟之害,流毒百余年,蔓延二十二个省,受其害者数十万万人,以后浸淫,尚未有艾,废人才,弱兵气,耗财力,遂成为今日之中国矣。而废害文武人才,……更数十年,必至中国胥化而为四裔之魑魅而后已"④。

作为中国传统文人,吴趼人不会置当时的社会现状不顾,对于国家的前途也会有较深入的思考。吴趼人本人是否吸食鸦片有两种说法:一种说法是按照晚清作家徐枕亚在《枕亚浪墨》三集卷五《哑哑录人》中的说法,趼人"酷嗜阿芙蓉","吴趼人先生以文名雄海上,磊落不羁,滑稽玩世,酷嗜阿芙蓉,卖文钱到手辄罄,以故阮囊常羞涩也。有知友数人,恒资助之,吴不知谢,亦不言偿。其为人绝类著《儒林外史》之吴敬梓,而《怪现状

---

① 《新小说》,1902年,第9号。
② 康有为:《欧洲十一国游记二种》,钟叔河主编:《走遍世界丛书》,岳麓书社出版1985年版,第253页。
③ 王尔敏:《晚清政治思想史》,广西师范大学2007年版,第64页。
④ 张之洞:《劝学篇》,广西师范大学出版社2008年版,第35页。

一书》，文笔亦不多让。两人均穷困以死，信吴氏之多畸人矣①"。另一种说法是郑逸梅在他的文章《吴趼人痛恨鸦片》中否定吴趼人吸食鸦片。他的理由是吴氏在《二十年目睹之怪现状》第十三回中有这样的故事情节，主人公"九死一生"与继之探讨禁止鸦片烟之事，继之坚决禁止。吴氏在实际生活中也是力陈鸦片之害。

> 而趼人独深恶痛绝，恨之刺骨，几欲置吸烟之人于死地而后快。或曰，趼人有一族侄染阿芙蓉癖，一日烟膏罄尽，无以过瘾，时趼人尚酣卧，即攫其一袭羊裘，付诸质库。及趼人起，无以御寒，恚愤不可名状。涉笔如此，乃有激而发也②。

现在无法考证吴趼人到底是否是吸食鸦片烟，但他在小说中塑造出了一系列活灵活现的"瘾君子"形象，在嬉笑怒骂的故事中揭示鸦片烟对中国社会的危害，表达了他对鸦片烟极大的憎恶。小说中的烟鬼形象有：官员、千金小姐和普通穷人百姓，作者生动地刻画和描述了他们吸食鸦片成瘾的丑态和吸烟带来的恶果。

在《二十年目睹之怪现状》第十三回中，作者塑造了嗜烟如命的江宁太守。他的上司总督大帅，最厌恶是吃鸦片烟的人。大凡有烟瘾的部下，一旦被发现就撤任或接受其它惩罚。江宁太守为了隐瞒烟瘾，每天拜见总督之前，一早在家要过足烟瘾。从衙门下来后，烟瘾又大发，所以坐在回家的轿子里，就同死了一般。回到衙门后，情形更为可笑。作者这样描写："轿子一直抬到二堂，四五个丫头，把他扶了出来，坐在醉翁椅上，抬到上房去。他的两三个姨太太，早预备好了，在床上下了帐子，两三个人现在里面吃烟，吃的烟雾腾天的，把他扶在里面，把烟熏他，一面还吸了烟喷他。

---

① 徐枕亚：《哑哑录人》，魏绍昌编：《吴趼人研究资料》，上海古籍出版社出版1980年版，第24页。

② 郑逸梅：《吴趼人痛恨鸦片》，魏绍昌编：《吴趼人研究资料》，上海古籍出版社出版1980年版，第25页。

照这样闹法,总要闹到二十几分钟的时候,他方才回了过来,有气力自己吸烟呢"[1]。

这段精彩的描写,活脱脱的一位"瘾君子"跃然纸上。他一旦烟瘾发作,人就等于死去,一家人都为他的吸烟忙乱,这样的知府把大量的时间和精力花在吃鸦片烟上,是不可能在工作上兢兢业业,尽心尽职,烟就是命,性命维系在鸦片烟上。作者吴趼人在底页批注"此一节读者勿以为戏言也,实有其人,实有其事,不过不欲举其名耳"[2]。可见,小说中描写的这位太守并非虚构,一定有生活原型,读者从中可以看出吸食鸦片烟无论在官员中间还是平民阶层是非常普遍的现象。

在《二十年目睹之怪现状》的七十回中,作者描写了一位嗜好鸦片烟的千金小姐,刑部焦侍郎之女。脾气被惯得异乎寻常,年纪过了二十五岁,闺中待嫁,竟然吃上了鸦片,无人敢管,许配给年轻多才的太史公做了填房。在新婚当天,因为烟瘾,她出尽了洋相。新娘在新房里过烟瘾,来看新娘的人,却看到新娘早脱掉了凤冠,穿着蟒袍霞披,作者这样描写"在新床上摆好了一副广东紫檀木的鸦片烟盘,盘中烟具,十分精良,新人正躺在新床上吃旧公烟呢,看见众人进来,才慢慢的坐起,手里还拿着烟枪"[3]。她还吩咐陪嫁家人再准备十二个泡儿就够了,众人笑而离去,她继续叫人拿了烟具来,一口一口地吹,吃完烟,天已经亮了。

千金小姐也染上了如此大的烟瘾,全然不顾脸面,在新房里过烟瘾,让新郎万分尴尬,打破了中国传统礼仪的规范,后来这位富家小姐的凶神恶煞,最终,太史趁新娘满月回娘家之际,偷偷溜走。这位小姐的恶习应该是受到家庭的熏陶和当时社会习气的沾染。整个晚清,抽鸦片烟成为风气,男人、女人、富人和穷人一旦感受到鸦片带来的瞬间快慰,便成瘾,不顾一切要事和责任,抽得伤身毁家。

---

[1] 吴趼人:《二十年目睹之怪现状》,《中国近代文学大系·小说集3》,上海书店出版1994年版,第79页。

[2] 同上书。

[3] 同上书,第527页。

第三章 社会小说中的西方形象（一）

在短篇小说《黑籍冤魂》中，吴趼人塑造了这样一位穷途末路的"烟鬼"形象，通过这个故事，作者极斥鸦片的危害，目的告诫吸食鸦片烟的瘾君子，引以为戒。

烟鬼的外表如此描述：洋灰色的面皮，虾青色的嘴唇，若不是张着似哭非哭的眼睛，看起来就是死人，晚上躺在地下……。此人的父亲一生挣下了家业，但怕儿子长大败坏家当，听别人的话，说上了鸦片烟毒的人，便无别的嗜好，不嫖不赌，就可以保守家产，十五岁便被他父亲教会了吃鸦片。从小娇生惯养，鸦片烟最养惰性，所以他不思进取，在家坐吃山空。因为妻子坚决要他戒烟，他买了戒烟参片为了应付早上不犯烟瘾，下午出去在烟馆里再过瘾，没有想到，他的儿子不懂事，吞食烟参片丢了性命。妻子和他吵架，一气之下也生吃鸦片烟，寻了短见。家里缺少女主人，连僮仆都恣意欺负他，他也没有力气来管他们，家里每况愈下，田产被他变卖，家里仅有的衣服首饰被收房的大丫头卷走，只剩下一个六岁的女儿。又过了两年，连房子也抵了债，无处栖身，把女儿以五十块钱卖给别家做童养媳。他用这五十块钱又去烟馆吃清膏，两个月后又身无分文，流浪在街头，偶尔看到收房丫头在做野鸡妓女，后来他拉东洋车糊口，没想到又遇到自己的女儿做了小清倌，他追寻女儿途中遭恶人毒打，染上伤寒病和烟痢。他一生的悲剧源头就是这"鸦片烟"。

在《十年之怪现状》，也叫做《社会最近之龌龊史》第十三回和十四回中，作者又塑造了一个嗜好鸦片的烟鬼，名叫陈雨堂。他处处以吸食鸦片为先，坑蒙拐骗后所得的钱，不顾家人死活，以满足自己的烟瘾。一日，穷困潦倒回到家，看到妻舅来接妻子归宁看望病重的丈母，他也随后去山东等差事，在山东一个多月，差事没有下来，穷困潦倒，丈母娘去世的消息传来，他为了揽财，故意谎称死了内人，发了讣贴，欺骗亲朋好友送来钱财，以此度日。他的行为算得上是荒唐至极。

吴趼人在《黑籍冤魂》中，用一个神话故事来讽刺鸦片烟的危害。他讲述"鸦片烟"是还年羹尧当年平定西藏时候欠罗汉的债。"原来正是罂粟花。后来结了子，印度人便破子取浆，制成烟土，贩到中国来卖。于是

20世纪初中国小说中的西方形象

乎把诺大一个中国，闹的民穷财尽①"。神话故事目的在于谴责鸦片贸易是导致中国贫穷的原因，作者讲述烟鬼的故事也是为了劝人戒烟。以烟鬼的悲惨经历让更多的人不要步入后尘。

因此，吴趼人的小说有着浓厚的说教劝喻色彩，他力图用小说来改变混乱的社会风气，文学承担起救赎的时代责任。"吾人丁此道德沦亡之时会，亦思所以挽此浇风耶？则当自小说始"②。针对已经进入社会各个阶层，并且成为国家、民族羸弱的重要原因之一的鸦片，成为一切爱国人士所深恶痛绝的"洋玩意儿"。吴趼人在其众多的小说中，安排了不少有关"鸦片烟"的故事情节，用讽刺、嘲笑、同情等方式，痛斥吸食鸦片的坏处，达到醒世、警世之社会功能。

事实也如此，鸦片在中国的危害不仅仅导致中国人体质的羸弱，而且直接导致中国大量白银外流，经济受损。据费正清先生编撰的《剑桥晚清史》上卷中"关于鸦片问题的争论"一节，一系列数字说明了英国的鸦片在中国散布情况以及吸鸦片带来的恶果。

> 到1836年，每年输入中国的鸦片约1,820吨。吸烟成瘾者似乎与日俱增。外国人估计约有一千二百五十万吸烟者。1881年，赫德爵士作过一次比较认真的核查，他提出吸鸦片者的人数是二百万，及约占全国人口的0.65%。大多数当时人士认为这个数字太低。乔纳森·斯宾士经过认真的研究，认为吸烟人占总人口10%是十九世纪八十年代后期的合理数字，也许3—5%的人烟瘾很大，因此提出1890年瘾君子人数是一千五百万。到处出现了吸烟的情景。在通都大邑和贸易大道上，在人烟稠密的河流三角洲，吸烟现象不能忽视。吸烟人往往是富有的绅士、中央政府的

---

① 吴趼人：《黑籍冤魂》，《中国近代文学大系·小说集·2》，上海书店出版1992年版，第541页。

② 陈平原，夏晓虹编：《二十世纪中国小说理论资料》第一卷，北京大学出版社1997年版，第188页。

官员（有人说吸烟者占五分之一）、衙门胥吏（林则徐估计占五分之四）和士兵[①]。

由此可见，大英帝国通过销售鸦片，攫取大量白银，同时也打垮了中国人的意志，鸦片烟成为晚清时代中国人精神上的毒品，因此，鸦片受到所有具有爱国之心的仁人志士的憎恨。吴趼人小说中讲述有关"鸦片"的故事情节的目的，可以用罗铓重在1907年《月月小说》第一年第3号为《月月小说》序言中对吴趼人小说的评价来做总结："吴君以高尚之思想、灵妙之笔锋，发为小说，虽小道，而启人智慧、移人根性，其效最捷。余乐为表彰之，冀其影响及于他人之社会，而收改良之效也"[②]。

二　新、奇、巧的日常用品

吴趼人描写不同阶层的人对西方器物的使用情况，来表现中国社会出现的种种怪现状，达到反讽的文学效果。这些使用西方器物的中国人有：略通西方文化的中国官员、海上谋生的妓女、与西方文化隔膜的中国官员和颇有先进思想的知识分子。他们对西方器物的看法代表了中国社会不同阶层人的生活方式和对西方的态度。

《二十年目睹之怪现状》第五十二回，讲述了一位轮船公司的督办从总公司到汉口办公事，按照中式的传统婚姻纳妾的故事。他极其奢华的新房布置具有西洋特色，虽中西结合，但以西式风格为主，显示了这位轮船督办的身份和地位。新房里摆设着："外国床、外国式帐子、床上绉纱被、罩了一张五彩花洋毡、洋式枕头、床前梳妆台、外国椅子、玻璃门衣柜、小圆桌子"等西式家具，这是典型达官贵人的生活方式。在上海、汉口等通商口岸生活的很多人已经接受了西方人的部分生活方式，但也有西式生

[①] [美] 费正清、刘广京编：《剑桥中国晚清史》下卷，中国社会科学出版社1985年版，第115页。

[②] 陈平原、夏晓虹编：《二十世纪中国小说理论资料》第一卷，北京大学出版社1997年版，第194页。

活本土化的痕迹。比如"磁花盆的上面贴着梅红纸剪成的双喜字",中国新人结婚的风俗贴"红双喜字"表达吉祥,梳妆台的小抽屉里摆放的小物件也是中国传统的结婚风俗。"牙梳、角抿,式式俱全,还有两片柏叶,几颗莲子、桂圆之类。再拉开抽屉一看,是一匣夹边小手巾,一叠广东绣花丝巾,还有一绞粉红绒头绳",这些有着特殊意义的小物品表示着喜庆,所以说新婚卧房的摆设整体上是西式格调为主,夹杂中式点缀。这反映了中国上流社会阶层对西式生活的态度,一方面是肯定和向往,另一方面并没有完全脱离中国传统文化的深刻影响。作者如此精细描写新房,也是从侧面上讽刺这位督办表面上洋化,但骨子里仍然无法摆脱中国传统文化的文化心理。

　　作者在小说第八十五回塑造了一个"小丑式"的人物,名叫稚农的人。他的打扮非常独特,身上穿着洋灰色的外国绉纱袍子,玄色外国花缎马褂,羽缎瓜皮小帽,核桃大的一个白丝线帽结,钉了一颗明晃晃白果大的钻石帽准。第一人称叙述者"我"吃惊地发现,在上海客栈里见到病榻上稚农的奇特装束与以前在汉口花天酒地的时候见到的不一样。陈稚农的身份是云南藩台的儿子,这次来上海是扶丧回原籍,路过此地,因长期私生活放纵,导致病发身亡,但可笑之处在于讣帖中夹的知启中的文字,称他为"孝廉殉母"。作者通过这个故事,旨在讽刺世风日下,人心道德沦丧的社会。一个死于花丛中的纨绔,竟然被贴上"殉母"的孝义标签。病榻上,稚农一副西洋穿着打扮,不光显示出他的地位,而且也是作者刻意对病入膏肓的他进行的反讽。扶母灵柩,没有丝毫的伤悲,而是尽显其奢华,与其悲剧命运形成对比,增加讽刺的力度。

　　在《发财秘诀》中,作者描写了一类操持特殊职业的妇女,被称为"咸水妹"。这类女子专指在广东沿海一带,和外国人打交道的妓女。因为在海上生活,受到海风和海浪的吹打,身体受到带有咸味的海水的熏渍,所以被称为"咸水妹"。因与外国人交往,她们虽然地位卑微,但生活方式已近西化。"咸水妹"的特定身份决定她们采取西式生活方式,作者特意放大咸水妹房间的布置特点,强调西方文化在中国各地的渗透力量。

第四回有关"咸水妹"房间的陈设也是西式特征："靠里面放了一张洋式铁床，帐子、褥子一律洗得雪白，当中摆着一张洋式圆桌，旁边摆了一张洋式梳妆台，对摆了一排外国藤椅、一张外国躺榻，倒也洁净"[①]。不仅如此，咸水妹也用外国纸、外国本子，写外国字。作者对"咸水妹"这类不幸的妇女谙熟西方文化进行了讽刺。她们懂得西方，以西方物品来装饰生活，仅仅是为了谋生。

《二十年目睹之现状》第五十五回中，作者塑造了一个让人啼笑皆非的中国官员和他太太的愚昧可笑的形象。他们对西方一无所知，却自以为是，闹出了笑话，作者予以漫画式的讽刺。

叙述者"九死一生"替幕友继之乘海船从上海去广东办事，闲来无事在舱面散步和官船买办聊天，买办谈到外国行家的船拒绝承载中国人的故事。某此一军门大人带着家眷坐了大餐房，天热，军门不注意个人形象，光着脊梁和脚，支着腿，抠脚丫子；他的太太更是过分，不去水厕，要用自己的马桶，用了后嫌马桶湿，搁在客座里晾着，洗了裹脚布也晾到客座椅靠背上。外国人把他们撵下船，从此便不准中国人坐大餐房了。在国外，有地位的人一定是受过教育，具有良好的教养，决不做出有辱人格的事端，但军门一家的恶习导致外国人对中国人整体形象的否定。在晚清，军队的人员不是读过"四书五经"，懂得礼仪的"士"，他们大都没有经过多年"礼仪诗书"的熏陶，而是地方上很多根本没有经过任何教育的地痞。他们的行为没有任何规范，所以在公共场合做出了不合乎礼仪的举止行为，为外国人所唾弃。军门和他太太的恶俗行为在外国人眼里不可入目，举止行为有伤大雅。

科幻小说《新石头记》中的宝玉，因为时空相隔，见到了未曾见过的西方先进器物。前十九回写宝玉还俗后以纪实的方式描写宝玉和仆人焙茗在上海所见所闻。他们从上海到北京，途中结交了不同类型的人，经历了各种各样对于宝玉来说的新鲜玩意。

[①] 吴趼人：《发财秘诀》，《中国近代小说大系》，江西人民出版社1988年版，第253页。

首先是交通工具的改进。主仆二人乘轮船、坐火车，代替了雇车马。在船上，他们还享受洋餐带来的舒适和便捷。"在船上进餐，所用餐具都是洋餐具，诸如刀叉匙等，又喝牛奶放糖"等。宝玉坐官舱，非常舒服，如果爱清静，就坐了大菜间，吃的是外国菜，一路上有细崽招呼。宝玉在船上，看到不曾见过的东西，有舢板、太平水桶、救命圈、转舵机器之类。房间里用的电气灯，焙茗拿来了，一擦就着的洋火，以前是外国人做，现在湖南和汉口人也能做。宝玉看见了上海通商码头停有英国、法国兵船，还有纱厂、布局、自来水厂，还有火车。这些物品在二十世纪第一个十年已经不再是稀罕之物，只是轮船不再完全是外国人垄断，宝玉乘坐的这艘轮船虽然由外国人驾驶，但归中国招商局所有，这无疑是作者的美好想象。宝玉可以和外国人一样在船上享受外国菜，并且有细崽招呼，中国人终于可以和外国人得到平等的待遇，使用一样的礼仪。至于洋火，中国也有地方可以制造。宝玉看到的纱厂、自来水厂等这些西方工厂是十九世纪中期之后，清朝政府推行"洋务运动"，向西方学习先进科学技术的后果，半个世纪后，和西方国家一样拥有了民族工厂。

其次，见到上海到处都是洋货。第五回宝玉被薛蟠带去看洋货，又议论洋行的买办。看到十家铺子当中，倒有九家卖洋货的，薛蟠告诉宝玉，中国的丝、茶，销往外国，数量不少。这是真实情况的写照。

第一次鸦片战争之前，中国主要以丝绸、茶叶、瓷器和西方国家进行贸易，而且呈顺差。鸦片战争之后，外国人在五口通商口岸进行自由贸易，洋货充斥了这些地方的市场。宝玉对于诸多卖洋货的铺子感到生气，为外国洋货占领中国市场愤愤不平。对于外国人侵占中国地盘，并且占领中国市场，隐含作者借宝玉之口表达了不满的情绪。外国的留声机、八音琴，宝玉认为是可有可无的玩意儿，不主张薛蟠购买，薛蟠认为这类玩意除了宝玉之外，很多人都喜欢，宝玉便想着中国人也应该学习生产制造这些东西。

再次，宝玉看到了已经兴起的工厂。小说第十回中，宝玉被带着去参观各种工厂，有：大炮厂、炮弹厂、炼钢厂、工程处和轮船厂。制造局里的机器，自然都是从外国买来的，有洋匠在制造局里。外国的制造层出不穷，今年造的东西比去年精，明年造的东西又比今年精了。宝玉在上海看到的这些工厂实际上是19世纪末出现的小型近代工业部门。这些工厂主要设在通商口岸，有外国人办的，也有由中国政府官员创办的。据统计1895年以前，大概共有103家外资企业，这些企业大部分是小型的，使用了动力机器，所以区别于中国人办的手工业企业[①]。清末中国官办的制造业、采矿业、冶炼、纺织等基本上没有什么积极的意义。官办的兵工厂、造船厂里面可以见到雇佣的外国技师，他们在技术上指导中国工人，不断改进技术，起到了一定的积极作用。除了官办的企业，还有官员和私人合办的企业，这些企业往往规模小，持续时间短暂，取得成功的可能性很小。据历史记载，在1895年—1913年期间，至少有549家使用机器动力的中国商办和半官方的制造业和采矿业，大部分使用的机器来自国外，尤其从1905年至1908年，工具和机器的进口迅速增长。

另外，宝玉在上海购买西书。新买的那些书，多半是一二十年前所译，虽然是旧书，里头都是讲科学的书多。他们那科学有专门学堂，由小学升到中学，入大学，由普通入专门，每学一样要十多年才能毕业。宝玉在上海购买的有关西方科学的译书，实际上应该是鸦片战争与英国签订了《南京条约》之后，西方传教士利用其特殊的身份，在各地通商口岸，创办学校、报刊、印刷所，大量翻译西方书籍，通过这些方式对华进行西方文化传播。

据学者郭延礼统计，19世纪60年代前，西方传教士在香港和五大通商口岸就翻译西书和出版中文书刊有277种[②]。江南制造局翻译馆是中国近代历史最悠久的西学翻译机构，译书多为近代先进的自然科学和社会科学，虽然并非尖端科学，但都属于近代先进的自然科学和社会科学著作。另外，在当时，也具有影响力的译书机构则是广学会，比较注重社会科学著作的翻译，尤其是对西方社会制度、民主政治、以及与之相关的法律、教育、哲学等社会科学，在晚清起到了启蒙的作用。还有，当时一批有志

[①] ［美］费正清、刘广京编：《剑桥中国晚清史》下卷，中国社会科学出版社1985年版，第38页。

[②] 郭延礼：《近代西学与中国文学》，百花洲文艺出版社2000年版，第14页。

之士，受到日本明治维新成功经验的启发，认为翻译西书是学习西方重要的一部分，在20世纪初，大规模地翻译日文书籍。所以说，宝玉在上海买到译书是真实情况。

第十二回，宝玉自从到了上海，会了吴伯惠，一见如故，事事都请教他，又请教他英文。宝玉买了不少西洋书，有《士啤令卜》、《英学入门》、《华英字典》，每日自己分开功课，上半天看买来的译书，下半天读英文，用字典，遇到有外国字的旧报纸，也逐字去查，因此学得飞快。

这一切对于宝玉来说都是新鲜事物。实际上，这些新奇之物，在作者吴趼人生活的年代已经是广为人知，没有什么奇异。因为20世纪的中国，西方先进的科学技术随着来华传教士在中国已经近一个世纪的传播历史，"洋务运动"也已经推行半个世纪之久，在广州、上海、汉口等外国势力抵达的地区，部分西方生活方式和物品普遍为中国人认同和接受，因此，宝玉沿途所闻并非具有超前性，而是真实现实的反映。

第八回，宝玉的朋友伯惠一起去跑马场看洋房，两间，院子里是一片青草地，进门就是楼梯，宝玉和伯惠都觉得有些别扭，不习惯这种格局。一会儿，薛蟠和妓女聊起来，宝玉看到缠小脚的妓女，非常惊奇，认为是恶心的习俗。伯惠介绍到在上海志士们曾经创立过"不缠足会"，提出到放足的问题，提倡男女平等，不做男人的玩物，还要兴办女学，鼓励女性自立。这些观点当然是隐含作者的态度，虽然对西方生活持有怀疑态度，但对于先进的西方观点还是有选择的接受和认同。

最后，见到外国银行。薛蟠要离开上海请求宝玉将二万银子从汇丰汇到北京，把存折给了宝玉。在《近十年之怪现状》中，"汇丰"银行已经成为上海人兑换钱币的地方，妓女也用汇丰发行的钞票，有钱人也去汇丰存取。第十回中，鲁薇园拿着二万五千两汇丰存折，到汇丰银行去提了二万五千银子，原是用他名字去存放的，所以一提就着，毫不为难。

"汇丰"银行是英国在中国垄断银行业长达四十年之久的见证。建于1865年，早于其他西方国家的在华开办银行，主要资助负责进出口事物的洋行大部分贷款，向中国"钱庄"提供短期信贷。银行直接控制了外汇市场，是白银流入和流出中国的渠道，并且决定白银的黄金价格的涨跌[①]。1896年，由盛宣怀创办的中国第一家银行"中国通商银行"开业。晚清的中国银行没有进入真正的市场体系，地方商业还是依靠外国银行提供资金，中国银行只是向"钱庄"提供短期贷款方式，与内地小规模的贸易间接联系。

作者以具有知识分子文化身份的宝玉的视角，跨越时空，展示了在上海见到的涉及交通工具、洋货、工厂、西书和银行等五种常见的西方器物，表现出新奇的态度。作者吴趼人因为长期在上海这个充满五光十色的十里洋场生活，深切体会和感受到西方对中国的强烈冲击。在上海的部分人的生活已经西化，上海也是新旧文化观念从对峙到整合过程变化最快的地方。自从第一次鸦片战争《南京条约》签订后，上海成为中西文化荟萃之地。《新石头记》中的宝玉，其实可以理解为作者本人，以清新的视角打量着"土"、"洋"杂糅的上海，看到了不仅仅是生活中的西方器物，而且还重点写到"洋务运动"的繁荣景象，办工厂、制造机器、翻译西书等学习和介绍西方的活动，甚至还关注到维新运动主要内容妇女缠足和兴办学堂问题，甚至包括西方银行在金融方面对中国的控制。

三 "文明境界"

吴趼人与其他晚清知识分子一样，比较倾向书写政治和科学小说来迎合"启蒙"的时代主题。《新石头记》是吴趼人所做的一部科幻小说，以奇妙的想象方式，讲述了《红楼梦》主人公宝玉还俗后的游历见闻。小说后十九回描述了宝玉和老少年一起在文明境界的奇特经历。文明境界是一个完全超越于真实生活，聚集了新鲜事物的地方。报癖在《月月小说》第六号这样评价《新石头记》："书中之老少年，即先生之化身也。而其发明之新理，千奇百怪，花样翻新，大都与实际有密切之关系，循天演之公

[①] ［美］费正清、刘广京编：《剑桥中国晚清史》上卷，中国社会科学出版社1985年版，第71页。

例，愈研愈进，愈阐愈精，为极文明极进化之二十世纪所未有"①。李葭荣在《我佛山人传》里也提到过吴趼人的《新石头记》："君又遂于探理，作《新石头记》，多逆揣世界未来，具能表里科学，随笔驰骋，而文不受范者，且莫之能逮"②。在《最近社会龌龊史》序中，吴趼人本人也提到"兼理想、科学、社会、政治而有之者，则为《新石头记》"③。在《新石头记》第一回，吴趼人表明了写作意图，"一个人提笔作文，总先有了一番意思。下笔的时候，他本来不是一定要人家欣赏的，不过自己随意所如，写写自家的怀抱罢了"④。所以说，《新石头记》中有关想象的部分，是作者表达心中的某些理想和愿望的抒发。

首先，作者站在中国传统文化的立场上，虚构了一个叫做"文明境界"的"世外桃源"，具有显著的中国儒家文化特点。在小说的第三十八回中，老少年解释"文明境界"与外面所谓的"文明之国"的不同：文明境界遵循孔教的"孝悌忠信、礼义廉耻"等规矩；而"文明之国"打着"文明"的幌子任意欺凌天下病弱之国，以保护弱国作为借口，割人土地、侵人政权，文明国是真正的强盗，只对别国强横，用宗教来劝人入教。如果不信教，他们就制造混乱。实际上，这是吴趼人在批判外国人在中国横行霸道的侵略行为，指责他们强迫中国人信教的"非文明"思维。

"文明境界"还是一个由高科技创造的"福天洞地"，闪耀着祥光锐气的牌坊大门隔开了"野蛮"与"文明"。入内，别有洞天，来客先测其性质，接受品性晶莹之人，野蛮人会被拒之门外。测验用一面经过高等医学博士用化学制成的玻璃，再用药水几番炼制而成的镜子照野蛮、文明之人会一目了然。这是作者理想化的分割现实与梦境，从中可以看出作者对现实有着强烈的愤恨和不满。

---

① 魏绍昌编：《吴趼人研究资料》，上海古籍出版社1980年版，第121页。
② 同上书，第13页。
③ 陈平原、夏晓虹编：《二十世纪中国小说理论资料》（第一卷），北京大学出版社1997年版，第382页。
④ 同上书。

第三章 社会小说中的西方形象（一）

"文明境界"内的生活都是超越于现实世俗生活，吃饭、喝茶不用粮食和茶叶，都是从各种食品中用化学提出的精华液体。因为老少年认为欧洲的食物非煎即烤，火毒尤为厉害，对人体不利。文明境界打破常规，模糊四季，五月可看梅花，有四个公园，分着春夏秋冬四季，可以玩赏四时花木。水龙头也用玻璃制成，地灯是钻地取火之后，就分布铁管，散置开来，作晚上灯火之用。在第三十五回中，因为天气燥热，宝玉想找地方乘凉，老少年建议他们去"冬景公园"。进公园之前，他们买了貂裘防寒，因为公园今天酿雪，一到园里便觉凉爽，暑气全消。十步一个季节，看到了从深秋到冬季的景色，喝酒、赏雪，文明境界里的天气可以控制和制造。作者大胆的想象打破了传统认知模式，创造出了一个天堂圣境，富有诗情画意的一方净土。

不仅如此，"文明境界"还带有西方文明特点的地方。分成了不同的区域，制造在东部智字区里，差不多全是制造厂，还设有水师学堂，学堂里有位科学世家华自立。他发明了一样新机器，叫做"助聪筒"，用一种金属做成一个小小筒子，不过半寸来长，拿来塞在耳朵里，任凭隔了多远，只要当中没有阻隔，极细的声音都可以听得见。吴趼人想象出的"助聪筒"，与西方人18世纪发明的"电话"基本相似。这些具体区域是作者对现实的复制，但想象出电话的发明人是中国人，从侧面表达了作者自强的愿望。

"文明境界"没有迷信，也没有外来宗教。不识字、不明公理、不修私德被认为都是人生第一耻辱。贫家孩子半工半读，以培养独立精神。有男女学堂，学堂分设，课程也不同。这里也没有"娼、妓、嫖"等现象，是作者建构的一个乌托邦世界。

以上各种有关对"文明境界"的书写，可以看出作者吴趼人心目的文明境界是一个被理想化、完美化的"净土"，具有自由、独立、文明、先进、发达等现代化特点。这是作者心中的"理想王国"，既具有中国传统文化的元素，又带有西方近代文明的烙印，集中西文化于一体的超现实的产物。不仅如此，作者在"理想王国"里重点书写了具有西方文明特点的现代化交通工具、西式武器和经过变形的中医。从中可以看出吴趼人的文化心理。

20世纪初中国小说中的西方形象

1. 现代化的交通工具

老少年带领宝玉游历"文明境界",仔细考察新鲜事物。作者重点书写交通工具。从"飞车"写到"猎车",再到"猎艇",又到"遂车"。

老少年带领宝玉先去"文明境界"发明的医学考察,走在路上,看见头顶飞过如大鸟形状的飞车,代替了官道上行车,以免碰撞行人,也省下了一笔不小数目的修路费。飞车高低可以随意调节,行远的车可飞离地一百尺,市上往来的,离地不过五十尺罢了。远行的车随便那里都可以直线行走,市上行走的车避免车多的时候,闪烁的车影会影响居民视野,所以仍然循着官道走。

这是作者初次描写"文明境界"的飞车,非常具体,而且形象、传神。读者仿佛置身一个现代化、高科技的光电世界。发达的交通工具,人性化的设计,表达了作者对美好生活的向往。在小说的第二十五回,作者对飞车又进行了详细地描写:

> 却说那飞车本来取象于鸟,并不用车轮。起先是在两旁装成两翼,车内安置机轮,用电气转动,两翼便迎风而起,进退自如。后来因为两翼展开,过于阔大,恐怕碰撞误事,经科学名家改良了,免去两翼,在车顶上装了一个升降机,车后装了一个进退机,车的四周都装上机簧,纵然两车相碰,也不过相擦而过,绝无碰撞之虞,人坐在上面,十分稳当[①]。

这是作者第二次提到飞车,并且比在二十四回第一次提到的飞车描写更加具体。第一次介绍其外观功能,第二次着重描写飞车的内部装置,飞车的形象也具体化,成为文明境界的重要标志之一。这也是作者对20世纪初从西方输入进来的高科技的一种有力的对抗,表明了作者不依赖外国科技就可以实现现代化的强国梦。

[①] 吴趼人:《新石头记》,《中国近代小说大系》,江西人民出版社1988年版,第299页。

在《新石头记》第三十八回，作者又介绍了"猎车"是一种新式飞车：

> 下层犹如桌子一般，有四条桌腿。那升降进退机，都安放在桌子底下；中层后半，安放电机前半是预备放禽鸟的。前面有一个圆门，内有机关，禽鸟进去，是能进不能出的。上层四面栏杆，才是坐人的地方。前半是宽敞的，后半是一个房间，所有一切机关，都在里面。桌椅板凳，都位置整齐，壁上架着电机枪四枝，抽屉里安放着枪弹、助明镜等，应用之物，莫不齐备。前面栏杆上放着一卷明亮亮的东西是华自立新创造的障形玻璃，把它扯开来，外面便看不见里面，里面看外面却是清清楚楚[①]。

这是作者吴趼人第三次对"飞车"进行的详细描写，比前两次更为具体。"文明境界"新鲜事物颇多，为什么作者会对飞车反复描写？不难从故事情节中看出作者钟情于"飞车"并非随意而为，而是有目的的选择。吴趼人想象出来的"飞车"或"猎车"，与同期美国人莱特兄弟发明的"飞机"极其相似，感觉似乎比"飞机"更加实用，与西方的先进交通工具能够竞争和对抗，这也是吴趼人富国强民的愿望之一。然后，作者介绍了讲堂的情况。除了讲授之外，学生还可以坐飞车到海边去操练，飞车载着众学生，排成十分整齐的队伍，比起欧美的气球，轻便稳当。他谈到飞车的优点时说："本来创造这车的时候，也是因为古人有了那理想，才想到实验的法子，可笑那欧美的人，造了个气球，又累赘又危险，还在那里夸张得了不得，怎及得这个稳当如意呢"。这段话充分说明了吴趼人笔下的"飞车"是被当作抵抗欧美的飞行器"气球"来想像的，表明了他对于中西文化的态度。

不仅如此，作者还进一步乘坐"猎车"去探险。"猎车"可以自由自在穿越世界各地，到达非洲撒哈拉沙漠，坐在猎车上可以打鲲鹏，入海猎鲲鱼。

[①] 吴趼人：《新石头记》，《中国近代小说大系》，江西人民出版社1988年版，第301页。

老少年打算带宝玉到空中体验"猎车"上的生活，备足半个月的粮食。他们用"猎车""引禽自至机"来打猎，碰到巨鸟，因为追捕巨鸟到了非洲，非洲天气炎热，挥汗如雨，他们的"猎车"又来到了非洲的撒哈拉沙漠。后来成功猎到鲲鹏，又飞了三昼夜，才回到文明境界。卸下巨鸟，"猎车"飞到了离地面七千多尺，最后降落在博物院前。宝玉进入了博物院的藏书楼，图书四壁，中间是本国的古今书籍；两旁各五间，是五洲万国的书籍。宝玉看到了孔子的著作，又看到了最新的新书，一部是《文明律例》，另一部是华自立所著的《科学发明》。宝玉随后打算告辞，被文明境界的人拉着一起照相。"照相人开了镜子，那镜子旁边有一个把儿，照相人把把摇了三四摇，便收了镜子，打开来取出照片，照片用纸片照出来，神情毕肖，而且衣服面目的颜色都照出来。"这照相的技术在原来传统照相上有了很大的提高。

吴趼人从"飞车"写到"猎车"，又在第二十九回叙述了老少年和宝玉等四人坐"飞车"入海猎鲲鱼的经历。新式海上交通工具"猎艇"：

> 在海边的"猎艇"做得纯然就是一个鲸鱼，鬐翅鳞甲俱全，两只眼睛内射出光来，却是两盏电灯，比守口战船大了四五倍多。一片鱼鳞就是一个舱口，船边是一条甬道，当中分设着电机房、司舵房、客堂、膳房、卧室，件件俱全。船头有个小门，恰如鱼的嗓子。从这门出去，便是鱼头里面。人要入海时，便开了小门，先到鱼头里，穿了入水衣，再把小门关上，水师不能再到里面的，回来时，进了鱼口，把鱼口门关上，按动电铃，司机人便开了抽水机，把水抽干，再开小门进内。后面一段却蓄着海水，预备猎了活鱼，养在里面的。船一个时辰可以行驶一千里，一昼夜可以走到一万二千里以外[①]。

[①] 吴趼人：《新石头记》，《中国近代小说大系》，江西人民出版社1988年版，第327页。

第三章 社会小说中的西方形象(一)

吴趼人不仅详细介绍了能在海上进行自己穿梭的猎艇,接下来,他安排宝玉和老少年乘"猎艇"到海底绕地球一周,从太平洋出发,再从大西洋回来。船行了一宿,已经到了太平洋当中,宝玉用天文镜测算"猎艇"已行至东经一百五十度九分,北纬第五度四分底下,过一会就到了西半球了。他又看到了一个荒岛,岛边蹲了一只像老虎模样的海马,被宝玉的枪声吓得逃窜到海里。他们把船沉到海底,去追海马,看见海马按着一个大乌贼在吃,看见猎艇,拖了乌贼鱼往前乱窜,宝玉和老少年用电机炮打死了海马。

老少年取出两套入水衣,衣服上都装着小机器,连头带脚一起蒙住。眼睛上是两片海底透水镜,两肋底下有两扇薄铜做成的翅桨;左乳部上,一付小小电机。是管双桨的;右乳部上也有一付电机,开动了便在内层扇出空气,足供呼吸。全衣是用软皮制成,穿上了只露出双手,袖口紧紧扣住[①]。

后来,他又叙述了"猎艇"与海鳅之间的生死搏斗的惊险事件。正因为猎艇配备并能使用先进的光电技术,海鳅才被杀死,猎艇才得以脱身,次日改变了方向向南行驶。过了两天,又捕获了一网儵鱼,不觉得已来到了南半球,打算到南极,捉到了貂鼠。在南冰洋底下,见到了大的珊瑚、一座插天高的葱翠大山,后又因为追海鳅,进入了水隧道,出了洞,已到了澳大利亚的北面了。接着他们又来到了炎热的赤道附近,船舱内热冷相加,发现海底珊瑚有清凉降温之功效。于是返回"文明境界"。

这一回主要叙述了宝玉和老少年等人的游玩经历。由于船舰性能好,他们来去自由,入海进洋,捕获到不少从未谋面过的猎物,体验到了不少新鲜事物带来的乐趣。这也是吴趼人在讲述故事的同时,借助故事,表达了他的梦想,即:由中国人制造的船只一样可以进行环球旅行。

[①] 吴趼人:《新石头记》,《中国近代小说大系》,江西人民出版社1988年版,第327页。

除此先进交通工具外，作者在第三十三回中又虚构了另外一个独特的交通工具"遂车"，老少年要把珊瑚寒翠石及用不完的貂鼠和海马送到文字区，由"遂车"送。"遂车"是在地下隧道里行驶的电车，区别于外国有轨道的地下火车，"遂车"不用轨道，因为隧道由五十丈宽，四通八达，都铺着铁板，铁板上过足了电气，拒力很大，两车到了五尺之内，便互相拒住，不能靠近，避免了互相碰撞。隧道两旁，都开设了车行，任客随时雇佣"[①]。这又是一种在隧道中使用的新型交通工具，与天上使用的"飞车"和"猎车"、海上使用的"猎艇"一样方便。此现象不能不引起思考，虽然科幻小说是对未来世界天马行空般的大胆想象，但所想象之物一定是与作者的生活经历有着密切的关系。

吴趼人之所以对现代化交通工具情有独钟，与他早年在上海的生活有关。他在上海江南制造总局谋职期间，曾经制作了一艘小轮船，仅有二尺多长，能往返数十里地，他因此被称为奇才，后因不受重视，他才愤然离开制造总局。但他对先进的能在海上航行的工具的梦想始终不能忘怀，所以在科幻小说《新石头记》中，借助丰富的想象力，结合他自己的实际生活经验，创造出了各种各样的先进交通工具。

在以吴趼人为代表的晚清知识分子，经过半个世纪苦难之后，已经清楚地目睹了中国与西方列强之间巨大的差异。工业革命使得西方国家富强，他们以先进的科学技术为强大的后盾，重新瓜分世界弱国，成为世界格局的主宰者，这样的巨大变化，不可能不引起知识分子阶层的思考。通过想象，作者创造出一系列先进的交通工具，表达了吴趼人现代科技"启蒙"的理想。

2. 新式武器

19世纪下半叶以来，中国连续遭受西方的军事打击，发明和运用新式武器被看做是摆脱被动，强兵富国的最重要办法之一。当时的知识分子反思中国衰弱原因之后，寄希望于发展科技，铸造武器，训练强兵的宏伟梦想中。因此，20世纪初的中国科幻小说，有不少对先进新式武器的想象和

[①] 吴趼人：《新石头记》，《中国近代小说大系》，江西人民出版社1988年版，第358页。

虚构。碧荷馆主人的小说《新纪元》就是一部集中描写黄白两人种的种族，以先进武器比拼的方式进行对抗的故事。

《新石头记》中，在"文明境内"，宝玉和老少年观看学生操练，看到千艘战舰伏在海底。船上有电机，可以一面制造空气，一面收吸炭气。虽只有五十尺长，却纯是一块铁造成的。宝玉还使用了由东方美小姐制造的助明镜、千里镜、测远镜、透水镜，这几个镜子都有特殊的功能，看到不曾看见过的新鲜事物。千里镜看到了海上战船，近在眼前，船上放的是无声电炮。绳武告诉宝玉："这个船与欧美的不同，一艘船只有两尊炮，头尾各一尊，借船身做了炮身，船头、船尾就是炮口。"透水镜可以望远，也可以透水，看见海底如在脚下一般，不光看到了海底的动物，而且还可以看见战船与一条鲸鱼打斗，鲸鱼腹部被船只穿透。

吃过饭，绳武在月光下展示电火："等到亥初时刻，一连放了三响响号炮，山鸣谷应的声音还未绝，忽见海面上放出了豪光万道，照得如同白昼一般，从透水镜里看海上，只见战船全船发亮，犹如一团白火一般。抬头看那月亮，已被这白光衬的变了红色，宝玉不觉摇头叹绝[①]"。

第二十六回，作者进一步描写五光十色的电光：

> 只见满海白光，竟把月亮衬成红色，霞彩万道，光艳夺人。惊奇的正要致问，忽然又变了绿色，把满海的水，照得同太湖一般。忽然又变了黄色，忽然又变了金光万道，忽然又五色杂现，闪烁变化，双眼也看得眩了。忽然又见五色的光，分成五队，往来进退。此时，看那月亮竟是黯无颜色了。盘旋往来了许久，忽地一下，众光齐灭，眼前就同漆黑一般。停了好一会，方才觉得有月色[②]。

这是作者描写光怪陆离的五彩缤纷世界，像一幅不断变换的图画，

[①] 吴趼人：《新石头记》，《中国近代小说大系》，江西人民出版社1988年版，第305页。
[②] 同上书，第306页。

展现在读者面前。正如科幻小说《新纪元》的作者碧荷馆主人在该小说的第一回说过:"世界越发进化,科学越发发达,泰西科学家说得好,19世纪的下半世纪是汽车世界;20世纪是电学世界;20世纪下半世纪是光学世界。"吴趼人对于文明境界里的电光也做了重点描写,表现了他对未来光电世界的渴望和规划。在《新石头记》第三十八回,作者又介绍了"猎车"上的神奇电炮,非但无烟无声,并且无炮弹,只要没有阻隔,其射程足以抵达地平线上的任何地方。

绳武和宝玉一起上了车,和众学生一起向前行驶。众车的电灯如万点繁星,战船上的白光用来探海,五色光用作号令,海底用电光,海上用竖起的铁桅杆做旗号,通信有无线电话。老少年还介绍在文明境界里没有盗贼现象,所以警察、捕役、衙门等强制部门也被删除。这里实行的是专制政体,强调教育,又偏重德育,因此夜不闭户、路不拾遗。作者开始洋洋洒洒,用大篇幅的文字来讨论专制政体的好处,最后他得出结论:"野蛮专制,有百害没有一利;文明专制,有百利没有一害"[①]。吴趼人对于西方共和、立宪等政体持有抵触的看法,他始终认为旧的等级制度最适合开通的地方。这是吴趼人作为旧式文人的世界观。他崇尚西方的先进科技,但对西方的政体却不能接受。

3. 中医

"文明境内"人平等看待中西文化,对自我文化,没有盲目自大。对西方文化也不会崇洋媚外或故意贬低。小说中,作者描写了一所高大的房子,上面飘扬的旗子,黑白相间,做成花碌碌的,白底子里面镶满了一个大"医"字。老少年告诉宝玉,"文明境"界除了黄龙国旗和外交所用的各旗不改之外,自用之旗都是别出新裁,做成新的样式,绝不像那些崇洋媚外的人,凡事按照欧美通例,模仿外国人去做。初做旗子的时候,有境外人士看见了,极力毁谤,华自立便痛斥这种人。

这段对旗子的描写,再次强调了"文明境界"区别于现实社会,是一

[①] 吴趼人:《新石头记》,《中国近代小说大系》,江西人民出版社1988年版,第309页。

个独特的地方，使用的旗子都是自己设计，作者借老少年之口道出了对"崇洋媚外"之辈的痛恨，这也是作者通过老少年发表自己对传统文化的立场态度。"华自立"是"文明境界"里的重要人物，暗喻"中华民族自立"的意思，不再一味模仿西方，事事向西方学习，应该坚持本国文化的特色。

他们不一会来到了医院门首，接见他们俩的是"文明境界"的一学长秦超和。他告诉宝玉，这里人民都知道卫生，患病的极少。一百里之内，一年只有三十个病人；他还介绍了验病所里的验骨镜、验血镜、验脏腑的仪器，验病所的长处，比西医解剖更具有科学性，医院里配备各种镜子查验五脏六腑。宝玉对此大为赞叹，超和借机批评"西医"，强调西医的缺点，认为只有发扬国粹，才能创造出更实用的医术来：

> 可笑世人鼠目寸光，见了西医便称奇道怪，又复见异思迁。不知西医的呆笨，还不及中国古医。……西医每每笑中国人徒然靠诊脉定方，以为靠不住，然而他那听筒，又何尝靠得住呢？这些镜子都是东方德和华自立两位竭瘁精力，创造出来的[①]。

"文明境内"的医生"东方德"的命名和"华自立"一样有着特定的意义，是作者内心对中国人能自强自立于东方的美好想象。"中医"，顾名思义就是中国的医学，集中华文明的国粹。

宝玉又问到病人服药的情况，超和告诉宝玉，病人使用中药居多，西药偶尔也会用到，用得非常少，病人服药的方法也很独特。病人只要到受药室里去坐着或躺着，药房把对症的药都蒸成汽，由汽管直灌到受药室，病人呼吸药汽，病就治好了。这样的治疗方法明显就是想象出来的"高科技"。验病所的后面，进入"药圃"，这里也是千奇百怪，种着奇花异草，有参天大树、依篱小草，藤枝缠绕，四个公园里栽种的花，开的多是鲜药，取新鲜的气味格外浓厚之意，不像西药，讲究用质，不用气味。

[①] 吴趼人：《新石头记》，《中国近代小说大系》，江西人民出版社1988年版，第295页。

这是作者想象的"中医",在"文明境内"有其独特的特征。用高科的方法将传统的中药制成"药气",病人不用服用,只需呼吸即可有疗效。药圃里中草药是新鲜的花,芳香美丽。这些简单的想象无非就是对传统中医的美化,把中草药的"苦味"变成"甜美芬芳"的享受。

第二节 万国博览会

面对西方列强的侵略,中国知识分子以各种方式书写国家和民族危机,想象未来中国的强大场面是这个时代作家常用的一种叙事策略。《新石头记》的后半部,作者不仅想象出了一个"文明境",而且借旅行者贾宝玉重返历史现场,然后又回到现实的生活中。现实生活不是莺飞蝶舞的"大观园",而是十里洋场,灯红酒绿的中国"上海"。作者重点描写了上海举办万国博览会和北京举办万国和平会,想象了一个强大、自主的"未来"中国。

《新石头记》第四十回宝玉接到伯惠的来信,回到上海。伯惠告诉宝玉这段时间的新闻:美国人颁布了禁止华工的约定,其实是禁绝中国人入美,所以国内抵制美货,由上海倡起,各省各埠响应。北京政府准备立宪,立宪之前,派代表到国外考察。回来后,把各国的长处进行整合,立宪非常有效,全国改观,连上海都大不一样。政府收回了治外法权,上海城也拆了,到处建了商场,浦东正在开万国博览大会。中国还要在北京永定门外举办万国和平会,各国公议到中国来,中国皇帝做会长。

宝玉和伯惠看到的"新上海"不再是外国租界林立的地方,外国人的租借权利被收回,旧的上海城被彻底改造成真正属于中国的贸易大都市。不光上海是这样,各省各城市都拥有主权。为了保护本国商人利益,美国颁布禁止华工约定,中国人对此颇为愤怒,全国发起抵制美货运动。吴趼人也辞去汉口《楚报》之职,毅然回到上海,积极参与发动抵制美货的行动。他在《致曾少卿书》一文中提到"今吾中国之抵制美约,亦一无形之战也,使战而胜,名誉当不亚于日本,我国人宜努力为之"①。可见,吴趼人是一个具有非常强烈的爱国思想的作家。

宝玉和伯惠一起观看万国博览会。会场里,各国分了地址,盖了房屋,陈列各种货物。中国各省份也盖了会场,十分热闹,有数不尽的稀奇古怪的制造品。伯惠告诉宝玉,从吴淞口到汉口,两岸全是中国厂家。作者虽没有对"万国博览会"进行详细的备述,但"万国博览会"是集体想象物,与吴趼人同时代的晚清知识分子普遍接受这样的道理。"万国博览会"是国家和民族富强的重要体现,举办国一定具有比较雄厚的经济实力、被世界各国所认可,有相对比较高的政治地位,是一种身份的象征。诸如梁启超的《新中国未来记》、陆士谔的《新中国》等小说对"万国博览会"都有不同程度的描述,"万国博览会"是强国梦的具体表现。

参观"万国博览会"之后,宝玉和伯惠又一起坐火车到了"万国和平会"。主席台上讲话的中国皇帝名叫"东方文明"。他宣布万国和平会的宗旨是以和平为目的,不仅要求万国国家和平,而且单个国家要求和平,所以各国政府应担负其保护和平之责任,不能互相欺压,倚强凌弱。世界必须消灭强权主义,实行和平主义。东方文明以政论的形式宣扬了国际和平问题,尤其是种族欺压。

首先,作为中国未来皇帝的"东方文明"是吴趼人政治理想的表达,寄托了作者对于民族未来发展方向的理想。这告别西方人眼中愚昧、落后的弱国形象,而是成为超过西方列强的文明强国。在小说第三十九章,作者已经对"东方文明老人"做过详细的介绍,他区别于"文明境界"内的老少年,是极具有政治抱负的人,虽然年老,有一百四十五岁,但精神面貌看起来只有四十几岁。熟悉全球人种,特别关注和同情被压迫、被剥削的国家和民族。"万国和平会"的开幕词一方面强调各国必须保持世界和平,另一方面各种政府必须要担负起保护国内自身各个人种平等共处的责任,不得进行歧视,并且保证每个人有受文明教育的权利,反对种族歧视,

---

① 魏绍昌:《吴趼人研究资料》,上海古籍出版社1980年版,第329页。

反对强权，真正实现世界和平。

"东方文明"是作者在文明境描写过的一个理想式人物。在小说的第三十九回，宝玉因为久仰东方文明老人，便约了老少年坐了遂车，到"文明境界"的仁字区拜访。东方老人和宝玉就人种解放的事情进行了深入的交谈。他们两人都同情红、黑、棕各种人，认为这些有色人种久沉于水火之中，受尽虐待，行将灭种。宝玉最为同情美洲黑奴无以觅食，转徙流离，饿殍相望的状况。文明老人却不认同宝玉的看法，他认为对于文明发达之地，要学会辨别真假。倘使是那些假文明之国，到此时还拿文明面具欺人。就美洲释放黑奴而论，表面看似文明，但实质总统为了拉拢选票，所以异想天开，提倡释放黑奴。黑奴释放后，得到平等、自由的地位。政要认为被解放后的人毕竟感恩，会在选举时投票，但谁知那黑人蠢如鹿豕，释放之后，不知如何生活，会恨他的。

这是"东方老人"对发生在大洋彼岸美国"废奴运动"的见解。这种见解是作者个人对美国废奴运动的偏见，与事实有不少偏差。发生在1861年到1865年间的美国内战，是美国北方工业化后大量需要劳动力的现状与南方种植园主无偿占有充足的黑奴之间矛盾的白热化，以北方胜利而告终。内战结束后，黑奴制度被废除，黑人的社会地位有所提高和改善。但人种歧视仍然是美国社会最严重的社会问题之一。

"东方文明老人"是一位具有有广阔胸襟的智者，他能纵观五洲，用世界的眼光观察时局，正确看待和分析国际事件，观点虽有某点偏颇，但能指出问题的所在和造成问题的根本原因。他属于中国社会的少数精英。在小说的最后一回，他成为未来中国的皇帝，主持"万国和平会"。作者安排他出现在"万国和平会"的开幕式上，旨在表达作者想象中国在世界各种中的重要地位。小说中的"东方老人"虽然学识渊博，胸襟开阔，但最终还是被作者推向"皇帝"的宝座。由此可见作者本人的思想还是趋于保守，虽渴望西方先进的器物，但依然坚守东方的传统思想"国不可一日无君"。他与梁启超的现代思想存在很大的差距。

作者对象征国家富强的"万国博览会"没有进行详尽的叙述，反而详细介绍了"万国和平会"的开幕式和致辞,旨在强调"万国和平"的重要性。对于处在被西方列强瓜分狂潮下的中国来说,"和平"是当务之急,阻止西方的强暴侵略刻不容缓。所以吴趼人这样的爱国志士,最大的理想就是希望未来的世界能保持永久性和平,停止强国对弱国的欺压,人种不再受到歧视,各国人能平等对待,"东方文明之国"能以崭新的面貌展现在世界舞台上。

小说写宝玉在飞车上玩自己的"通灵宝玉"时,不小心失手弄丢了,便四处寻找。在东部仁字区第十万区内的灵台方寸山的山凹里,发现了刻在"斜月三星洞"的洞口的石头上有一篇绝世奇文。奇文是作者吴趼人借"通灵宝玉"而抒发自己对现实强烈的不满,悲叹自己无能为力改变乱世的无奈,表达了自己愤懑的心情:

> 悲复悲兮世事,哀复哀兮后生。补天乏术兮岁不我与,群鼠满目兮恣其气纵横。无欲吾耳之无闻兮,吾耳其能听!无欲吾目之无睹兮,吾目其不瞑!气郁郁而不得抒兮吾宁暗以死,付稗史兮以鸣其不平[①]。

作者以排比的句式直抒胸臆,虽然作者称写稗史仅仅是鸣不平,但《新石头记》前半部分所写宝玉在上海的经历,有针砭时弊的意味,在小说后半部分,作者想象的"文明境界"实际上是他对未来中国蓝图的勾勒。

奇文之后添了一首歌,是作者对创作意图的补充。奇文"预备丈夫读,不预备奴隶读;预备君子读,不预备小人读。奇文仅仅是对有热心血诚,爱种爱国志君子,萃精会神,保全国粹之丈夫,方能走得到看得见最后几行蟹行斜上的字是为那些吃粪、媚外的奴隶、小人读"[②]。翻译为:

[①] 吴趼人:《新石头记》,《中国近代小说大系》,江西人民出版社1988年版,第407页。
[②] 同上书,第408页。

你崇拜所有的洋人，/老会显出诚挚的神情。/这是获得面包与金钱的妙法，/且一家人靠此为生。/只是一件事没能想到；/你的同胞无法容忍[①]。

显而易见，这几行用英文写的字专门为懂英文的中国人而做，警告他们的崇洋媚外行为虽然是谋生的好方式，但为国人所唾弃。一方面表达了作者的爱国思想，另一方面也劝诫崇拜洋人的中国人。

吴趼人著述《新石头记》可称为一部集理想、科学、社会与政治的新小说，但仍然没有脱离关注现实的目的。在小说中仍然能品出谴责的味道。"然而愤世嫉俗之年，积而愈深，即砭愚订顽之心，久而弥切，始学为嬉笑怒骂之文，窃自侪于谲谏之列[②]"。

第三节　市井百态话"洋人"

西方人物形象在吴趼人小说中与西方器物一样，呈现出复杂、多样的特点。西方人物形象在他的视野具有正面、反面和"中间"角色的特征。作者塑造的第一类人物形象为负面形象，具有狡诈、蛮横等性格特点，大多为洋商人、洋官员和洋兵。第二类人物为正面形象，具有神性的色彩，他们善良、虔诚，具有人道主义悲悯情怀。第三类人物形象是介于善恶之间的中间人物，性格中庸，无法引起读者的爱憎情感。这三类人物形象通过故事情节来表现他们的特点，具体形象是模糊的，但他们的善恶性情刻画地非常鲜明。

一　狡诈的洋商人

《二十年目睹之怪现状》第四十九回中，作者讲述了一个中国官员被

[①] 吴趼人：《新石头记》，《中国近代小说大系》，江西人民出版社1988年版，第408页。
[②] 陈平原、夏晓虹编：《二十世纪中国小说理论资料》（第一卷），北京大学出版社1997年版，第382页。

外国商人轻易骗取大笔钱财的故事。鸦片战争后，洋商人在上海等通商口岸做洋货生意、开洋行成为普遍现象，挂靠洋人成为中国人发财之路，所以外国骗子正是利用了中国人这个心理，才轻易行骗得逞。

> 过了几天，便见过外国人，订了一张洋文合同，清臣和外国人都签了字，于是在五马路租了一所洋房。开了不够三个月，五千银子被外国人支完了不算，另外还亏空了三千多；那外国人忽然不见了①。

堂堂官员竟因为盼儿子成才心切，被无业外国流氓骗取八千银子。外国人以开"洋行"为名义轻而易举地行骗中国官员，可见，上海之地，聚集了千奇百怪的外国人。在沪的外国人大多数较熟悉中国文化，他们了解中国官员"崇洋媚外"，舍得为子女投资的心态，骗走大量钱财。如果柳候补知府谨慎行事，懂得外语，能和外国人面对面进行交谈，也许会识破骗局，可惜，他钱财散尽，自己也外逃躲债，成为怪现状，当作笑柄。

《上海游骖录》的第六回，写到上海有各种教堂，通商口岸又多，一旦中国国内有事，外国人便要以保护教堂、保护产业为名，起干预作用。外国人到了一处，便派兵镇守，竖起他们的国旗，无论谁胜谁败，这片土地外国人算占定了。这是当时外国人在中国的强权的写照。在晚清，西方人频繁对华进行侵略，两次中英鸦片战争、八国联军入侵北京、中日甲午战争等，西方士兵在中国人的眼中被视为"恶魔"，即便是驻上海的领事馆的外国人，也没有多少人让中国人尊敬。

《十年之怪现状》第十五回，讲述了外国人要来天津开洋行，要中国买办看房子，一切都准备停当后，买办便带着洋人到处拜客的故事。中国官员仰视和崇拜"洋人"，听说外国人来了，便如迎接丹诏一般，开了中门，

---

① 吴趼人：《二十年目睹之怪现状》，《中国近代文学大系·小说集》第3册，上海书店1995年版，第353—354页。

延请相见，并用香槟酒、洋点心、水果等相待。其实，这个外国人开洋行只是一个骗局，在中国本土，圆滑世故的中国官员被外国商人轻易欺骗，具有讽刺的效果。

在华的外国人中，还有一部分专门从事贩卖人口到国外做苦工的商人。他们与在广东、福建沿海和当地不务正业的地痞流氓勾结，贩卖中国劳动力到美洲各国，此行为俗称"卖猪仔"。"卖猪仔"是西方帝国海外殖民的罪证，形式与贩卖非洲黑奴相似。洋商人对待华工的野蛮、残忍行为直接体现在1905年在美国掀起的反"华工禁约"运动中，本书在第六章专门深入讨论这一现象。

另一部小说《劫余灰》的十六回，讲述了书生耕伯在院考结束之后，与同学一起被其表叔仲晦哄骗卖到香港"卖猪仔"，然后转贩到外洋卖掉的悲惨遭遇。在贩卖出洋的船上，中国劳工被装在麻袋里，便有人来讲论价钱，逐个过磅，又在袋外用脚乱踢一通。此时有两个外国人，把他们当猪羊般驱赶出去。随后，他们又被弄到一个轮船上，船行驶了三天，抵达某地之后，被驱赶到了一所烟园，让他们种烟。园子里总共五百人口，每日受拳脚交下，鞭打横施，捱饥受渴的苦，一个月里面，少说点也要折磨死二三十个人，这里还要时常添买猪仔。

这是作者讲述有关"卖猪仔"的经历。华人被贩卖到国外做苦力，受到非人待遇的事情在广东一带经常发生。阿英在其著作《晚清小说史》中认为"华工禁约运动"和"庚子事变"小说是晚清小说中有关表现反帝国主义运动主题比较好的成就，《劫余灰》是表现反帝爱国主义主题的小说之一[1]，此运动确实发生过。1877年，"华工禁约运动"在美国展开，美国政府为了降低本国工人失业等困境，对在美华人的权利进行限制。华工在美还受到非常残忍的虐待。因此在美国的华人中爆发了反华工禁约运动，目的是为了力争平等权利。

"卖猪仔"事件并非仅仅发生在中国，与"非洲贩奴"极其相似。随

---

[1] 阿英：《晚清小说史》，江苏文艺出版社2009年版，第53页。

着西方商业贸易在广州沿海的扩张，一种不法的中国社会阶层开始沿着贸易的道路发展壮大起来，他们成批涌向香港，通过各种途径，取得了英国国籍，受到领事裁判的保护，形成了介乎东西方之间的一批具有特殊身份的人。他们拒绝中国政府的管辖，所以他们从事不正当职业，在广州、厦门一带贩卖苦力，赚取金钱。因为非洲的贩卖黑奴贸易已经被取消，新的种植园仍旧需要廉价劳力，他们用外国船只从厦门、汕头或澳门将契约华工贩卖到南亚和南美一带做苦力。"这一勾当是由厦门的德滴等肆无忌惮的英国商人推动的"；德滴作为英国臣民而享有治外法权的保护，而且他还是荷兰与西班牙两国的领事，所以获得了豁免权与权势"[①]。这正是这类人真实的写照。

在19世纪中期，中国人游历西方各国时，就已经注意到"卖猪仔"的问题。志刚1866年在其《初使泰西记》中记载，在与美国缔结合约时提到合约第五条："系指西班牙国贩运'猪仔'，陷害华民无数，闻各国皆斥为非理。美国并无此事，立此约者，为别人说法也"[②]。到了20世纪初，"卖猪仔"的不法活动仍然继续发生。

二 凶狠的洋兵

中华民族的精神创伤很大一部分来源于西方列强侵华罪行的记忆，中国人尤其痛恨战争中洋兵对无辜中国百姓的肆意欺压和侮辱。吴趼人的《新石头记》前二十回有很多有关洋兵在中国横行霸道的描写。第十六回，洋兵要进城了，各国的洋兵约定了分段治理，中国老百姓为了避祸，家家门首都插着"大英顺民"、"大德顺民"等小旗子，这是被迫侮辱个人和民族的可耻行为。

不仅如此，在关系到个人安危的时刻，作者以宝玉的视角详细讲述了中国老百姓既无奈又无耻的荒唐行为：宝玉因为会说英文，与沿路巡查的

[①] [美]费正清、刘广京编：《剑桥中国晚清史》上卷，中国社会科学出版社1985年版，第158页。

[②] 同上书。

洋兵对话，并且看到路边十来个老百姓，衣领背后插着一面小旗子，写有"各国顺民"，并且各人手里捧着一盘馒头，也有捧着热腾腾的肥鸡、肥肉的拱手侍奉洋兵大人。一个名叫王威儿的百姓表现更为过分：一个前些日子还准备参加义和团，这些日子背上也插着小旗，洋兵用手托着他的下颔，叫他抬头，他已吓得面如土色。宝玉前行，王威儿跪地求告，只因宝玉是洋大人的朋友，所以让宝玉救他。他前日聚众攻打使馆，儿子小王儿被洋枪打死。前日王威儿要杀外国人，今日又惧怕洋人，像王威儿这样的为求得生存，气节尽失的中国人比比皆是。宝玉随意到外面闲逛，每到一处，便看见那些百姓奴颜婢膝的跪着迎接洋兵，大有"箪食壶浆"以迎王师之气概。洋兵遇到欢喜的时候，便一直走过了，不去理会他。碰到他们生气时，反嫌他跪着碍路，不是一拳就是一脚，那些被打的倒笑脸相迎。看着实在是让宝玉怄气，又见各国的旗帜分插在城头上面。

作者没有直接描述洋兵的蛮横和凶残，但作者通过仔细描写中国百姓的奴才相，衬托出洋兵粗鲁、蛮横的特点。在强大的"他者"面前，中国人表现出的懦弱、胆小怕事、自私等特点，作者仇恨"洋兵"的野蛮行为的同时，更愤怒中国老百姓愚昧、卑贱的行为。从而建构出"他者"和"自我"的对抗关系。

小说第十六回描写了1900年在中国发生的"义和团运动"。这是一场广泛的排外运动，上至朝廷下至老百姓，也是半个世纪以来。中国人对西方侵略者愤怒的大爆发。虽然带有某些非理性行为，但对在华洋人也是一种实际的抗击。"义和拳"的目的是消灭所有的"毛子"，并且得到了朝廷的暗中庇护，以慈禧、端王和刚毅为代表的朝廷，借义和团来洗雪长期以来受到外国的屈辱，也打算趁此暴乱，将外国人彻底驱逐出中国。

1900年夏天，"义和团"被朝廷传唤到北京，袭击外国使馆，打杀外国传教士和中国教徒，烧毁教堂和外国人寓所。纵火焚烧英国使馆，天津、北京局势一片混乱，各国使节开始调来外国军队镇压和报复。由于中国东南一带有主张和平的李鸿章等人，他们与列强进行交涉，采取息事宁人的策略，不得尽力保护这一带外国人的安全。但当年8月4号，外国联军才进入北京,彻底打败了"义和拳"和清军,解救被围困两个月之久的各国公使馆。同时,太后、皇帝等人西逃至西安。"义和团"运动是一场反帝国主义的爱国运动,但结果却使中国的形势更加糟糕。清政府派李鸿章和各国和谈,并签订了又一个不平等条约,丧权辱国的《辛丑条约》,这使得中国经济不堪重负,更重要的是改变了外国人在中国的地位,成为凌驾于一切之上的统治者。"庚子之乱"后,"中国人对外国人原来抱有的轻蔑和敌视态度,现在往往一变而为恐惧和奉承的态度"[①]。

因此,吴趼人通过塑造"王威儿"和其他北京城里的惧怕"洋兵"的中国人的形象,反映了他对"义和团运动"的态度。作者以"漫画式"的笔调描写了中国百姓在面对进城"洋兵"的关头,为保全性命而情愿出卖人格的奴才嘴脸。"洋兵"们是吴趼人痛恨的人物,他们随意欺凌、侮辱中国人的人格,大肆侵略中国领土。宝玉因为会讲外国话,所以免遭欺负,也被城中惊慌失措的中国百姓认为是高人一等的"洋兵"的朋友。同样,在小说《官世界》中,作者蜀冈蠖叟在第二回叙述了中国官员因为惧怕洋人,反而尽量巴结洋人的可耻行为。这位北京乡宦,为了迎接洋兵入城,将家里打扫一新,按洋人所好布置,有洋式的桌椅,金盘银碗,床上要熏芸香,家门插上活命幡,要求夫人、家人跪迎洋人,给洋人献媚。作者形象地刻画出了他奴颜媚骨的丑态,侍奉洋人为祖宗,丧失了国家和个人的尊严,严重损害了民族自尊心。

更甚的是在该小说的第三回,这位乡宦的亲家还告诉鲍心愚八国联军进了北京,要雇用妇女去洗衣,年轻的不但不洗,不做粗活,还有别的好处,有钱、首饰、衣服等,并且劝说这位鲍兄,洋人进门是他的福星照临,别人家求之不得的好事,只要把总统巴结上,包管没事。还是老佛爷到西安去了,将来不一定会回来,如果不回来,他们可以割辫子,做洋人,倒是好事。这些丢掉民族尊严的卖国贼以耻为荣,竟然还预备好了做洋人的

[①] [美]费正清、刘广京编:《剑桥中国晚清史》下卷,中国社会科学出版社1985年版,第152页。

出路。作者在这两回中，惟妙惟肖塑造了这类人物，通过描写他们的言行，痛斥这些民族败类。作者持无比仇恨的和鄙视的态度。

三 具有人道主义情怀的外国人

《二十年目睹之怪现状》中第六十七回，金子安讲述了一个中国官员怕租界外国人的故事。一乡下人的牛跑到上海静安寺路一个外国人家的花园里去了，践踏了人家花园里草皮地上的花。外国人于是把牛拴起来，等到乡下人来寻牛，外国人把牛和他一起交给巡捕。在被巡捕关押了一夜之后，第二天解送公堂。原告外国人没有到庭，中国官员以乡下人得罪了外国人为由，判乡下人带枷锁，在静安寺路一带游行示众一个月。期满之后又加以重罚，又由巡捕押着他在静安寺路游行。当行经外国人家门前时，巡捕本来欲博得外国人的夸奖。然而，外国人的本意却只是让中国官员训斥乡下人，完全没想到中国官员为了讨好他，却加重了对乡下人的惩罚，于是对滥施刑罚的中国官员极为恼怒，责成他赶紧放人。该官员为了表明他是按照外国人的旨意立即放了人，便要求乡下人到外国人家里去道谢。那外国人见了乡下人，还把那官儿大骂一顿，鼓励乡下人去控告官员。那外国人见乡下人可怜，还给了他两块洋钱。

这个故事中把中国官员对待外国人的奴才嘴脸刻画得惟妙惟肖。"那官儿听说是一个绝不相识的外国人来拜，吓得魂不附体、手足无措，连忙请到花厅上相会"，在和外国人谈话中连续四次用了"是，是，是，兄弟……"的谦卑语气。这一则故事中外国人表现出的是深明大义、具有正义感和同情心的品质，与做奴才相的中国官形成鲜明的对比，旨在讽刺官场的腐朽之习气。

第七十七回讲述了上海有一个女魔头，非常强横，她的男人四十岁上便被她折磨死，儿子也受她虐待。有一日，这女魔头来妓院寻找她儿子，见一个与她儿子长相相似的人，出手便打，又哭天喊地大闹一场。众人只好找出一个外国人，又找出两个探伙来，要拉她到巡捕房。女魔头虽然凶狠，一旦见了外国人，便吓得不再撒泼。这个故事反映了中国老百姓普遍惧怕洋人的心理。

小说《发财秘诀》第八回，森娘讲了一个故事：干昌老班在吴淞口外国船上卖小百货，外国人在开船之前给他扔了一包洋金钱付账，他却不想发这个财，直等到下回那公司船来，归还外国人。外国人看重他的老实品质，推荐他开店，并把他送金钱的事登在外国新闻纸上。因此，外国人都相信他，买东西都到他店里去买，生意好得不得了。故事里的外国人也讲究信义，能够真心帮助中国穷人，的确值得赞扬。

《上海游骖录》的第三回，辜望延在介绍上海租界时这样言说：租界是外国人管辖的地方，中国官管不着。中国官要杀革命党，外国人却不杀革命党。中国官要到租界上捉人，先要外国人点了头，签了字，方才好捉。不然，外国人的包探、巡捕，反把中国官派来捉人的人捉了去，说他违背定章。

作者刻画这些具有正面的外国人物形象，不仅仅是故事情节的需要，可能是作家在现实生活中遇到的真人真事，他还原了部分在华外国人善良的一面，并没有全盘"妖魔化"所有的西方人。人性善的一面也是人性的自然流露，善与恶的真实写照才会使得故事更加生动，才赋予故事更深刻的社会意义。在这里作者塑造这些善良有正义感的外国人也许目的在于揭露中国官员"崇洋媚外"、"巴结讨好"洋人的奴才嘴脸。

吴趼人对于西方人物形象的塑造从社会思想内容和艺术性的角度来判断，都是成功的。小说中的西方形象呈现出复杂多样的特点。作为文学形象，"西方形象"以"他者"的文化身份出现在文本中，是作者用来审视"自我"的镜子，试图找出中国社会存在的弊端。西方人物形象常与中国官府、老百姓形象形成强烈的对比。

综合以上三节内容，可以看出吴趼人小说中的西方形象反映了他对西方的有限认知和理解。他站在民族主义的立场上，强调中国传统文化的重要意义，所以对于西方文化的好感仅仅限于西方先进科技层面，与19世纪60年代中国的"洋务"派观点相似，崇尚西方的船坚炮利和精良武器。对西方人物的态度憎恶大于友好。西方人物较多以负面形象出现，这与吴跻人的生活阅历有关。即使在言说心中政治层面的强国梦之时，也带有很深的自我文化烙印。

吴趼人命运多舛，短暂的一生充满了生之苦痛。正因为生之苦，他对社会、民族国家、个人才有了深入的了解和思考。他生活的年代，中国正处于新旧交替的转型时期，他虽饱受传统文化的熏陶，但久居灯红酒绿的上海，不可避免受到新思想和新观念的影响，形成了他独特的气质。吴趼人在文化立场上，自称持不偏不倚的态度，但明显倾向于文化保守主义。在其笔记体《中国侦探案》的"弁言"中，他陈述了自己对于"西方"的态度。他认为人与人之间互有长短，国与国之间更应该彼此学习。他既反对传统儒士妄自尊大，以"上国"自居，鄙夷外人，也反对上至士君子，下至市井无赖盲目崇拜外国人，模仿外国人的生活方式，尤其对深受中国传统文化滋养的士大夫的崇洋媚外深恶痛绝。他义愤填膺地大声疾呼：

> 吾怪夫今之崇拜外人者，外人之矢橛为馨香，我国之兰芝为臭恶；外人之涕唾为精华，我国之血肉为糟粕；外人之贱役为神圣，我国之前哲为迂腐；任举一外人，皆尊严不可侵犯；我国之人，虽父师亦为赘疣。准是而并我国数千年之经史册籍，一切国粹，皆推倒之，必以翻译外国之文字为金科玉律，吾观于此，而得大不可解者二[①]。

他谈到中国的文法、文字，认为是他国的文词不能比拟，谴责士大夫在翻译时，舍弃本国文词，他的态度是"吾怒吾目视之，而眦为之裂，吾切吾齿恨之，而牙为之磨，吾抚吾剑而斫之，而不及其头颅，吾拔吾矢而射之，而不及其嗓咽，吾欲不视此辈，而吾目不肯盲，吾欲不听此辈，而吾耳不肯聋，吾欲不遇此辈，而吾之魂灵不肯死。吾奈之何！吾奈之何"[②]！

[①] 魏绍昌编：《吴趼人研究资料》，上海古籍出版社1980年版，第245页。
[②] 魏绍昌编：《吴趼人研究资料》，上海古籍出版社1980年版，第245页。

吴趼人用排比句表达了他对舍弃本国语言和文化独特魅力的译者的愤慨之情。吴趼人在此文中以其友周桂笙的译书经历来说明外国的书籍很难对中国有用处，外国的写情、科学、冒险、游记和侦探小说不一定适合中国或者改良社会。外国侦探小说多以写理想，所以他认为没有必要崇拜。他的《中国侦探案》必求纪实，绝不参以理想，希望能在中国官吏之间传阅。

以上说明吴趼人对中国传统文化的偏爱，他所撰写的历史小说《痛史》是对他的文化取向的有力佐证。《痛史》是一部讲述异族侵略中华民族，皇帝昏庸、奸臣当道，义士寻求救国之路的历史故事，书中作者对异族占领汉国土极其愤慨。第一回开篇的大段议论中如此言说"但是各国之人，苟能各认定其祖国，生为某国之人，即死为某国之鬼，任凭敌人如何强暴，如何笼络，我总不肯昧了良心，忘了根本，去媚外人。"这表达了吴的爱国之心和对敌人献媚的汉奸的愤怒。

第九回中，借用杨淑妃辩驳陈宜中关于辽、金两朝封太后的习俗的说法，实际上是极力反对学夷狄的人。"那辽、金是夷狄之人，我中国，自尧、舜、禹、汤、文、武历圣以来，又有周公、孔子制定礼法，真可算得第一等文明之国……，学那些夷、狄之人，弄出那什么东呀西呀的？说来也是笑话……"[①]。辽和金对于宋朝来说是夷狄。实际上吴趼人的历史小说，目的在于讽今。他生活的晚清社会，西方列强相继侵华掠夺，内忧外患，国家、民族命运岌岌可危，爱国志士吴趼人对于外国的入侵和强占非常气愤，他对于随着西方侵略而来的西方文化持拒绝态度。

吴趼人的朋友许啸天在《评〈恨海〉》前半篇中评价吴氏："我如今重读了他的著作，追念他的行为；其实他的著作和他的行为是有直接关系的。……吴先生的忠实，处处在他著的小说中表露出来；他的道德、他的仁爱、他的热烈、他的诅咒社会，没有一处不在他的著作中表露出来"[②]。魏绍昌从《吴趼人不从易俗》摘录的材料可以看出吴趼人绝不崇洋的高尚

---

① 吴趼人：《痛史》，《中国近代小说大系》，江西人民出版社1993年版，第85页。
② 魏绍昌编：《吴趼人研究资料》，上海古籍出版社1980年版，第29页。

人格，另一方面，也表现了他保守的一面：

> 客有悉趼人轶事者，为述趼人爱酒若命，一日薄醺，乘兴谐友寻倭妓馆，为观光之举。倭俗，入门必脱履，友既卸履而劝君脱，君不愿以冶游故而盲从其俗，反身欲走，友强拽之，君断断如也[①]。

[①] 魏绍昌编：《吴趼人研究资料》，上海古籍出版社1980年版，第33页。

第四章　社会小说中的西方形象（二）
——以李伯元小说为例

李伯元与吴趼人经历颇为相似，以报人的身份从事小说创作。他在上海曾经办过《指南报》、《游戏报》和《繁华报》，主编过《绣像小说》杂志，著有小说《官场现形记》、《文明小史》、《中国现在记》、《活地狱》、《海天鸿雪记》和《庚子国变弹词》。

鲁迅称赞李伯元的谴责小说的文学价值，认为谴责小说以南亭亭长与我佛山人名最著[①]。在《月月小说》第一年第7号上刊登的《海底漫游记》一文中，新庵（周桂生）谈及近年来的小说，对李伯元在小说方面的成就做了很高的评价："近年来，吾国小说之进步，亦可谓发达矣。虽然，亦徒有虚声而已。试一按其实，未有不令人废然怅闷者。别出心裁，自著之书，市上殆难其选，除我佛山人，与南亭先生数人外，欲求理想稍新，有博人一粲之价值者，几如凤毛麟角，不可多得"[②]。吴趼人在《李伯元传》中这样赞扬李伯元："凤抱大志，俯仰不凡，怀匡救之才，而耻于趋附，故当世无知者，遂以痛哭流涕之笔，写嬉笑怒骂之文，创为《游戏报》"[③]。李锡奇在《李伯元生平事迹大略》中这样赞赏李伯元的小说：

　　伯元所写材料，俱为观察所得。在他主办《指南》《游戏》《繁

[①] 鲁迅：《中国小说史略》，长江文艺出版社2008年版，第189页。
[②] 陈平原、夏晓虹编：《二十世纪中国小说理论资料》（第一卷），北京大学出版社1997年版，第277页。
[③] 吴趼人：《李伯元传》，魏绍昌编：《李伯元研究资料》，上海古籍出版社1980年版，第10页。

华》等报的时期，中经戊戌、庚子政变，所得材料极多，他既不满意清政府的腐败，亦不满意当时一般维新派的假文明，对帝国主义的侵略则更为愤怒，正如骨鲠在喉，一吐为快，此实为伯元作书的真正目的[①]。

他概括出了李伯元小说的特点：讽刺官府的腐败和维新派的假斯文，愤怒外国侵略行为。阿英比较两位讽刺小说家吴趼人和李伯元，认为李伯元在无情揭露官僚方面技高于吴趼人，对于李伯元所著的《文明小史》评价最高，认为是晚清出色的一部小说[②]。可见，李伯元在晚清诸多小说家中独树一帜，卓尔不凡。

李伯元短暂的一生[③]，经历了中国清朝末年时局最为动荡、官场最为黑暗和腐败的阶段。他在上海度过了大部分时光，结交了形形色色的朋友。因此，李伯元的小说涉及到了不同的题材，有揭露官场腐败的小说《官场现形记》、《文明小史》、《活地狱》和《中国现在记》；有描写青楼妓女生活的小说《海天鸿雪记》。由于他的长篇小说似乎多在光绪庚子（一九〇〇）拳祸以后[④]，所以不同题材的小说基本以这个时代发生的主要历史事件为背景，小说中的人物也呈现出复杂多样的特点。

《官场现形记》是李伯元扛鼎之作，1903年在《世界繁华报》陆续刊出，为作者赢得了极大的声誉，被誉为"四大谴责小说"之一。它以"集锦"式的叙事结构[⑤]，分别讲述了形形色色的中国官吏的丑恶故事，揭露官场的黑暗和腐败。忧患余生和茂苑惜秋生在《官场现形记》序中高度赞扬此作：

[①] 李锡奇：《李伯元生平事迹大略》，魏绍昌编：《李伯元研究资料》，上海古籍出版社1980年版，第32页。
[②] 阿英：《晚清小说史》，江苏文艺出版社2009年版，第8页。
[③] 李伯元，生于同治六年（1867年），卒于光绪三十二年（1906年），年方四十。
[④] 胡适：《李伯元传》，魏绍昌编《李伯元研究资料》，上海古籍出版社1980年版，第20页。
[⑤] 陈平原：《二十世纪中国小说史》第一卷（1897—1916），北京大学出版社1989年版，第161页。

第四章　社会小说中的西方形象（二）

老友南亭亭长乃近有《官场现形记》之著，加颊上之添毫，纤悉毕露；如地狱之变相，丑态百出。每出一纸，拍案叫绝①。

南亭亭长有东方之谐谑，与淳于之滑稽；又熟知夫官之龌龊卑鄙之要凡，昏瞆糊涂之大旨②。

胡适评价《官场现形记》是一部穷形尽相的"大清国活动写真"，替中国制度史留下无数绝好的材料③。读《官场现形记》就是阅读一部晚清社会历史。所以说，研究李伯元的小说，具有典型性和代表性。

李伯元的《文明小史》分刊在由他自己主编的《绣像小说》④中，故事全面反映了维新运动的时代背景，被认为是晚清一部出色的小说⑤。阿英概括《文明小史》所描写的主要故事情节："分为三方面：在官僚方面，主要描写了他们对于外国官员、商人、教士们的畏惧、屈服、谄媚，对于维新运动，有的是真诚提倡新学，有的是投机革命，有的是因为上级的命令被迫维新，敷衍搪塞，有的阳奉阴违，迫害真正的维新党；在民众方面，他们常常因为高压、剥削等便会爆发叛乱等；在洋人方面，描写他们横行、要挟、掩护教民、任意索取被拘留的罪犯，勒索赔款等恶行，洋兵任意欺负中国人等等；在维新党方面，大都是些投机分子，不学无术之徒，假借几个新名词招摇撞骗，希望借此升官发财等丑行。"中国官僚、中国老百

---

① 忧患余生：《〈官场现形记〉叙》，一九〇三世界繁华报馆版《官场现形记》，陈平原、夏晓虹编：《二十世纪中国小说理论资料》第一卷（1897—1916），北京大学出版社1997年版，第73页。
② 茂苑惜秋生：《〈官场现形记〉叙》，一九〇三世界繁华报馆版《官场现形记》，陈平原、夏晓虹编：《二十世纪中国小说理论资料》第一卷（1897—1916），北京大学出版社1997年版，第69页。
③ 胡适：《五十年来中国之文学》，欧阳哲生编：《胡适文集·3·胡适文存二集》，北京大学出版社1998年版，第243页。
④ 《绣像小说》半月刊，1903年5月创刊，1906年4月停刊，共出72期，每期刊登文章（连载与单篇）十种左右，约八十页，插图十至十四副不等，版权页署"上海商务印书馆编辑发行"，魏绍昌编：《李伯元研究资料》，上海古籍出版社1980年版，第7页。
⑤ 阿英：《晚清小说史》，江苏文艺出版社2009年版，第8页。

姓和洋人这三种错综复杂的关系正是《文明小史》[①]中最为有趣的怪现象。对中国官员的讽刺达到最佳艺术效果。

阿英还认为《文明小史》是一部"谤书",李伯元作《文明小史》的动机和目的在于《楔子》里,"正是一个新旧过渡的时代,他把这些事无情的暴露出来,希望能为改进的一助[②]"。李伯元对维新的态度表现为温情主义,主张"潜移默化",对种族革命采取反对的态度[③]。

《文明小史》前十二回是该小说中最精彩的部分,讲述了两任湖南永顺知府因为惧怕洋人的缘故,无一不被免职的可笑故事。阿英赞叹李伯元的艺术特点:"至于全书采用讽刺、幽默的笔调,也可算是一种特长[④]。"作者通过"嬉笑怒骂",目的在于表达中国官吏面对所谓的外国人带来的"新文明"的"羸弱"文化心态。他们丧失了民族自信心,一味畏惧洋人,不求变化,只能导致国家积弱,为外族欺凌。虽然不同层面的"西方人"在小说中被概念化,但作者采用了不同的艺术方式,塑造了不同特点的西方形象,包括:洋矿师、洋教士、洋商人和洋兵等。

《庚子国变弹词》是一部弹词小说。阿英认为"《庚子国变弹词》一书,不仅替一向把题材局限于男女私情的弹词小说开拓了一条富有社会性的新路,也是中国反帝文学在弹词方面最初一部书[⑤]。"他高度评价这本书虽是一部弹词小说,但是一种真实可靠的信史,在李伯元的全部作品中,它的地位除了《文明小史》和《官场现形记》外,最有价值[⑥]。李伯元署名潭溪生,自序中声称"此书于忠奸贤佞之途,功罪是非之判,莫不

---

① 寒峰:《文明小史》,魏绍昌编:《李伯元研究资料》,上海古籍出版社1980年版,第130页、131页。
② 同上书,第126页。
③ 同上。
④ 阿英:《晚清小说史》,江苏文艺出版社2009年版,第9页。
⑤ 阿英:《庚子国变弹词》,魏绍昌编:《李伯元研究资料》,上海古籍出版社1980年版,第263页。
⑥ 同上书,第264页。

秉笔直书，一无偏倚，词属俚言，亦可供妇孺之讴歌"[1]。张海鸥在《海鸥闲话》称"使读者惕然惊心，且以韵语处之，感人尤弥易，当在《官场现形记》之上。弹词之作，讲新小说者都不及，余谓移风易俗，要当从此入手"[2]。笔者认为，弹词采用说唱形式，老幼皆可听懂，并且情感丰富，易于渲染气氛，比起采用"全知视角"叙述模式的《官场现形记》和《文明小史》更能打动读者，引起情感共鸣。

本章以《官场现形记》、《文明小史》和《庚子国变弹词》中有关描写西方的文字为研究对象，试图梳理出不同类别的西方形象，探讨作者的文化心态。

第一节 居庙堂之高的"洋大人"

19世纪中叶，在中国各通商口岸的外国人大约有五百人，主要从事商业贸易，男性大于女性，四分之三以上人口来自于英国。李伯元小说中更多的是对西方人物的书写，形象丰富多彩，有：滑稽可笑的洋矿师、褒贬不一的传教士、蛮横无礼的洋兵以及洋商人和洋游历官。

一 滑稽可笑的洋矿师

开矿是中国"洋务运动"主要内容之一，作为特殊身份的洋矿师，他不同于在华的传教士、外国领事或者外国商人，而是带有先进技术的外国人。他们身上寄托着中国人富国强民的希望，借助他们的技能，能带动落后中国的发展，所以在中国，"洋矿师"倍受"洋务派"官员的青睐。在现实中，这些带有一定技能的西方人，以帮助中国迈进现代化，确实起到

---

[1] 阿英：《庚子国变弹词》，魏绍昌编：《李伯元研究资料》，上海古籍出版社1980年版，第262页。

[2] 张海鸥：《海鸥闲话》，魏绍昌编：《李伯元研究资料》，上海古籍出版社1980年版，第300页。

了一定的积极作用，但在某些时候，他们不可避免地歧视和欺侮中国官员和百姓。

《文明小史》的前六回主要围绕湖南永顺新上任的儒生柳继贤知府，与来永顺勘测矿山洋矿师和本地老百姓之间的冲突展开的故事。用官、民、洋人之间的奇特矛盾，来揭示在民风固执不化的地方，实行"文明"是一件极其艰难之事，"文明"的背后是"不文明"的社会现实。在小说的前六回中，作者塑造的"洋矿师"任意欺凌中国人，并且贪财，也间接地反映了中国官员"唯洋为尊"的扭曲文化心理。

洋矿师来自意大利，是洋务派湖北总督聘请而来，旨在以矿利来强国富民。矿师见到中国大小官员，不光懂得些中国官场的规矩，还会说几句中国话。洋矿师之所以受到重视，有其原因。朝廷近年来，库府空虚，度支日绌，朝廷有识之士，兴办洋务，办过不少工厂，有成功的，也有失败的，但兴农功和矿利，对于国家和百姓具有非常重要的意义，所以外聘洋矿师到各地察看矿苗，以便开采。因此矿师得到各地中国官员的殷勤招待。柳知府一心只想笼络外国人，好叫上司知道说他讲求洋务，紧跟时代潮流。

洋矿师到了湖南永顺府，住在一家小店，因店主人的父亲失手打碎其一个洋瓷茶碗，洋人生气，不光打了小二父亲一顿，还要送官。洋矿师无理取闹，但柳知府为了息事宁人，宁可送燕窝酒席去巴结讨好洋人。武童们听说柳知府打算把府里的山卖给外国人，让外国人来开矿，因此聚众闹事，掀起了故事的高潮。

柳知府如此畏惧外国人，皆因为他在北京做官时就了解到洋人的重要性：

> 大老先生们，一个个见了外国人还了得！他来时便衣短打，我们这边一个个都是补挂朝珠。无论他们那边是个做手艺的，我们这边大人们，总是同他们并起并坐。……，我们此刻先去拜他，跟手送两桌燕菜酒席过去，再派几个人替他们招呼招呼，一来尽了我们的东道之情，二来店家弄坏了他的东西，他见我们地方官

以礼相待，就是有点需索，便也不好十分需索，能够大事化小，小事化无。等到出了界，卸了我们干系，那怕他半路上被强盗宰了呢！①

这是作者通过柳知府和首县的对话，来描述中国官员惧怕外国人的事实。惧怕洋人，并非畏惧洋人的淫威，而是惧怕得罪洋人之后，引起上级的不满而丢官。对待洋人的态度竟然与官员的仕途发展有密切的联系，所以各级官员为了保住自己的官位，忍气吞声，不得不奉承他们内心讨厌的"洋大人"。

具有反讽意义的是柳知府惧怕得罪洋矿师，而永顺府的当地百姓却不怕。他们聚众闹事，考童在明伦堂擂鼓聚众，黄举人发动群众到西门外找到外国人，要统统打死他们，然后捉住柳知府，不准他上报。住在高升店的洋人得到众人闹事的风声，便从旅店的小门逾墙、翻山逃生。这一出"洋矿师"一班人的出逃囧相，故事写得非常传神：

自从在高升店爬墙出来，夺得隔壁人家马匹，加鞭逃走，正是高低不辨，南北不分，一口气走了十五六里，方才喘定。幸喜落荒而走，无人追赶②。

不仅如此，作者还详细描述洋人逃生的场面：

洋矿师一帮人仓皇逃生，为了避免遭中国百姓的仇恨，只好穿上中国衣服，装扮成病人，由西崽扶着，去百姓家里投宿。没想到中国老太婆足智多谋，一边假装安顿好四人，一边暗中派他儿子找到地保告密，包括洋人在内的四个人被误认为盗马贼进城送官。当首县见到被绑的外国人，立刻亲自起身，替他们把绳子解去，另外收拾一间书房，让他在那里养病。

---

① 李伯元：《文明小史》，《中国近代小说大系》，江西人民出版社1989年版，第9页。
② 同上书，第28页。

柳知府听说外国人找到了，非常高兴，作者这样形容他的喜悦之情：不禁大喜过望，如同拾得宝贝一般。洋矿师再见到柳知府时，便要官府惩办乡下人，而且还要索取赔偿。洋矿师自恃是总督大人请来的，中国官员不敢得罪，便拿着失物的虚帐，狮子大张口要索赔二万六千两银子。柳知府对这一要价非常气恼，直到答应赔三千两银子之后，洋人才回到武昌。柳知府对县首说，中国不能如前强盛，无论是猫是狗，一个个都爬上来欺负中国人，到了这步田地，朝廷都没有奈何。

洋人在中国官员跟前威风凛凛，但却被中国一群百姓吓得抱头鼠窜。中国官府惧怕洋人，洋人惧怕中国百姓，而百姓又畏惧官府，这样错综复杂的三角关系，真实反映了晚清社会存在的诟病。作者评曰："此语闻之，令人酸鼻"。来中国的洋人，真正的目的不一定是帮助中国兴洋务、开矿业，而是先满足个人利益的获得，攫取更多的财富。

第六回，洋矿师回到了长沙，见了抚院，说了不少柳知府的坏话，说他性情疲软，不能弹压百姓，对百姓的闹事置之不理，带去的行李被老百姓抢光。抚院生怕得罪洋人，除了安慰洋人，还打发每人一千银子，并把柳知府罢免。抚院比起柳知府，更是没有骨气，不光惧怕洋人，而且一味讨好、巴结他们。

这六回中，作者没有提到"洋矿师"来永顺后如何进行矿山勘测，而是直接讲述洋矿师因为高升店的小二的爹打破了一只细磁茶碗而大打出手。要求官府直接插手管制百姓的故事。如果说"洋矿师"不懂中国文化，那么他对中国官场的交际礼仪却心领神会，而且铭记在心。中国官员的官事命运全部被他们把握，所以敢于横行霸道，欺负乡下人。等到乡下人发怒，聚众准备打死他们，他们又不自觉表现出怕死的嘴脸。"洋矿师"又一次以被中国百姓追杀抢夺钱财为由，对中国官员进行指责和索赔。等见到高一级的官员，便编造谎言，状告本地官员，使得稍有善心的柳知府罢官丢衔。作者通过塑造"洋矿师"这个形象负面西方人物，有力地讽刺了中国官场的黑暗和软弱无能。

二 褒贬不一的传教士

来华西方传教士是近代中西文化交流过程中起到重要作用的西方人，来华传教士应该扮演了近代中国西方文化使者的最重要角色之一。西方传教士来华历史可追溯至15世纪末，西方航海家哥伦布、麦哲伦等人航海成功，拓宽了欧洲人的视野，宗教人士和商人也随着西方舰队抵达美洲和亚洲等地。首批来华的西方传教士为1552年受耶稣会派遣的西班牙传教士沙勿略，他来到中国广州传福音，不幸，四个月之后病死。后至1578年，范礼安、罗明坚包括利玛窦等人陆续来华，但真正与中国社会发生深层次联系的西方传教士应该是意大利的传教士利玛窦，他被尊称为西学东渐的奠基人[1]。利玛窦的可贵之处不在于拓展了西方天主教在华的传播，而是将西学介绍到中国，使得中国士大夫开始了解西方，改变对西方的看法。他通过译书和讲学，使得中国官员逐渐了解天文学、历算学、地理学、数学和医药学等西方科学。

从18世纪中期开始，由于耶稣会在中国遭禁，基督教新教的传教士进入中国，继续传播西学。从18世纪后半叶起，英国的新教以上帝代言人的身份，以传教团体的形式，在世界各地展开了声势浩大的传教活动，他们期待为人们的精神生活带来福祉。美国洛克菲勒基金会负责人盖茨这样表述传教士的出发点和目标：

> 从长远观点来看，英语国家的人民所从事的传教事业，带来的最终结果必将是和平地征服世界——不是政治上的支配、而是在商业、制造业、文学、科学、哲学、艺术思想、道德和宗教上的控制，传教事业在未来的几代将在各国领域获得收益，其发展前途远比现在更为远大[2]。

---

[1] 熊月之：《西学东渐与晚清社会》，上海人民出版社1994年版，第30页。
[2] 王立新：《美国传教士与中国现代化》，天津人民出版社1997年版，第11页。

鸦片战争后，中国以条约的形式，官方承认并接受了天主教和新教在中国通商口岸的合法性和自由性，但传教士的活动范围必须受到严格限制。传教士深入中国社会，采取了不同的策略。有的极力本土化，他们穿汉服、过着中国式生活。有的保持着自己的西方生活方式，对中国传统文化持有抵触情绪，常常不顾中国的习俗和文化，将本国的文化观念强加在中国人的头上，从而造成文化隔阂，与中国人甚至形成对抗的关系，加深了中西文化的冲突。

1858年的《天津条约》和1860年的《北京条约》之后，外国传教士被允许在中国内地自由传教，但很难在中国人中间赢得信徒。因为西方的基督教是在西方炮舰保护下进入中国，中国民间对进入中国的西方宗教持有敌视的态度。外国传教士在中国享有特权，连中国加入教会的教徒也经常免于惩罚，这些不平等待遇，使得中国人更加痛恨洋教。民间教案时常发生，烧教堂、打杀传教士等暴力行为是对西方侵略者的愤怒抗争。庚子年间"义和团"就是对西方宗教一次大规模的反抗活动。

到了19世纪末，来华传教士在沿海和通商口岸或外国势力范围内，依靠本国势力，常常表现为傲气十足，趾高气扬，公然干涉中国官府行动。但在中国落后地区仍然不被大众接受，他们依旧处于社会边缘。洋教士与官府之间的关系微妙，形成了官员惧怕洋教士，洋教士经常以保护教民为借口，凌驾于官府之上的奇怪关系。有些时候洋教士可能保护那些无辜的百姓免受官府迫害，有时候，可能因为他们的行为和做法不能被本地中国老百姓认可和接受，所以，洋教士常常被视为异端，他们离群索居，为基督教的事业而继续努力奋斗。

洋教士与官府和当地中国百姓之间的矛盾，直接成为1900年发生的"庚子之乱"原因之一，洋教士因而也成为义和团和某些朝廷官员屠杀和迫害的对象。李伯元在《文明小史》和《庚子国变弹词》中塑造的"洋教士"形象呈现出多样性和复杂性，可归纳为三种不同的洋教士形象，即：正面、反面和"中间物"。

1. 善良的传教士

在《文明小史》第八回中,李伯元塑造了一位"洋教士",他饱读诗书、忠厚、虔诚、友善、富有同情心,是晚清小说中为数不多的正面西方人物形象。作者讲述了这位洋教士尽力帮助中国穷书生刘伯骥的故事。书生刘伯骥遇难,逃至乡间,寄居在山中寺庙里,他每日在庙前后游玩,以消气闷。庙里的老和尚向他介绍庙后面的教堂里的教士先生:

> 虽是外国人,却是中华打扮,一样剃头,一样梳辫子,事事都学中国人,不过眼睛抠些,鼻子高些,就是差此一点,人家所以还不能不叫他做外国人。虽是外国人,倒有一件本事,亏他学我们中华的话,他已学得狠像,而且中国的学问也狠渊博。不说别的,一部《康熙字典》,他肚子里滚瓜烂熟。……。不过这位教士先生,同别人都讲得来,而且极其和气,……[①]。

这是和尚眼中具备中国文化特征的西方传教士形象。西方传教士与中国信仰佛教的和尚,似乎是具有文化对立特征的两种类型人物。教士能得到和尚的赞许,实属不易。"洋教士"因为长期在中国居住,从穿衣打扮的外在形象到热爱中国文化的内在修养,都具有中国读书人的特征。他不光知识渊博、学术造诣深厚,而且为人和气、儒雅。这是被本土化、中国化的西方人物的典型特点。

作者对于传教士的描写不仅以和尚的视角去看待,而且通过刘书生亲自去拜访洋教士的故事来展现这位颇具独特个性的传教士。此教士来中国已有了二十六年,不但会说中国话,会读中国书,而且住得久了,又喜欢同中国人来往,唯一的缺点似乎是抑制佛教,宣扬天主教,当然此原因归于他们的教义和独特的信仰。传教士引经据典劝刘书生不要信佛教,而要像他们一样,信仰天父:

[①] 李伯元:《文明小史》,江西人民出版社1989年版,第65—67页。

我们一心只有天父，无论到什么危难的时候，只要闭着眼睛，一心对着天父，祷告天父，那天父没有不来救你的。所以，你们中国大皇帝，晓得我们做教士的都是好人，并没有歹人在内。所以，才由我们到中国来传教①。

由此可以看出，因为信仰不同，教士对于自己信仰非常坚贞和虔诚，并且深知中国人对洋教的态度，所以特别强调自己来华的神圣使命。书生刘伯骥听了他的话，对他"肃然起敬"，包括后来刘向他借书，他慷慨答应，搬出十几种书来要刘挑选，与刘十分友好，并且能以礼相待。自此，刘伯骥与此教士十分相好，并且能成为至交，这当然也是作者自己对洋教士的态度，至少在文化层面上对他是认同和赞许的。

作者为了表现"洋教士"的无条件的大爱，以他和刘书生寄身于寺庙的中国和尚做比。和尚因为刘父母生前对这座庙有过布施，所以待他甚好，但还是贪财之人，看到刘伯骥取出十二块钱作为房饭钱，顿时"眉开眼笑"，并且说了很多客气话。在刘伯骥没有棉衣御寒，开口向他借衣的时候，和尚的嫌贫爱富的嘴脸才暴露出来。作者聊聊几笔就已经勾画出一个比较世故的中国和尚形象，与庙后面的洋教士相比，相形见绌。洋教士不光为刘书生买御寒衣服，还用外国带来的药给他医好了病。洋教士听到刘书生及湖南一群书生被县尊收监的遭遇后，主动愿意出面帮助，并亲自打算到城里找地方官商榷。

作者在小说中花了不少笔墨来讲述这个善良传教士行善的故事。

第九回讲述了洋教士到城里向知府讨要被捉拿的那班秀才的故事。他在城里看到百姓被贪官所逼，不愿报捐的人被驱逐出城，小脚妇女披头散发跌跌撞撞的惨象，教士与刘伯骥一样感觉伤惨，对这些穷苦人予以深切的同情。洋教士见了知府，说明来意，但知府以已经禀过上宪，上头已有严办的批文为由，不愿放人。教士以教会的名义愿意担保，逼着傅知府将

---

① 李伯元：《文明小史》，江西人民出版社1989年版，第67页。

众人放走，教士道："这几个人，同我们狠有交涉，你问不了，须得交代于我，上头问你要人，你来问我就是了。……这些人是同我们会里有交涉的，你不给我，也由你便，将来有你们总理衙门压住你，叫你交给我们就是了"①。傅知府无可奈何。这帮秀才才知道洋教士是他们的保护伞，遂入了教，更像老虎生了翅膀一般。洋教士救这些秀才时，他们并非教民，而是出于同情。因为他深知中国官吏的昏庸，以爱心和怜悯之心的"人道主义"情怀去尽力帮助，所以我们不能认为这是他有意偏袒教民的行为。

第十回、十一回，傅知府决意要去城里的教堂去拜望教士，想要回被带走的秀才，看到教士城里的教士朋友之妻也是中国打扮。傅知府在客栈里拜访洋人，一付奴才相，语气十二分地谦卑，洋教士却不买账，并且看透官府的险恶用心。教士道："你那里有房子给他们住？不过收在监里，等到上头电报一到，就好拿他们出来正法。此番倘若跟你回去，只怕死的更快"②。回到家中，妻舅劝解他不能在教士上用硬功夫，因为他是外国人，现在外国人势头凶，要让着点，而且明天一早送重礼，后哀求把这十几个人放回来。傅知府听信舅爷的话，给洋教士送礼，被拒绝。教士鼓励众秀才："我乡下教堂里也容不得诸位这许多人，而且诸位年轻力壮，将来正好轰轰烈烈做一番事业，如此废弃光阴，终非了局③"。他断然拒绝收礼，并把众秀才送到上海租界，保护他们的安全。刘伯骥和孔君明等一干人，本是有志之士，在教士的劝说下，出门游学，没有亲朋好友帮衬的三四个人由教士资助银两作为旅费。

作者讲述这个故事，对于洋教士竭力拯救书生的行为非常赞赏。孔君明生是一个光明磊落的人，代表众人，也是代表作者的心声，他说了一番感激之词："教士某君，救我等于虎口之中，又不惮跋涉长途，送我们至万国通商文明之地，好叫我等增长智识，以为他日建功立业之基础。他这

---

① 李伯元：《文明小史》，《中国近代小说大系》，江西人民出版社1989年版，第79—80页。
② 同上书，第87页。
③ 同上书，第89页。

一片苦心，实堪钦佩①"。洋教士不但博学、精通中国传统文化，而且心地善良，深切同情受酷吏盘剥的中国百姓。尤其是对以刘伯骥为代表的穷苦书生进行了人道主义关怀和救助。他亲自与傅知府商谈，并把书生们带入与野蛮之地相对的万国通商相对文明之地的武昌，使他们增长见识。在"一个极守旧"的湖南永顺，作者塑造了以一个正面的形象出现的洋教士，预示了欧风美雨带来的"新文明"在中国最偏僻地方的传播。在这些故事情节中，传教士以知识启蒙者的身份出现。

小说第十五回，故事发生在江南吴江县地方，有一姓贾的书香世家，兄弟三人贾子猷、贾平泉、贾葛民离开家乡坐船到上海途中的所见所闻。船路过一镇市，停下，三人登岸玩，看到外国传教士在街上栅栏门口向行人发散劝善书的情形：

> 头上戴着外国帽子，身上穿着外国衣服，背后跟着一个人，手里拿着一捆书，这个外国人却一本一本的取了过来，送给走路的看，嘴里还打着说着中国话说道："先生！我这个书是好的。你们把这书带了回去念念，大家都要发财的。"看到书生模样的贾家兄弟三人走过，那个外国人，因见他三人文文雅雅，像是读书一流，便改了话说道："三位先生！把我这书带回去念了，将来一定中状元的"②。

作者塑造了这个有趣的传教士的形象。为了履行使命，他熟知传福音的有效途径。通过发放传单和书本的形式，劝人们信教、入教。读之，忍俊不禁，增加了喜剧性色彩。洋教士采取了符合中国人心理的劝善方式，用"发财"、"中状元"等劝说中国人来看书，了解西方宗教。老百姓需要发财，书生中状元是中国人的生活目标。洋教士能如此细致揣摩中国人

---

① 李伯元：《文明小史》，《中国近代小说大系》，江西人民出版社1989年版，第98页。
② 同上书，第124页。

情世故，投不同人的所好，使得宗教世俗化，从另一方面也说明传教士在中国传播西方宗教的不易。在传统文化浓厚的中国民间，人们对西方传教士基本持抵制态度，在义和团运动爆发之前，甚至到了敌对的态度。

2. 负面传教士形象

带负面形象的传教士的故事出现在《文明小史》第三十七、三十八回。一名叫聂慕政的年轻人暗杀制军不成，反被制军捉住。制军亲自审问他谋杀的动机，聂回答是因为气愤制军借外兵杀中国人，所以要放枪打死制军。聂被收监，其朋友仲翔，认得一个叫黎巫来的外国传教士，以情愿入教的方式，请求他保出人来。"教士大喜，随即去见陆制军"①。教士固然答应救人是善事，但他不分青红皂白，以凌驾于中国官吏的傲气，无视中国律法的存在。

黎教士以人犯是教堂里学生的名义要求陆制军放人，陆制军没有买账，教士便去见县尊。县尊为此事十分为难，在见教士之前，他绞尽脑汁思考对付教士办法，但见了面后，因为和教士以前相识，所以十分亲热。但还是没有胆量放人。黎教士便趾高气扬，对钱县尊目中无人，说道："陆制军的意思，已允免究，就烦贵县把人放出，交我带去罢。②"当被拒绝后，他生气了，吓唬县尊告诉抚台，钱县尊吓得战战兢兢，要先回了抚宪，再放人。黎教士又说："这还像句话，料想你们抚台也不敢不依我的，你这时就去，我在这里等你"③。抚院为了求得平安，不敢得罪洋人，说服陆制台放了聂犯。

黎教士看到聂慕政，说声"可怜好好的人，被他捉来当禽兽看待，这还对得住上帝吗？"黎教士假装认识聂慕政，说道："你前回要回家，我就说你疯病总要发作的，如今果然闯了事，幸亏我得了信来救你，不然还要多吃些苦呢。"教士要求抚台备轿，他和聂慕政坐着县尊的大轿子回去了。通过教士和县尊的精彩对话，把这个姓黎教士刻画得惟妙惟肖。洋教

---

① 李伯元：《文明小史》，《中国近代小说大系》，江西人民出版社1989年版，第303页。
② 同上书，第305页。
③ 同上书，第306页。

士深知中国官员惧怕洋人的心理，为了壮大本国教会势力，任意袒护教民，依靠本国的强大，凌驾于中国官员、中国法律之上，耀武扬威，欲所欲为，可以编造谎言，以上帝的名义干涉官府的行动。原因如抚院所说，外国在山东势力强大，作为弱国，不敢同别人挑衅，中国丧失了主权，小事情都不敢做主。"这人不好得罪他的。如今外国人在山东横行的还了得，动不动排齐队伍就要开仗……实在因为我们国家的势力弱到这步田地，还能够同人家挑衅吗[①]"？等聂被放出后，陆制台只好叹口气，为中国在失去了主权后的现状担心，办一个小小犯人，都要外国人做主。

中国官府对待洋教士的态度反映在小说第十三回中，湖南来的教士同孔君明等十几人到了武昌，亲自把这些秀才送到礼贤下士的制军那里，然后到了洋务局。洋务局因为外国强盛，有些地方还必须仰仗外国人，所以对待外国人礼让为主，尽量恭维。洋务局也制定了章程：

> 只要是外国人来求见，无论他是哪国人，亦不要问他是做什么事情的，他要见就请他来见，统同由洋务局先行接待。只要问明白是官是商，倘若是官，统通预备绿呢大轿，一把红伞，四个亲兵。倘若是商人呢，只要蓝呢四人轿，再有四个亲兵把扶轿杠，也就够了。如果是个大官，或者亲王总督之类，应该如何接待，如何应酬，到那时候再行斟酌[②]。

但因为教士非官非商，迎接的方式还要请示领事。可惜领事出门赴宴去了，只好连夜先向上院请示，就是接待错了，制台也不会埋怨。不碰巧，制台大人正在瞌睡状态，不便打搅，洋务局的总办只好坐等制台睡醒。制台发话说教士非官非商，洋务局就酌量适中接待就是了。洋务总局的几位官员在一起讨论用什么样的轿子给他坐。他们的谈话非常有趣：

[①] 李伯元：《文明小史》，《中国近代小说大系》，江西人民出版社1989年版，第312页。
[②] 同上书，第107页。

第四章　社会小说中的西方形象（二）

一位道："孟子上'士一位'，士是官，就应得绿呢大轿。"一个道："教士不过同我们中国教书的一样，那里见教书先生统是官的？况且教士在我们中国，也有开医院的，也有编了书刻了卖的，只好拿他当作生意人看待，还是给他蓝呢轿子坐的为是。"又有个说道："我们也不管他是官是商，如果是官，我们既不可简慢他，倘若是商人，亦不必过于迁就他，不如写封信给领事，请请领事的示，到底应该拿什么轿子给他坐"①。

洋教士因为身份特殊，在中国享有洋人的待遇，但非官非商，让中国官员不知道如何接待，唯恐接待不周得罪了洋人，或者失去自己做官的尊严，所以谨小慎微，反复斟酌，对此小事都不能做主，还要去请示领事，说明了中国官员怕洋人的怪现状。

3. 令人同情的传教士

庚子之乱，来华"洋教士"在北方义和拳控制的地区成为重点剿杀的对象，《庚子国变弹词》中作者对此有比较详细的叙述。小说第十四回讲述了山西巡抚毓贤杀戮群体洋教士的惨状。

山西巡抚毓贤为了响应义和团运动"扶清灭洋"的口号，他想方设法，以保护洋教士安全为借口，把山西全省的传教士召集到省，然后禁闭在一条胡同，统帅将士看守，保证一个不漏，准备大肆屠杀。小说通过说唱的戏剧形式，书写了一出伤及无辜的血刃事件，批判了山西巡抚毓贤的残暴行为，详细地描述了教士们面对死亡之时的心理：

（白）……，各教士知无可逃，乃向诸将说道："吾等到此传教，乃是奉旨而来，况且并不曾犯什么罪，现在巡抚大人既然欲加害我们，我们寡不敌众，若不敌强，只有听凭一死，但是我

---

① 李伯元：《文明小史》，《中国近代小说大系》，江西人民出版社1989年版，第107页。

们诚实为主,既然愿死,决无逃走之理,自当携老带幼,前赴辕门延颈待戮也"①。

在死亡来临之际,传教士们没有祈求活命,而是仍然遵守诚信,保持应有的气节和尊严。最让人感动的是教士们临死之际,不忘彼此相亲相爱,与中国酷吏形成鲜明对比:

(唱)洋人说罢泪纷纷,铁石人儿也动心,只得相将来除外,大街之上一同行。前头是,中军大队滔滔去,刀戟旌旗耀眼睛。末后中丞自殿尾,花翎红顶看分明。中间教士无遗漏,男妇通同百外名,但见他,夫妇并肩兼搭背,交头接嘴示相亲,手中还挈男和女,一字排连好几个,道是同生须同死,教人那不感伤心。可恨是,虎威狐假将人吓,押解兵丁狠十分,咫尺辕门知不远,一声号炮好惊人,毓贤跃马先归署,此地分明枉死城。

(唱)大堂之上坐安身,虎眼圆睁吓杀人,手指外洋人一众,胡言乱说不分明。团团围困大堂上,逐一中丞自点名,天主教人二三十,耶稣教士百余人,点名既毕离公案,大中丞,亲自挥刀下绝情。不识和他何怨隙,如今恨得这般深!钢刀起处人头落,鲜血淋漓向外喷!到此无分老与幼,可怜一概命归阴!

(白)末后临了,但剩一个外国孩童,年纪不到十岁,长得肥白可爱,还不知什么叫杀人,正在地下抱住他娘的尸身,号啕痛苦,毓贤看见,恰恰杀顺了手,连忙取过钢刀,正要落下。

(白)当时一刀下去,斩草除根。……。毓贤见了洋人都已杀完,心中好生快活……。②

---

① 李伯元:《庚子国变弹词》,薛正兴编:《李伯元全集》第3卷,江西古籍出版社1998年版,第61—62页。

② 同上书,第63页。

第四章　社会小说中的西方形象（二）

这是极其残忍的的悲惨场面，教士被群杀。作者用"白"和"唱"的艺术手法，更能烘托出血腥、悲剧的气氛。"唱"是作者对该事件的态度，作者用了不少打动人心的词句："洋人说罢泪纷纷，铁石人儿也动心"，"教人那不感伤心，可恨是，虎威狐假将人吓，押解兵丁狠十分"，"到此无分老与幼，可怜一概命归阴"。"毓贤见了洋人都已杀完，心中好生快活"。这些唱词准确地表达了"观者"的内心感受，表现大屠杀的残忍场面：酷吏如刀俎，教士如鱼肉，洋教士们被哄骗至此，没有了往日里无所不为的傲气，男女携手，老幼成对，走向屠刀。作者还用一小细节加深对最为酷吏毓贤的刻画，他连一外国婴孩也不放过，定要斩草除根，即使其母劝阻他钢刀留情，但毓贤心肠毒辣，绝不放过。毓贤之母当时直气得浑身发抖，手指着毓贤骂道："似你这样伤天害理，将来不知你如何死法！"毓母其实就是隐含作者，他对毓贤的残忍，持有愤怒的态度，对于成千上百的洋教士及其家属，深表同情。

在十四回中，还有一处描写众教士被匪徒杀害的情景：

　　（唱）已闻戕官大事情，乘机索性杀洋人，教堂相去无多路，教士其中好几人。数日已闻有变动，大家吓得战兢兢，这时正在无聊际，忽然间，哄进匪徒多少人。

　　（白）那时堂中教士，一家老小，都住堂内，忽见进来多人，知道势头不妙，连忙躲避，已来不及，于是都死在乱刀之下。匪徒杀完了人，又放了一把火，把教堂烧得干干净净[①]。

这是"洋教士"惨遭中国民间匪徒戕害的描写，李伯元对此滥杀无辜、草菅人命的兽行进行了理性的批判和诅咒。匪徒不光杀洋人，而且杀死一心为国、正人君子的吴知县。作者这样评价肇事暴徒："无奈这般狗头绅

[①] 李伯元：《庚子国变弹词》，薛正兴编：《李伯元全集》第3卷，江西古籍出版社1998年版，第65页。

士，反恨他平时为人公正，不容他们鱼肉乡民，一腔怨气都结在吴公身上，乘机报复"。作者认为拳匪"杀人戮教"导致洋人发怒，联军发兵北京，中国百姓无辜遭受涂炭之苦。作者站在人道主义的立场上批判滥杀无辜的暴徒，也是作者对混乱社会现状的诅咒。

在晚清诸多小说中，"洋教士"是以强者的文学形象出现，欺凌中国官吏，无理保护教民。唯有在《庚子国变弹词》中，他们是以弱者的形象出现在小说中。据考证，李伯元的故事有资料来源，以较翔实的史实为依据，描写庚子之乱的情形。

当然，晚清谴责小说家常以扭曲和变形的文学艺术手法展示个人所理解的百相世态。洋教士虽然在作家眼中褒贬不一，但在推进西学方面的确做出了不可忽视的积极作用。著名来华传教士李提摩太回忆，他自己用向中国官员和学者们推广西方科学技术的方式来拯救穷苦的中国百姓的过程中，首先要用新出版的书籍和最先进的仪器武装好自己，减缩个人开支，购买书籍和仪器[①]。其"经世致用"的方法得到中国不同阶层人的接受和认可。"西学东渐"之风就是西方传教士对中国现代化进程的最大贡献。晚清最有影响力的《万国公报》（Review of the Times）就是美国传教士林乐知（Young J. Allen）所创办的，是一份对中国近代发展影响巨大而深远的现代报刊，热衷于介绍"西学"，是中国知识分子获取大量有关西方知识的最主要途径之一。

三 蛮横的洋兵

19世纪后半叶至20世纪初，中华民族命运多舛，处于被动挨打状态。西方国家以鸦片贸易和武力打开中国的大门，各国以发达的经济和强大的军事力量为后盾，对中华进行肆意侵略。洋兵，作为军事暴力的执行者，在小说中往往以残暴、血腥的负面文学形象出现。

[①] ［英］李提摩太著，李宪堂、侯林莉译：《亲历晚清四十五年——李提摩太在华回忆录》（FORTY-FIVE YEARS IN CHINA REMINISCENCES BY TIMOTHY RICHARD,D.D,Litt.D.），天津人民出版社2005年版，第136页。

在李伯元小说中，对洋兵相关的文字书写尤以《文明小史》和《庚子国变弹词》为最多。《文明小史》的第二十八回、三十八回和三十九回分别讲述了中国官员与洋兵打交道的故事。故事发生的历史背景在1897年11月的山东，德国以一两名传教士在山东被杀为理由，占据了山东的胶州，迫使中国政府签订条约，保证德国在山东具有租界权和修建铁路权。山东的部分地方成为德国的势力范围，德国派兵驻扎也是常见现象，洋兵和本地老百姓也会出现矛盾冲突，中国官府和洋统兵往往在中间起到了协调作用。

第二十八回讲述了这样的一个故事：前日里有一强盗杀了洋教士，如今外国有一只兵船靠在海口，限龙大老爷十天之内要捉住凶手，要是捉不到，便要开炮洗城。上海做买卖的洋人还讲情理，这些洋兵是不讲这些。那天听见东卿家兄说起，前年洋兵到了天津，那些人被捉去当苦工，被虐待。西卿告诉他母亲："来的不是教士，是洋兵，他那大炮，一放起来，没有眼睛的，不晓得那家念佛，那家吃素，是分不清的。"西卿叹气，用洋商人和洋兵做比，洋商人尚可讲理，洋兵到了中国为所欲为，无恶不作。

> 那天听见东卿家兄说起，前年洋兵到了天津，把些人捉去当苦工，搬砖运木，修路造桥，要怠慢一点，就拿藤棍子乱打，打得那些人头破血淋，嗳唷都不敢喊叫一声儿，甚至打架妇女，都被他牵了去作活。……，还有那北京城上放的几个炮，把城外的村子轰掉了不少[①]。

第三十八回，山东抚台处理完教士纠缠放人一案，正要松口气，诸城县知县武强求见，并陈述洋兵驻扎在城外的情景："外国的兵，天天在附近吃醉了酒乱闹，弄得人家日夜不安，……"[②]。洋兵扰民，中国官方要求他

[①] 李伯元：《文明小史》，《中国近代小说大系》，江西人民出版社1989年版，第230页。
[②] 同上书，第309—310页。

们挪动兵营，外国统兵非常蛮横跋扈，拒绝挪动营寨，竟然说些无理之言：

> 我们本国的兵，扎到那里，算到那里，横竖你们中国的地方是大家公共的，现在山东地方就是我们本国势力圈所到的去处，哪个敢阻拦我们？不要说你这个小小县城，就是你们山东的抚台，哼哼哼——他说的就是大帅——也不敢不依他，……，就是中国皇帝——他的话更是背逆，他连皇上的御诏也直呼起来——说是也不敢不依他"[①]。

钱县令在学堂找了位翻译，一同到诸城和洋人交涉。他告诉翻译不能和洋人强硬论争。因为国家积弱，抚台唯恐得罪外国人，怕引起兵衅。钱县令还说如今中国危在旦夕，外国人很容易占有，不必让洋兵移营，情愿每月贴他军饷，不要骚扰就行。

钱县令要众绅士每月出几百吊钱，众人无奈答应后，他和翻译一起去拜外国统兵。到了兵营前，看到纪律甚是严明，两旁的兵丁一齐举枪致敬，他感到非常惊奇，觉得外国兵官如此讲理和中国的读书人一样，没有武营里的习气。他便大着胆子说出了洋兵闹事的事情，和自己的想法，统兵同意劝诫兵丁。钱县令次日又备好番菜，招待兵官吃饭，并且恭维兵官，兵官果然约束住了兵丁，老百姓过上了正常日子，抚台把他补了诸城县实缺。

在这几回中，李伯元并没有直接描写洋兵的行为，而是间接从中国官员的口中讲述出洋兵欺负弱国弱民的行为，洋兵在他们国家势力范围内无视中国国土领地，任意横行，出口狂言，老百姓和洋兵之间的矛盾日益加深。中国官员一心只管自己升官发财，不顾国家的主权和民族尊严，往往表现出媚外的心理，用盘剥百姓来的钱财换取平安，让人气愤。

在《庚子国变弹词》第十六回呈现了庚子之乱洋兵侵华的情形。因为在华传教士被中国官府和义和团滥杀，西方各国气愤之极，随之下令派

---

① 李伯元：《文明小史》，《中国近代小说大系》，江西人民出版社1989年版，第309—310页。

兵向中国进发。作者用唱词表现出洋兵进军的气势。欧洲兵精锐,气势汹汹。洋兵滔滔齐出柏灵城,铁甲轮船破浪行。兵丁个个称精锐,枪炮无非自造成;滚滚雄师犯北京,联军长驱入,直抵神京把驾惊。瓦德西统率的八国联军进入北京城后开始滥杀中国百姓。

> ……乃以巨木为架,升大炮于其上,向城内络续开放。不意炮弹飞空,急如骤雨,各处房屋,为飞弹所伤者,不知凡几。军民人等,男女老小,非倒即毙,号哭之声,震动天地[①]!

洋兵使得中国百姓遭受涂炭之苦。八国联军兵丁精锐、士气勃发、武器先进,所以在中国土地上长驱直入,中国百姓死伤无数。

《文明小史》与《庚子国变弹词》中有关"洋兵"的形象书写方式不同。前者中的洋兵群体形象多以叙述者讲述的方式出现,具有群体性、模糊性,很难看清个体身份的洋兵形象,而且洋兵不进行军事操练,忙于胡作非为的扰民活动。《庚子国变弹词》中的"洋兵",从欧洲出发来华复仇。作者站在民族主义的立场上,重点书写八国联军对中国百姓和生灵的涂炭,表现出极大的民族仇恨。另一方面,对于洋兵勃发士气的描写,也是作者冷峻审视中国兵士的心理。西方兵精粮足,中国士兵无精打采,造成中西之间在军事上巨大的差异。中国"崇文",西方"尚武",在梁启超等政论家看来,中国缺乏"尚武"精神是导致国家积弱的原因之一。在曾朴的《孽海花》中,作者不遗余力塑造了一个个西方女杰和英雄形象,以此弥补中国民族尚武精神的缺失。

四 洋商人和洋游历武官

第二十一回叙述了一位正面的洋人形象。他帮助中国穷人花清抱"脱

[①] 李伯元:《庚子国变弹词》,薛正兴编:《李伯元全集》第3卷,江西古籍出版社1998年版,第71—73页。

贫致富",因为清抱虽然贫穷,却具有拾金不昧的优良品质。那一年,清抱变卖了家里的耕牛,来到上海。为了谋生,在轮船进口的地方,做些小经纪。某一天,他在地下捡到一个皮包,坐在地下静等失主。洋人一路寻找,找到失物后,赠送钞票,清抱坚决不肯接受,洋人随后带他去一家洋行,用他做买办,每月有二百两的收入。不久,他就有了积蓄,又做些私货买卖,手中有了十来万银子。后来,那洋人要回国,打算带走现银,留下所有货物赠予清抱。清抱得了财产,结识了不少外国人,买卖做得更好。过了三五年,分开了几家洋行,有了三四百万的家业。这样的洋人算得上有情有义、知恩图报的好人,他发现了清抱的优良品质,并给了他极好的机会,使得他走上发家致富之路。

中国官员以会见洋人为荣的故事。一日,一外国游历武官到西门外,黄抚台要去拜他。两个外国武官,是俄罗斯人,在城外的旅店里下棋消遣,抚台落了轿,走在队伍前面。店门口站着三个俄罗斯武官,戎装佩刀,在门口迎接。俄罗斯武官用俄语招呼抚台一行人,翻译只懂英法两国语言,不懂俄语,抚台又惊奇又生气。后来了解到三位俄罗斯海军少将,到中国来游历,顺便看看省里的制造局,抚台邀请三位到衙门赴宴,被婉拒,抚台便觉得分外惆怅。回去后和洋务局总办在签押房聊天,称赞俄罗斯武官长得魁伟、威猛,像前朝的年羹尧,又谈到翻译,说中国懂俄罗斯的翻译的确很少,在中国的俄罗斯公使都会讲中国的官话,凡是在华的各国公使都会讲中国的官话,这三个俄罗斯人,是新从旅顺口来,所以不懂中国话。这个故事表现了抚台不但无知、愚昧,而且对外国人极其崇拜,无论是干什么的外国人,他都尽力讨好,显现的是一副奴颜媚骨的奴才相。

在第四十四回中,作者借用安徽姓黄的抚台对待洋人的态度,就可以看出来安徽的各国洋人无论是干什么的,他总是一样看待,一样请吃饭,一样叫洋务局里替他招待。后来因为来的外国人实在多,就在其中选一个顾问官,好和外国人交涉。黄抚台如此评价自己的行为:"我们做一天和尚撞一天钟,只要不像从前那位老中堂,摆在面上被人家骂什么卖国贼,我就得了①"。这是他真实想法的表达。为官者,在其位,不谋其职,形成晚清社会普遍的怪现象。

本章节有关西方人的书写主要以小说的故事情节展开,书写洋人,其实是作者在审视"自我"。作者对"自我"的形象显然是"哀其不幸,怒其不争"的心理。在强大的"他者"面前,无能、懦弱的中国官员,愚昧和无知的老百姓的都是作者在"洋人——官员——百姓"这个"怪现状"链条关系中的讽刺和批判对象。

第二节 天堂与地狱

在中西文化交流的语境下,西方人来到中国,中国清政府也派出了官员走出国门,包括去东洋日本在内的西方国家,游历、考察。从1865年开始,以容闳、斌椿父子、志刚、张德彝、王韬、郭嵩焘、薛福成、康有为、梁启超等人为代表的不同身份的中国人走向了西方。他们第一次亲临西方各国,看到了前所未有的奇特景象。在游记中记录了各自对于这些奇特的西方和西方文化的认识和思考。无论他们以何身份走出国门,西方在他们的视野中是新奇的、美好的、先进的。西方不但具有独特的自然风光、社会习俗,而且还实行不同与中国的政治制度。

"派官游历"在晚清社会确有其事,而且还有明文规定实缺州县官都要去东洋游。据《绍兴白话》"中国近事"栏目记载:"直隶袁制台新制定章程,凡是实缺州县官都要去日本游历三个月,考察所有一切办警察、办学堂、办工艺,一切事体②"。在第87期中的确记载了"大臣到洋"的事实:"泽公及尚李两大臣十二月念八月到日本东京正月初一觐见日皇,呈汇国书,端戴两大臣于十二月念二日到美国金山大埠,念七日到美国京

---

① 李伯元:《文明小史》,《中国近代小说大系》,江西人民出版社1989年版,第362页。
② 《绍兴白话》,190?,第71期。

城华盛顿"①。游历是闭关锁国的清朝官员开眼界的重要方式之一，只有走出国门，亲眼目睹耳闻异国的独特魅力，才能开阔眼界，增长见识。

李伯元在社会小说《文明小史》中，塑造了一位去东洋和西洋的中国游历官，叫饶鸿生的道台，以他到日本和美国的不同经历来讽刺中国官员的无能和愚蠢。作者以饶鸿生为视点，描写了他视野下，具有独特风情的日本自然景观和异域文化。随后，作者开始讲述饶鸿生离开日本后去美国途中碰到的一系列被歧视的不公遭遇。

第五十一回至五十三回讲述了饶鸿生在东洋和美国的经历。他被制台派往东洋去调查学习先进工艺，顺便定几副紧要机器。他打算先到东洋，然后渡太平洋到美国，再到英国。他在东洋的游历顺利愉快，但在去美国的途中与在美国的经历倍受外国人嘲笑和歧视，反映出作者李伯元对东洋日本和美国不同文化的态度和认同感。

在东京，饶鸿生仔细领略了日本自然景观和文化，包括赏樱、逛妓馆、去公园登山等。他看过了东京城外樱花开放的盛况："樱花的树，顶高有十几丈，大至十多围，和中国邓尉的梅花差不多，到了开的时候，半天都红了，到得近处，真如锦山秀海一般。士女游观，络绎于道，也有提壶的，也有挈榼的，十分热闹"②。

留恋大自然，忘情山水之间一向是中国文人雅士的趣味爱好。所以作者花了不少笔墨，描写日本的自然景观。从外观上直接描述樱花树的高大、花开时节的绚烂程度和庞大的气势，并且描述众人玩赏樱花的热闹景象，这也是日本自然风景的独特之处。饶鸿生打量异域风景也是带着自我的文化眼光去看，"樱花似梅花"。他眼中的新奇事物必和自己熟悉的旧的事物会无意识中做比较。

第五十三回，作者讲述饶鸿生在日本妓馆的见闻。某天他到了不忍池，不忍池是日本的妓馆，排列着许多矮房子，紧靠着不忍池有座著名的酒楼，

---

① 《绍兴白话》，190？，第87期。
② 李伯元：《文明小史》，《中国近代小说大系》，江西人民出版社版1989年，第412—413页。

和上海的礼查外国饭店相似。饶鸿生初次进去看新奇,找了房间坐下,点菜。作者详细地记述了他在这家酒楼所见到的日本风味食物:"先品尝鲜果品碟子和点心之类,侍者把炉子架好了,安上锅子,生起火来,烧得水滚,在锅子里倒下一个生鸡蛋,又进去搬出一大盆生鸡片,在锅子里烫着吃,倒也别有风味[1]"。餐毕,泡上一小壶茶来,"茶壶是匾圆式的,茶杯和中国广东人吃乌龙茶用的差不多,茶的颜色却是碧绿的"[2]。他还体会了日本歌妓的风采:"都是红颜绿鬓,一个抱了一个弦子似的乐器,弹得琮琮琤琤,另一个拿着两块板,在那里一上一下地拍,以应音节,唱的倒也沨沨移人[3]"。

饶鸿生对此场面感觉异样,似曾相识。日本文化与中国文化有不少相似之处。见到熟悉的风俗习惯,让饶鸿生很兴奋。他吃完了又来到后花园,这里风景优美:"松桧参天,浓荫如盖,有许多假山石,堆的玲珑剔透[4]"。设计者竟然是日本人敬重的中国明朝人朱舜水,所以园里的风景分明是中国园林式样,幽雅、高贵。作者安排朱舜水这样一个杰出的中国人,他因为弘扬中华文化,受到日本人的尊敬,当然是作者美好的想象,也反映了作者还是站在自我大国文化的立场上看待小国文化。

过了一日,饶鸿生带了翻译到日本日光山去逛,日光山的风景美丽如画,作者描写得极其美好:

> 金谷客寓纯是外洋式子,背后一条港,清澈见底,面前就是那座日光山,凭栏瞻眺,心神俱爽。等到睡在枕上,山上泉水的声响,犹如千军万马一般,良久良久方才如梦。……,沿着日光山的山涧缓缓而行。山涧里的水飞花滚 雪,十分好看。

---

[1] 李伯元:《文明小史》,《中国近代小说大系》,江西人民出版社版1989年,第427—428页。

[2] 同上书。

[3] 同上书。

[4] 同上书,第428页。

华岩上更有一桩奇景,就是瀑布,有二十丈多宽,七十丈多长,望上去烟云缭绕,底下澎腾澎湃,有若雷鸣。另外有块大石碑,碑上刻的是华岩大瀑布歌,是一个日本人做的,字有拳头大小。看过了瀑布,转到中禅寺,庄严洁净,迥异寻常[①]。

作者以散文诗的语言描写了饶鸿生视野中的日本日光山下的德川将军家庙、金谷客寓、山上的泉水、山涧的流水,桥对面石头刻成的佛像、乡镇、山岩、古墓、瀑布、亭台楼阁、池水、野花、石碑、禅寺、湖水、渔船等动态和静态中的景色。以金谷客寓和华岩上的瀑布的描写最精致、最富有诗意。这些自然意象构成了作者想象中的美丽图景,自然、安静、祥和、富有情趣,诗情盎然。诚然,如张箭飞教授所言:风景总是形象地解释了居民的生活方式和社会结构[②]。从这些精致的风景中,我们不难发现日本的美景被作者更多地纳入了中国文化的因子,这些意象是中国古代文人常用来抒发情怀和咏唱的对象。作者为了更好地欣赏异域美景,日本景色被本土化、中国化,表明了作者对"他者"亲善的态度,目的还是在于肯定自我文化,是典型的"西方主义"文化心理。

自我分析家埃米尔(H.F.Amiel)认为"一片风景就是一种心理状态[③]"。日本作为中国的亚洲近邻,在19世纪中期"明治维新"之前,曾经是中国的友好睦邻,在地域和文化层面,与中国有着很深的渊源。"明治维新"后,日本跃居为世界强国,成为中国知识分子和爱国志士学习的榜样。虽然日本曾经对中国在19世纪末发动过战争,但正是这场战争的失败使得洋务派的洋务运动成果得到了真实的检验,学习西方的技术不可能完全改变中国积弱的命运。于是在1898年,中国爆发了"百日维新运动",力图通过改变政治制度使得中国走向日本发展的道路。李伯元正是生活在这一时

---

① 李伯元:《文明小史》,《中国近代小说大系》,江西人民出版社版1989年,第429页。
② 张箭飞:《风景与民族性的建构》,《外国文学研究》,2004年第4期。
③ [美]勒内·韦勒克,奥斯丁·沃伦著,刘象愚等译:《文学理论》,江苏教育出版社2005年版,第260页。

期的知识分子，他心目中的日本，更大程度上是对富强后中国的具体想象。

作者基本上抓住了日本国和日本文化的主要特点，赏樱花、观富士山、听歌、吃日本大餐等，这是外来游客对日本最感性、最直接的认识。作者叙述饶鸿生的所见所闻，抛开国家和民族之间的矛盾，从审美的角度去描写日本美丽的樱花、诗化的风景、赏心悦目的就餐习俗等。

主人公饶鸿生在去美国的船上和到了美国后，受人嘲弄的遭遇与在日本的愉快游玩经历形成明显对比。作者一方面有力地讽刺了饶鸿生的"乡愿"，另一方面也表达了西方人的无理和野蛮特点，对弱国子民随意欺侮的霸道行为。叙述者"戏剧式"呈现了饶鸿生被外国人戏弄、嘲笑的五件典型事件。通过嘲笑者与被嘲笑者之间所形成的中西之间的文化权力不对等关系，取得反讽的艺术效果，讽刺了中国官员的无能。这种揭露官场和社会怪现状的"谴责小说"是社会小说家的价值取向，他们和政治小说一样，相信小说可以改变人心，起到"新民"、"启蒙"的作用。

第一件被外国人嘲弄的事件是道台不懂西洋进餐规矩。道台赏玩樱花之后，记下了机器的名目。十来日之后，他对日本有些厌倦，遂乘船到美国去。他花了巨资坐上了公司高档房舱，"窗上挂着丝绒的帘子，地下铺着织花的毯子，铁床上绝好的铺垫，温软无比，以外面的汤台、盥漱器具，无一不精，就是痰盂都是细磁的。并且配有一名欧仆，由他来关照茶水饮食[①]"。船是外国的游轮，高档房舱当然是按照西方的习惯设计，从窗帘到地毯、到外面的洗漱用品无一不是西式风格，一切陈设都让中国道台和姨太太感到新奇。

随着西学东渐，到了19世纪末，在风气比较开化的地方，西方的物品和先进的生活方式已被具有"先进意识"的中国人所认可和接受，但西方习俗、礼仪、信仰等具体规范对他们来说，还是会有不同程度的陌生。饶鸿生在后来的经历中无可避免地因为不懂西方习俗而闹出笑话。作者运用的夸张的艺术手法描写了饶鸿生在船上大餐间用餐时，因为不懂规矩，

---

① 李伯元：《文明小史》，《中国近代小说大系》，江西人民出版社1989年版，第413页。

20世纪初中国小说中的西方形象

出尽了洋相，招致外国人的奚落和嘲笑：

> 欧仆照例献上咖啡。饶鸿生用羹匙调着喝完了，把羹匙仍旧放在杯内，许多外国人多对他好笑。……，咖啡上过，紧接着上水果，饶鸿生的姨太太，看见盘子里无花果红润可爱，便伸手抓了一把，塞在口袋里，许多外国人看着，又是哈哈大笑。饶鸿生只得把眼瞪着他[1]。

第二件事件是他的肮脏形象被外国人误认为是日本岛屿的土著人。早期去西方的中国人记载，西人最讲究卫生，注重洗澡。相比之下，中国人邋遢、不修边幅。作者在记叙饶鸿生吃完饭后，一副邋遢样子和不文明行为，"趿了双拖鞋，拿着枝水烟筒，来到甲板上，站在铁栏杆内，凭眺一切"[2]。他在公共场合的样子招致外国人的歧视和厌恶，于是两个外国人打赌，不能肯定饶鸿生是否归属日本统属的虾夷人。原来虾夷人是日本海中群岛的土著人，样子和外国人眼中的饶鸿生非常相似，"披着头发，样子污糟极了"[3]。两个外国人的对话说明了饶鸿生在他们眼中糟糕形象。

第三件事件是他在美国商人家里茶会上的行为。饶鸿生接到了美国三个著名大商人邀请他去家里开茶会，他想趁此去开开眼界。

> （商人家）厅上陈设的如珠宫贝阙一般，处处都夺睛耀目。厅上下电气灯点的雪亮，望到地下去，纤细无遗。那批霞诺的声韵，断续不绝。饶鸿生抢上前，和主人握手相见过了，主人让他坐下，开上香槟酒，拿上雪茄烟来，饶鸿生身上穿的博带宽衣，十分不便，一只手擎了满满的一杯香槟酒，一只手拿了雪茄烟，旁边欧仆划

---

[1] 李伯元：《文明小史》，《中国近代小说大系》，江西人民出版社1989年版，第414页。
[2] 同上书。
[3] 同上书，第415页。

第四章 社会小说中的西方形象（二）

着了自来火望前凑①。

饶鸿生怕失仪，不敢做声，直到中国驻美公使到来，他才有了话，两人谈话高兴起来。在这时，发生了一件让饶鸿生尴尬之事：

> 背后有个贵家女子，坐在那里小憩，忽然觉得头颈里有样东西，毛茸茸的拂了他一下，吓了一大跳。仔细一想，这东西是很软的，触到皮肤上痒不可耐。正在思索，那东西又来了。定睛一看，却是饶鸿生头上戴的那支大批肩翎子，方才恍然大悟，连忙走开了②。

饶鸿生的滑稽可笑的形象跃然纸上，他因为自己穿着具有中国特色的花翎顶戴，无意骚扰了贵族小姐，作者用喜剧性的艺术表达方式，戏说饶鸿生的丑态，让读者忍俊不禁。

第四件事件发生在客店里，饶鸿生的管家过来告诉一件麻烦事，姨太太在吃晚饭时，多要了一个铁排鸡，今天客店里开账，要多收十块美国金圆，姨太太不答应，官事来找道台论理。说着，一美国官事进来：

> 一个美国人穿着一身白，耳朵旁边夹着一支铅笔，把眼睛睁得大大的，胡子翘得高高的，一见了饶鸿生面，手也不拉，气愤愤地说了一大套话。"店里的酒菜，都是有一定价钱的，不像你们中国人七折八扣，可以随便算账，你是个中国有体面的人物，如此小器，真真玷辱你自己了。况且你既然要省俭，为什么不住在叫化店里去。我看你，我们这里也不配住③。

这个美国人处在非常生气的状态，所以用话语讽刺、挖苦中国道台吃

---

① 李伯元：《文明小史》，《中国近代小说大系》，江西人民出版社1989年版，第417页。
② 同上书。
③ 同上书。

20世纪初中国小说中的西方形象

饭不愿付钱的坏习惯。他耻笑不仅是饶鸿生一人,而且是一类不愿自己吃饭付钱的中国官员,这也是外国人眼中的中国人形象。

第五件事件是发生在饶鸿生从美国回日本的船上,让人哭笑不得。他们乘坐的是艘英国公司的皇后号轮船,在太平洋上颠簸。某天晚上,天气稍热,饶鸿生感觉闷热,想把百叶窗打开,却遇到海浪卷进船舱:

> 当下自己动手拔去销子,把两扇百叶窗往两边墙里推过去,说时迟,那时快,一个浪头直打进房间里来。就如造了一条水桥似的。饶鸿生着了急,窗来不及关了,那浪头一个一个打进来,接连不断。饶鸿生大喊救命,欧仆听见,从门外钻进来,恨命一关,才把窗关住。再看地下,水已有了四五寸了。饶鸿生身上跟他姨太太身上,不必说自然是淋漓尽致。那欧仆也溅了一头一脸的水,撩起长衫,细细的揩抹,嘴里说:"先生!你为何这样卤莽?船上的窗岂可轻易去开的?亏的窗外面有铁丝网,要不然,连你的人都卷了去了[①]!"

这段文字描写非常精彩,饶鸿生船上遇到大浪扑窗,海水卷入船舱,欧仆的埋怨说明了饶鸿生的愚蠢和无知。作者用了夸张的文学表现手法,旨在讽刺中国游历官员猥琐的形象,也揭示了中国官员在外受人歧视的困相。这五件典型事件构成了饶鸿生在异国遭受侮辱的主要故事。饶鸿生的异国经历是复杂的,在日本对日本景物和文化保持的新奇愉快心情,而在船上遭遇了被耻笑的不愉快经历。前者作者对日本山水进行了详细和具体的描写,而对于后来发生的事件,一笔带过。饶鸿生在美国的所见所闻的地方也是与中国有关的印记。在纽约,他去了美国已故总统克兰德的坟墓,墓碑上有两行中国字,由李鸿章撰写。

第五十二回讲述了饶鸿生去温哥华的经历。他在火车上的见闻,不同

[①] 李伯元:《文明小史》,《中国近代小说大系》,江西人民出版社1989年版,第423页。

第四章　社会小说中的西方形象（二）

于国内所见过的景象：

> 直到黄昏，那火车波的一响，电掣风驰而去。那一天便走了四千四百里。火车上，头等客位，多是些体面外国人，有在那里斯斯文文谈天的，有在那里吸雪茄的，多是精神抖擞，没有一个有倦容的①。

饶鸿生此时可是没有精神，竟然趴在椅子上打瞌睡。招来外国人的指点和嘲笑。显然，他的困倦和外国人的精神抖擞形成强烈的对比。作者又开始描写饶鸿生在火车上吐痰的心理，颇为精彩，鞭笞了中国的顽疾，另一方面也是对"假文明"的无情讽刺。"火车"、"铁路"是西方现代文明的重要象征之一，是近代中国知识分子强国梦的寄托，对于先进的交通工具，晚清作家给予了富国强民的希望。李伯元塑造的饶鸿生坐火车上却没有半点兴奋，相反昏昏欲睡，一副无精打采的样子，也从另一方面刻画了中国官员对西方文明的拒绝。

饶鸿生到了温哥华，看到了一个新奇的城市：

> 那温哥华虽不及纽约克那样繁华富丽，也觉得人烟稠密，车马喧阗客店里服侍的人，都是黄色面皮，黑色头发，说起话来，总带挭衣乌河的口音。问了问翻译，说这些人是日本人②。

翻译又告诉了他美国华工禁约的状况：所有中国人，一概不准入口，除了留学生和游历官长，搜查很严。饶鸿生来到温哥华，看到的黄皮肤人是日本人，中国人被拒绝。这是符合20世纪初中国人在美国的遭遇，也是"华工禁约"运动的历史事件的真实情况。

---

① 李伯元：《文明小史》，《中国近代小说大系》，江西人民出版社1989年版，第421页。
② 同上书。

综上述，李伯元笔下的这位道台饶鸿生在日本和美国经历了不同的文化感受，在日本，他愉快游历。在美国，他处处受窘。在东邻，他尽情享受美景；而在西方世界，他丑态百出，这也是李伯元驾驭谴责小说表现艺术的独特之处。在中国社会中，中国官员属于享有政治、经济和文化特权的社会统治阶级，而来到西方的中国官员没有受到任何特殊待遇。在一个完全陌生的西方世界场域里，由于文化隔膜，造成饶鸿生无所适从，制造出一个个滑稽可笑的麻烦。幽默的叙述声音背后流淌的是中西文化冲突所带来的悲苦。饶鸿生滑稽的表演之后，是作者、隐含作者与读者对于这系列闹剧所反映的价值体系的反思。

作者也是全知叙述者，通过叙述饶鸿生在异域的滑稽事件，无非要表达"丑怪"的社会现象，对中国官场无序，官员昏庸的极大讽刺，揭示出中国社会传统价值所面临的西方强势文化冲击下的危机和挑战。因此，作者采用狂欢式的叙事方式，讲述闹剧式的故事，也说明了饶鸿生所代表的中国传统文化，遭遇到西方文化强烈冲击之后表现出迷茫、无所适从的弱势文化心理。

综合本章来看，李伯元对于各种题材的小说都能准确把握，尤以讽刺小说见长。在小说文本中有关西方书写的文字相对于其他小说家来说，数量很多，而且能从不同角度，不同层面，生动刻画"西方形象"。各类西方形象在他笔下栩栩如生，从不同的侧面深化了讽刺小说的主题，也反映了作家自身对于西方的态度。

从小说文本中读出，李伯元对于西方持中肯的态度，他无意丑化或美化西方，因此文本中的西方形象呈现出丰富多样、亦褒亦贬的特点。有善良的传教士、讲究仁义的洋商人，也有奸诈狡诈的洋矿师和洋官员形象。作者不光塑造了在中国人视野下的西方人物形象，而且还塑造了在西方人视野下的中国官员饶鸿生的自我形象。如果说在华的洋人是为了实现他们的人生理想或者为了达到某种目的显现出丑态的形象，那么中国游历官在异域更是表现出愚昧落后的形象特点。

作者通过西方形象和自我形象的书写，可以看出作者多维度、深层次揭露和讽刺中国官场的黑暗和混乱。如王德威所言:"作者言说西方,旨在讽刺自我,讽刺颓废、丑怪的现实,玩弄着"丑怪的写实主义",叙事模式掺杂感官喻象,混合修辞语气[①]"。李伯元认为社会的诟病在于官场的腐败。揭露、嘲弄和鞭挞的同时,体现了作者寻求新政体的政治愿望。由此可见,李伯元的讽刺小说集意识形态、新知识、新思想和娱乐的功能与一体,达到了同期小说门类中很高的艺术水准,并以其独特的话语方式积极参与"启蒙思潮"。

[①] [美]王德威著,宋伟杰译:《被压抑的现代性——晚清小说新论》,北京大学出版社2005年版,第218页。

第五章　社会小说中的西方形象（三）
——以曾朴小说为例

曾朴与吴趼人、李伯元、刘鹗在晚清小说界同享声誉，但他与吴趼人和李伯元却有所不同。吴李二人一生创作小说颇多，而曾朴不仅进行小说创作，翻译西洋小说，而且还进行学术研究，并留下了非常有价值的文献资料。

据曾朴儿子曾虚白在《曾孟朴年谱》一文中整理的《曾朴所叙全目》[①]来看，曾朴的创作可以分为三个时期：第一时期，从1888年至1900年，集中于古今体诗集、骈散文、读书札记、考证学术、搜集历代趣闻逸事和戏剧创作；第二时期，从1901年至1926年，除了研究法国文学之外，他创作了三十回的小说《孽海花》，还翻译了不少外国著作；第三时期，从1927年至他重病去世，他坚持创作诗歌、撰写自传体小说《鲁男子》，翻译外国著作，继续进行学术考证工作等。因此，我们可以说曾朴集小说家、翻译家和学者与一身，尤其是他对法国文学和文化的大量译介和传播，在中国晚清学界独树一帜。

曾朴，江苏常熟人，生于1872年3月。少年时代以才华文明于乡里，偏好文艺，十八岁便中了秀才，二十岁中举，二十三岁进入北京同文馆特班选择学习法文。数月后，同文馆特班解散，但他已打下法文基础，考总理衙门，未果，后回到南方老家。后来又去了吴淞购地，准备发展实业。在上海，他遇维新人士，遂成为故友。经朋友介绍，他认识了深通法国文

[①] 曾虚白：《曾孟朴年谱》，魏绍昌编：《孽海花资料》（增订本），上海古籍出版社1982年版，第185页。

学的陈季同先生，此人在法国旅居多年，与法国一流作家都有来往，并用法文编过不少中国戏曲，并介绍到巴黎，引起过轰动。受到陈先生的影响，曾朴对法国文学兴趣渐浓，着手开始研究法国文学。

1904年，曾朴创办了"小说林"书店，专以发行小说为目的。他任总理，徐念慈任编辑，征集小说创作和东西洋小说之译本。1907年刊发《小说林》月刊，掀起翻译小说之风气。

四大谴责小说之一的《孽海花》，不同于其他晚清小说，存在着合著和版本问题。著者不仅有曾朴本人，还包括前六回的作者金松岑。版本有两种：第一种为小说林版本，包括第一至第二十五回；第二种称之为真美善版本，是民国时期修改的第一至二十五回，补写的第二十六回至三十五回。1903年，曾朴好友金松岑撰写前三回，并发表于当年十月在日本东京出版的《江苏》上。1904年，交移曾朴，并且由曾朴来续写。曾朴一面修改前六回，一面续写，共完成二十回。1905年正月，由上海小说林社出版，共二十回，包括初集十回，二集十回，在日本东京印刷。1907年，《孽海花》的第二十一至二十五回在《小说林》陆续发表。1927年，由"真美善"杂志陆续发表修改过的第二十一至二十五回和最新撰写的第二十六到三十五回。

《孽海花》在诸多晚清小说中以深刻的思想性和较高的艺术性脱颖而出。著名翻译家林纾（琴南）对《孽海花》大加赞扬："昨得《孽海花》读之，乃叹为奇绝"[1]。鲁迅称《孽海花》为晚清四大谴责小说之一的原因在于"书于洪、傅特多恶谑，并写达官名士模样，亦极淋漓，而时复张大其词，如凡谴责小说通病；惟结构工巧，文采斐然，则其所长也"[2]。阿英同样也赞许鲁迅的观点，"曾朴活生生地刻画出许多'作态名士'"[3]。

该小说讲述了以金雯青为代表的一批中国文化精英"名士"的生活丑

---

[1] 林纾：《红礁画桨录·译余剩语》，时萌编：《曾朴研究》，上海古籍出版社1982年版，第28页。
[2] 鲁迅：《中国小说史略》，长江文艺出版社2008年版，第196页。
[3] 阿英：《晚清小说史》，江苏文艺出版社2009年版，第23页。

态：昏庸、无知、胆小怕事、纵情好色等劣习。全文以状元郎金雯青和其妾傅彩云为主要人物，笔墨集中于京城内外官僚、名士等知识分子阶层，展现中国近三十年来之历史。笔者认为，该小说除此之外，比较吸引人之处还在于作者以较开阔的全球视野，讲述金雯青出使德、俄国两国的经历故事。作者能客观地展现"金大使"视野下的西方，既没美化、也未妖魔化。他笔下的西方形象呈现出灵活多样、丰富多彩的特点。对于西方的叙述，五四女作家苏雪林曾认为是《孽海花》的疵点之一，"如写外国情事，颇觉隔膜"[①]。但在半个多世纪之后，全球化的背景下，中西文化交流使得西方不再陌生，研究西方形象也有一定的现实意义。

《孽海花》中的西方形象可大致分为三大类：西方女性有女英雄夏雅丽、贵夫人维亚太太和烈女玛德等；西方男性有德国名将瓦德西和日本浪人；具有异域情调的西方风俗和景物。

第一节 不同的西方女性形象

中国人对西方女性的记载始于清朝同治年间，由中国社会官方派往西方国家游历或外交使团的中国官员，在游记中写下了对西方妇女的初步印象。由于他们对于西方女性外在特征的好奇，所以他们的记录大多数停留在其外貌、体型、服饰和性格方面。这明显区别与中国女子外在特征的描写，但也标志着西方女性特征开始进入中国人的视野中。第一个走出国门去西方游历的林鍼，在其《西海纪游草》中记载其女友随凌氏的独特魅力："敢啧卿卿，言真咄咄。蛮腰舞掌，轻鸿远渡重渊；莺啭歌檀，玉佩声来月下"[②]。在他被陷害偷窃照相机之后，这位女性要求其父出金赎其身，林于是发出感慨"不意平生知己，竟出于海外之女郎"[③]。西方女子在林眼中不光具

[①] 苏雪林：《重读曾著〈孽海花〉》，《苏雪林文集》第3卷，安徽文艺出版社1996年版，第429页。
[②] 林鍼：《西海纪游草》；钟叔河主编：《走遍世界丛书》，岳麓书社1985年版，第39页。
[③] 同上书，第40页。

有中国传统女子的美貌才艺,而且具有侠义之品行。

鸦片战争之后,中西交流进一步发展,妇女问题始为社会关注。1868年,美国监理会传教士林乐知(Young Allen,1836—1907)在上海创办《万国公报》,该报刊对妇女问题较为关注,有不少文章介绍了西方女学及女子参加社会工作、从事社会活动的情况,也有文章涉及西方妇女的婚姻状况。该报还陆续介绍一些西方杰出的妇女,如德国天文学家嘉禄林、法国女画家濮褥氏等。传教士以西方人的视角,从西方文明出发,介绍西方女性形象,传递西方女性信息。作为进步人士的曾朴,他也会受时代的影响,在其小说《孽海花》中塑造了不少西方杰出女性形象。

一 虚无党女英雄夏雅丽

小说《孽海花》中,作者重点书写俄国虚无党女英雄夏雅丽的故事,采用倒叙的叙事手法讲述她的英雄事迹和日常生活。年轻貌美西方女子夏雅丽具有女侠的神秘身份,热爱自由、平等,为虚无党事业可以牺牲个人的幸福,谱写了一首不凡而悲凉的人生之歌。小说开始讲述她在船上讹诈中国公使一万马克的情节,直到十六回才全面介绍她的身世。

夏雅丽姑娘的第一次出场在小说的第九回。雯青携傅彩云坐船出使,在船上看西人毕叶的神术的时候,遇见夏雅丽姑娘,顿时魂不守舍。

> 雯青正听着,忽觉得眼前一道奇丽的光彩,从舱西特角里的一个房门旁边直射出来,定睛一看,却是一个二十来岁,非常标致的女洋人,身上穿着纯黑色的衣裙,头戴织草帽,鼻架青色玻璃眼镜,虽装饰朴素的很,而粉白的脸,金黄色的发,长长的眉儿、细细的腰儿、蓝的眼、红的唇,真是说不出的一幅绝妙仕女图,半身斜倚着门,险些钩去了这位金大人的灵魂[①]。

[①] 曾朴:《孽海花》,上海古籍出版社1980年版,第76页。

这段文字是男性视野下西方女性夏雅丽的容貌、衣着、神态的具体传神描写，是中国公使金雯青看到的"他者"的具体形象。夏雅丽容貌美丽、气质独特，从穿衣打扮到长相是一位典型的西方美丽女子，金雯青眼中的美丽女子就是"一幅绝妙仕女图"，只有画中仙子才能够来形容夏姑娘美轮美奂的风韵，宛若一道奇丽的光彩吸引着这位爱江山更爱美人的"金大人"。

第二次夏雅丽与金雯青的交锋在小说的第十回，夏雅丽非常愤怒自己被毕叶神术控制，对于金雯青戏弄也非常生气。她找上门来，这时候的夏雅丽不再是让金雯青动心的西洋美女，而是嫉恶如仇的女侠，让他恐惧。作者描写了夏雅丽愤怒时候的神态："柳眉倒竖，凤眼圆睁"。她用响亮的京腔警告金雯青，借机讽刺中国的官员"越大越不像人，简捷儿都是糊涂的蠢虫"！夏姑娘还大声质问船主质克，要金雯青赔偿一万马克。作者抓住了夏雅丽动怒的特征，用快节奏的语言，对她做了进一步的刻画，再现了夏雅丽的英雄本色。她爱憎分明、光明磊落，为本民族前途着想。她看待中国的社会现象，非常准确，能一针见血指出诟病，"中国爱钱的主儿，什么大事，见了孔方，都一切云雾散了"。她连中国官员用赔款解决争端的习惯也了解，所以，她让金雯青赔款一万马克，用于她所在会的新迁运动一事。曾朴塑造这样一位强似中国男性的外国女英雄侠客形象，让读者耳目一新。西方新女性与中国传统的女性形象大相径庭，比起男性的中国官员"金雯青"，她更勇敢，有谋略，也从另一方面，作者讽刺了为代表的中国官员的软弱和无能。

作者塑造这一女性形象的原因在于他对国家、民族的担忧。曾朴年轻时期曾在北京深切体会到朝廷的黑暗。他创办"小说林"社后，与坚持新派观念的友人商量办小学、兴科学等活动，与旧派人士进行激烈斗争。曾朴还经历过庚子事变，看到八国联军对清廷的欺凌。清廷软弱无能，向外国赔巨款，割领土。作为知识分子，他有切肤之痛，既关心民族命运，又思考国家的未来，同时还能看出国家存在的普遍问题。

在第十回，作者详细介绍夏雅丽所参与的虚无党组织，作者用如此长的篇幅介绍虚无党，与政治小说中作者发政论的方式相似。法兰西人圣西门创办的空想社会主义，推崇平等，就世界上的不公平状态，圣西门力创真平等的世界秩序。

> 无国家思想，无人种思想，无家族思想，无宗教思想；废币制，禁遗产，冲决种种网罗，打破种种桎梏；皇帝是仇人，政府是盗贼，国里有事，全国人公议公办，国土是大公园，货物是大公司，国里的利，全国人共享共用。一万个人，合成一个灵魂；一万个灵魂，共抱一个目的。现在的政府，他一概要推翻；现在的法律，他一概要破坏。掷可惊可怖之代价，要购一完全平等的新世界①。

"虚无党"，又叫做"无政府党"，起源于英、法，在俄国盛行。俄国专制时期有一批大文豪，如赫尔岑、屠格涅夫、托尔斯泰等都是虚无党人，他们以文章和精锐思想方式来鼓动人心，影响很多人，从而使虚无党的势力越来越大。作者比较认同虚无党在俄国社会中的积极意义和打破封建专制的重要性。

不仅如此，同时代的冒鹤亭在《〈孽海花〉闲谈》一文中对圣西门的主张做了详细的介绍和合理的诠释：

> 圣西门提倡社会主义，在十七世纪，当乾隆时，最激烈的叫虚无党，又叫做无政府党。虚无党起于十九世纪中叶，否定一切政治宗教之权威，主张彻底改革社会制度，使各阶级归于平等，个人有绝对之自由。其后，即有一派青年，以虚无主义者自任，组织团体，专事破坏政府组织，暗杀政府要人。俄政府对之，极为严厉，被处死刑，及流窜西伯利亚者，不可数计。一八八一年，当光绪辛巳，俄皇亚历山大第二被刺，此派活动达于最高点，此后，渐趋沉寂，一部分与社会民主主义派，及社会革命党混合，而为

---

① 曾朴：《孽海花》，上海古籍出版社，1980年版，第82页。

俄国大革命之先驱[1]。

曾朴理解的虚无党是具体的,而冒鹤亭对于俄国虚无党进行了政治意义上的具体表述,两者观点相同,都在强调提倡平等、自由,推翻封建专制统治,与中国的封建专制形成强烈对比,是中国人学习的榜样。夏雅丽为自由、平等而奋不顾身,中国官吏为个人的私利而浑浑噩噩。作者极力铺陈夏雅丽的英雄形象和事迹是对中国官吏的讽刺。外国弱女子能心系国家民族命运,而泱泱大国的男儿全无英雄气概。

小说第十六回揭开了夏雅丽的神秘面纱,作者详细介绍她的身世、从事的事业和英雄事迹。对夏雅丽出众的容貌进行了第二次具体描写:

> 夏雅丽生而娟好,为父母所钟爱。及稍长,貌益娇,而形椭圆如瓜瓤,色若雨中海棠,娇红欲滴。烟波澄碧,齿光砑珠,发作浅金色,蓬松披戍消肩上,俯仰如画,顾盼欲飞,虽然些子年纪,看见的人,那一个不魂夺神与!但是貌妍心冷,性却温善,常恨俄国腐败政治。又闻阿姊海富孟哲学议论,就有舍身救国的大志……[2]。

当作者再次描写夏雅丽的外貌时,揭开了女侠客英雄的面纱,还原了夏雅丽的娇美女子的身份。虽为纤巧女子,但怀有强烈的爱国之心。加之姐姐海富孟言传身教和熏陶,后因为遇到革命党奇女子鲁翠,遂加入虚无党,并为之拳拳效力。当她与同党人克兰斯江边携手散步,被表兄告发于其父,其母私自送她至在中国的亲戚家躲避。三年后,她坐船回国,遇到金雯青,化敌为友后,做了彩云的德语教师。

因为虚无党组织缺少活动资金,夏雅丽无奈在船上对金雯青敲诈。回

---

[1] 冒鹤亭:《〈孽海花〉闲谈》,魏绍昌编:《孽海花资料》,上海古籍出版社1982年版,第252页。

[2] 曾朴:《孽海花》,上海古籍出版社1980年版,第138页。

到柏林后，为了终生事业，她决定放弃爱情，而嫁给富有却令人厌恶的表兄，目的在于杀掉表兄后将他的财富用于虚无党组织，以解燃眉之急。夏雅丽的恋人克兰斯寻找她报仇，却遇到她枪击丈夫，并为他指路逃脱。作者讲述夏雅丽的不同寻常的故事目的在于表现夏雅丽姑娘英雄特色。

第三件英雄义举更为悲壮。夏雅丽在俄皇在温宫宴请各国公使，召开舞会的日子，持枪逼俄皇，要他答应释放国事犯和召集国会两大条件。可惜，她不幸被捕，送裁判所，被判定死刑，终为自由和民主而捐躯。

作者叙述夏雅丽的英雄事迹，似乎脱离金雯青和傅彩云的故事主线，叙事结构较松散，但为读者客观展示了她的英勇事迹，塑造了一位美貌而勇敢的西方女杰形象，突破了男性作家视野中的异域女性传统单一的形象模式。因为文化心理距离和意识形态的差别，大多数中国晚清作家对于代表先进、发达和文明的西方，持仰视的态度。因此，晚清小说中的西方形象大多呈现出平面、单一的趋势，缺少具有深度的人物刻画，很少描写其充满矛盾的复杂内心精神世界，揭示个体的精神痛苦和矛盾。但曾朴在《孽海花》中对夏雅丽的深度描写，相对于其他西方形象，应该算作比较成功的例子。作者描写出了作为女性虚无党人丰富的精神世界，尤其是她在处理爱情与革命的关系上，灵魂深处呈现出了复杂与矛盾的特性，但她能舍弃个人幸福，全身心投入到革命事业中，所以不同于现实中的女性，夏具有鲜明的个性和深刻的思想。

区别于四大谴责小说的其他三位作家，曾朴的思想相对比较先进，他的新思想倾注在对夏雅丽的塑造上，并认同和赞赏她。夏雅丽具有勇敢、机智、执着、奉献的革命精神，是作者极力赞赏之处。一方面，夏雅丽的革命思想也是曾朴本人的革命主张的表达，他也认为改造封建专制要通过革命行动来解决；另一方面，夏雅丽的革命精神是曾朴对他所生活的具体时代的深刻反思之后的呼唤，社会的变革需要夏雅丽式的英雄豪杰。处于风雨飘摇的晚清社会，国家和民族危在旦夕，京城中的各界名士为名利互相倾轧，缺失一种真正的士大夫精神，所以说，夏雅丽超越了一般西方女性形象，而是以革命者的身份在中国社会更具有觉世、救世的社会价值。

当然，夏雅丽所代表的俄国虚无党不仅仅是受到曾朴的推崇，虚无党成为一成为当时社会集体想象物，晚清进步知识分子对此都有正面意义的肯定。他们赞赏俄国虚无党，翻译有关虚无党的小说。小说家陈冷血翻译俄国虚无党小说最多[①]。他1900年翻译的《虚无党》，是最早介绍俄国虚无党的有关文献。梁启超认为"虚无党之事业，无一不使人骇，使人快，使人歆羡，使人崇拜"[②]。他又赞扬虚无党，"虚无党最后之手段，实对于俄罗斯政府最适之手段，而亦独一无二之手段也。呜呼伟哉"[③]！陈冷血言下之意批判中国专制政府之所以横行专制的原因，因为中国缺少虚无党这样的英雄组织。不仅于此，虚无党在晚清小说界受到重视和青睐，《孽海花》的始作俑者金松岑，1904年的《爱自由者撰译书》在刊登的广告中写道："此书述赛金花一生历史，而内容包括中俄交涉，帕米尔界约事件，俄国虚无党事件，东三省事件，最近上海革命事件，东京义勇队事件，广西事件，日俄交涉事件，以至俄国复据东三省止，又含无数掌故，学理，轶事，遗闻"[④]。可见，俄国虚无党并非作家们的文学想象，而是社会集体想象物。

不仅如此，各大报刊杂志也不同程度介绍俄国虚无党。在1902年梁启超主办的《新小说》第一至第五期皆刊登了由署名为"岭南羽衣女士"写的一部有关俄国虚无党人苏菲亚故事的小说《东欧女豪杰》，讲述了俄国虚无党苏菲亚的革命事迹，目的在宣扬革命。小说中苏菲亚是一位具有反抗和革命精神的女性，主张推翻封建专制，建立无政府的自由主义社会，实现真正的自由、平等和民主。苏菲亚对于处于转型期间的晚清社会，尤其是对于资产阶级改良派和革命派，具有借鉴和学习的巨大作用。

在1904年《新民丛报》的第51号上（光绪三十年七月十五日），"国闻杂评"栏目专门有对俄国虚无党之活动的介绍和评论。创刊于1903年

[①] 阿英：《晚清小说史》，江苏文艺出版社2009年版，第189页。

[②] 梁启超：《论俄罗斯虚无党》，《饮冰室文集之十五》，《饮冰室合集》第2册，中华书局1989年版，第24页。

[③] 同上书，第29页。

[④] 时萌：《曾朴研究》，上海古籍出版社1982年版，第132页。

的《浙江潮》，在1903年第7期的传记栏目，任克撰写介绍了俄国虚无党女杰沙勃罗克传，他这样评价俄国虚无党：俄国有虚无党之一团体，积无数之产业，无数之汗血，无数之爆裂，弹以死战于专制横狠之政府，杀人如麻、流血如潮，前者仆，后者继，而务必而易得自由而后已也。考其党员有贵族、有平民、有军人、有学生，而要为其神经线者，乃几个极仁慈、极温和的妙龄女儿，倾国美人为之耳他们为自由而死。

创刊于1904年，由陈冷血主编的《新新小说》第3号、4号和5号陆续介绍了不少侠客的文章，包括：东亚侠客谈、俄罗斯侠客谈，虚无党奇话、法兰西侠客谈、第8期、第9期又有侠客谈中介绍女侠客，第10期侠客谈专门介绍俄国侠客谈中的《虚无党奇话》。《月月小说》第1期专门设"虚无党小说"栏目，有知新室主人翻译《八宝匣》。创刊于1902年的《大陆报》第7期，在"史传"栏目，介绍了《俄罗斯虚无党三杰传》，开篇阐述了俄罗斯成为强国的重要原因是因为有虚无党推翻专制政治，而中国因为没有虚无党，所以衰弱。夏雅丽的英雄形象不仅是曾朴对西方女杰的独特认知，也是那个时代社会集体的想象，表达了知识分子对国家、民族的担忧，对未来中国的理想设计。

二　优雅贵夫人维亚太太

《孽海花》中，公使金雯青带着美妾傅彩云出使欧洲，结交了欧洲社会上流人物。在第十二回中叙述了彩云与欧洲"贵妇人"之间的交好。贵妇人"维亚太太"的形象作为"权利"和"身份"的象征，曾朴在小说里对贵妇人的居所进行了详细的描写，为读者展现了别有风情的欧洲景致，具有审美价值。第十二回金雯青带彩云驻节柏林，雯青等待俄皇回文，彩云到处应酬，结交公爵夫人、认识了铁血宰相的郁亨夫人，郁亨夫人又介绍维亚太太给彩云，维亚太太实际上并非一般的贵妇人，自称是"德国的世爵夫人，年纪不到五十许，体态虽十分端丽，神情却八面威风"[1]。

---

[1] 曾朴：《孽海花》，上海古籍出版社1980年版，第96页。

20世纪初中国小说中的西方形象

作者描写她居所的豪华设施来显示她的高贵身份。她邀请傅彩云去缔尔园见面，彩云也特意穿着华丽的欧式服装，打扮颇似"茶花女"。缔尔园的布置设计高贵、典雅：

> 原来这座花园，古呢普提坊要算柏林中第一个名胜之区，周围三四里，门前有一个新立的石柱，高三丈，周十围，顶立飞仙，金身金翅，是法、奥、丹三国战争时获得大炮铸成，号为"得胜铭"。园中马路，四通八达。崇楼杰阁，曲廊洞房，锦簇花团，云谲波诡，琪花瑶草，四时常开，珈馆酒楼，到处可坐。每日里钿车如水，裙屐如云，热闹异常。园中有座三层楼，画栋飞云，雕盘承露，尤为全园之中心点。其最上一层有精舍四五，无不金缸衔壁，明月缀帏，榻护绣襦，地铺锦罽，为贵绅仕登眺之所，寻常人不能攀跻①。

缔尔园景色独特，无处不显示着其主人高贵、典雅的品位。彩云被维亚太太的随从接到另外一个地方，为了保密，一路上的视线被车内的幕布遮盖。下了车，彩云看到更为壮观的景象：

> 原来一辆百宝宫车，端端正正地停在一座十色五光的玻璃宫台阶之下。那宫却是轮奂巍峨，矗云干汉。宫外浩荡荡，一片香泥细草的广场，遍围着郁郁苍苍的树木，点缀着几处名家雕石像，放射出万条异彩的喷水池。……。向里一望，只见是个窈窕洞房，满室奇光异彩，也不辨是金是玉，是花是绣，但觉眼光缭乱而已②。

---

① 曾朴：《孽海花》，上海古籍出版社1980年版，第99页。
② 同上书，第101页。

这两段景物的描写，极具异域风情特点。风景是一种文化的空间表达[①]。这两处风景正是英国皇家园林奢华的体现。英国以其强大的政治经济为后盾，文化也达到同时代的顶峰。小说中维亚太太常去的地方就是具有典型的浪漫主义风格的哥特式建筑，高耸入云的尖塔寄予了哥特风格建筑想象力和神秘感，象征着日益强盛的民族。不同于中世纪的哥特式内在风格，维多利亚时期的哥特式现代建筑不再是对至高无上神权的膜拜，而是突出社会积极向上的意义，向往个性自由的特征。英国皇家花园的盛况显示了维多利亚时期建筑的"体面"、"豪华"和"高贵"，建筑的外观大多精心雕琢，公共建筑以古典为主，后来哥特式占了优势。彩云以"他者"的审美眼光看这些异域风景，风景仅仅以审美的特性而呈现，与外在风景紧密联系的文化内涵是傅彩云很难深入了解的精神世界。作者以全知叙事的视角，聚焦的异域风景不仅呈现异域特性，而且还是英国维多利亚时期文化的显现，所以，说作者既能出乎其外，凝视异域风景，又能入乎其内，见微知著[②]。

接着，作者如此描述维亚太太的出场：

> 忽然嘤然一声，恍如凤鸣鹤唳，清越可听道："快请进来。"那当儿，彩云已揭起了绣帏，踏上了锦毯，迎面袅袅婷婷的，来了个细腰长裙、锦装玉裹的中年贵妇，不用说就是维亚太太了[③]。

作者先用特殊的声音烘托贵妇人维亚太太的隆重出场。接着描写其外形："袅袅婷婷、细腰长裙、锦装玉裹"着重表现维亚太太的优雅和高贵的气质，与彩云的放诞之美形成强烈对比。也正是彩云的独特风韵，吸引

[①] 张箭飞：《风景与民族性的建构——以华特·司各特为例》，《外国文学研究》，2004年第4期。

[②] 张箭飞：《风景感知和视角——论沈从文的湘西风景》，《天津社会科学》，2006年第5期。

[③] 曾朴：《孽海花》，上海古籍出版社1980年版，第101页。

了维亚太太，并且愿意接见彩云。维亚太太看重彩云具有天地间最宝贵"放诞之美"，邀请彩云一起照相合影。彩云也是一身西装，贵夫人打扮，"羽帽迎风、长裙窣地、袅袅婷婷"和维亚太太并肩拍照。

维亚太太是典型的19世纪英国维多利亚时代的贵族女性形象：文雅、贤惠、虔诚、纯真、顺从和柔弱。欧美女性把维多利亚时代的英国女性形象奉为自己生活的楷模，尤其是中产阶级的女性煞费苦心地按照维多利亚式的女性形象打扮自己。她们穿着窄小的紧身胸衣，装出一副纤弱无力、天真无邪的样子，形成矫揉造作的形象[①]。

维多利亚时代的女子克制自己，维护自己的贞洁，以此获得受人尊敬的地位，达到体面高尚的境界。"维多利亚"时代的社会崇尚绝对的道德和社会约束，女性地位虽然因为女王的缘故，有所提高，但还是依附于男权，法律仍然支持丈夫的统治地位。女性没有财产，也没有地位，但人性的压抑背后，妇女自我意识逐步觉醒，反对男权，所以显示出被扭曲的观点，诚如维亚太太（维多利亚皇后）所说，她欣赏彩云的"放诞之美"。但表面上，她竭力保持自己高贵的身份，和彩云打交道时候，她自己却不愿暴露自己的真实身份，也不愿彩云知道有关她的一切生活，采取遮掩的方式。她的所作所为与自己的信仰具有相悖的女性心理特点。

作者曾朴笔下的贵妇人对于全书主线的傅彩云，是认同和欣赏的态度。区别于彩云，维亚太太具有优雅、高贵、良好教养，循规蹈矩的优点，是男性视野中的女性典范，但作为典范的背后，她更崇尚个性自由，所以她对彩云发自内心的赞扬，由此可以看出她的内心世界和个人情感的诉求。她所处的特殊社会地位不允许她做出有丝毫违反社会和道德伦理的个人行为，所以，她只能压抑自我，把彩云当作自己的一面镜子，从彩云的身上映射出更多她内心深处的幻象。

作为公使夫人的彩云，年轻美貌、聪明伶俐，率性、自我，享受到了女性最大程度的自由。彩云的身上具有她非常喜欢的"野性之美"的突出

[①] 《现代女性知识辞典》编写组编写，第67页。

特点，是维亚太太所喜欢的性格，这种超阶级和民族的心理特征表现了贵妇人对美好人性的热爱，和对自由的真诚向往。从形而上的角度来理解和分析，这种心理是生命感觉的伦理诉求[①]，满足了她对美好生命的渴望和想象，也就是审美的情感需要。

三 情深意切的烈女形象

西方女性在《孽海花》中呈现出多样性，从女英雄到皇室贵妇人，又涉及到为爱牺牲个人幸福的烈女形象的描写，这也是曾朴小说《孽海花》的文学艺术所在。在小说的第三十一回和三十二回，作者讲述了两位外国女子嫁给中国风流倜傥的留法青年陈骥东的故事。两位忠贞于爱情的女子，她们先后为爱情不惜离开故土，追随她们的意中人，却被她们放荡风流的丈夫，所谓的中国名士陈骥东不专的感情所伤害。她们不期而遇，法国妻子要为爱要求决斗分胜负，英国女郎不辞而别，离开中国。作者讲述两外国女的故事，旨在讽刺中国名士陈骥东。诚然陈骥东与两位西方女子因为文化差异而形成对婚姻的不同理解，但人性的善与恶在不同文化中还是具有相同之处。

这则故事的主人公中国人陈骥东，本是留法国学生。在法国时，与一名法国女郎，名叫佛论西的女子恋爱，并结为夫妻。骥东学成回国后，得到威毅伯的赏识，在幕府里办理海军事务，常被派遣出洋接洽外交。一次，他被派遣去伦敦购买船只，他把三十万银子全花在英国的交际上，并写了本《我国》的书，英国姑娘玛德爱上他，随他来中国。骥东受到威毅伯的惩罚，在北洋站不住脚，带着两个外国夫人到上海隐居，各自分开居住。法国夫人被隐瞒他的第二次婚恋，后终于被发现，两人发生冲突。她在英国姑娘玛德的寓所发现实情，告诉了玛德的一席话：

我叫佛论西，是法国人。你爱的陈骥东是我的丈夫，我也爱

[①] 刘小枫：《沉重的肉身》，华夏出版社2007年版，第4页。

他，那么我们俩合爱一个人了。你要是中国人，向来马马虎虎的，我原可以恕你。可惜，你是英国人，和我站在一条人权法律保护之下。我虽不能除灭你心的自由，但爱的世界里，我和你两人里面，总多余了一个。现在只有一个法子，就是除去一个①。

她遂掏出两支手枪，一支推给玛德，很温和地说她们俩谁该爱骥东，凭他来解决罢！玛德大哭。有客人来找骥东，佛论西驾车奔走，到衙门告状。玛德姑娘留下了一封信，便不辞而别，坐船回国，她给骥东的信件情真意切，感人至深。

骥东我爱：你想罢，他们为了你社会声望计，为了你家庭幸福计，苦苦的要求我成全你。他们对你的热忱，实在可感，不过太苦了我了！骥东我爱：咳！罢了，罢了！我既为了你肯牺牲身分，为了你并肯牺牲生命，如今索性连我的爱恋，我的快乐，一起为你牺牲罢了！……②。

作者塑造了两位情真意切的烈性女子，没有对佛论西和玛德两位西方女性形进行详细的外貌描写，但通过各自在所谓的爱情问题上的态度和行为，我们不难判断出两位刚烈女子的性格特点。相对于其夫陈骥东的行为，两位西洋女子的高贵品质跃然纸上。法国女为人权而斗争，英国女为爱情而选择离开。这是中西两种文化冲突下，文化价值观的对抗。西方文化下，人具有的至高无上的权利，视爱情必须具有坚贞和唯一性。中国传统文化下，男权允许"妻妾成群"，当中西文化出现尖锐的矛盾后，两种文化无法调和。作者在此，有意强调中国人的两女侍一男的扭曲婚姻观念，也就是说，作者看到西洋两位女子在道德和爱情的抉择中，只能选择其一，这

---

① 曾朴：《孽海花》，上海古籍出版社1980年版，第314页。
② 同上书，第318页。

是对人权的尊重。而自我本土文化中女子毫无权利与命运抗争。从文本中，作者曾朴对于两位西方女子持赞赏和同情的态度，对于具有"双重身份"①的陈骥东显示出了鄙视的态度。陈为名士，但贻误国家大事，行为放荡，用情不专，毁国败家之人。

综上述，曾朴笔下的夏雅丽、维亚太太、佛论西和玛德在《孽海花》故事情节中所展示的三种不同类型的西方女性形象，意在勾勒出西方社会中不同身份的女性，展示一个全景式的西方女性世界。他在审视和想象作为"他者"的"西方女性"时，也在进行着"自我"的反思。

从曾朴的独特人生经历上来考察，他在创作《孽海花》之前，曾经花很大的精力学习法语，专心研读法国文学，后来又从事法国文学的翻译。所以他在研究法国文学的同时，也逐渐地了解并接受西方文化，近代法国启蒙思想观念也会被纳入曾朴的思想体系中。他反对社会、宗教和政府的独裁专制，主张理性、公平和自由，所以针对19世纪末中国知识分子改良运动提出的妇女解放问题，他很可能为此有意识地在《孽海花》中大篇幅书写女性的正面形象。

第二节 不同的西方男性形象

《孽海花》中的西方男性人物形象更具有个性，不光丰满而且深刻，与小说中滑稽可笑、伪善、虚荣的中国名士们形象形成明显的对比，具有讽刺的艺术效果。

《孽海花》的主人公被作者讽刺的"名士"是以新科状元金雯青为代表，他表面满腹经纶，内心黑暗。金榜题名后，抛弃送他赶考的烟台旧识梁新燕，到了京城为官，结识了一班朝廷命臣，京城名流。这些所谓的"名士"不顾国家安危，北京城内依旧歌舞升平。他们尔虞我诈、胆小怯懦、古板僵

---

① 陈骥东有过留学的经历，也是中国名士。

化、附庸风雅、滑稽可笑，优柔寡断。而金雯青处处小心，一心爱国，任公使期间，悉心寻找国外地图，回国后却因制作地图的偏差而被小人弹劾，终日郁闷致死。《孽海花》中作者塑造了西方男性形象，具有刚强、勇敢、仗义的侠士特点。

一　德国瓦德西

作者笔下的瓦德西，率性、真诚、温情、勇敢，与小说中作者塑造的一系列中国高级知识分子形成强烈的对比。作为"他者"的瓦德西是中国士阶层的一面镜子，反衬出饱读经书、科场出身的中国官员的无能、自私、虚伪、阴奉阳违等劣根性。

瓦德西在小说中共出现过三次。第一次出现在德国，维亚太太邀请彩云去的缔尔园，作者对瓦德西进行了肖像描写：

> 彩云一只纤趾正要跨进，忽听咳嗽一声，抬头一看，却见屋里一个雄赳赳的日耳曼少年，金发赪颜，丰采奕然，一身陆军装束，很是华丽。见了彩云，一双美丽而秀的眼光，仿佛云际闪电，把彩云周身上下打了一个圈儿[①]。

作者用传神的语词描写了瓦德西的外表和神态。仪表堂堂，英姿勃发的外表，他与美丽的彩云初次相见，便眉目生情。

第二次出场是在驻俄国使馆里，彩云饭后，雯青下楼到书屋，做他的《元史补正》。彩云闲来无事，在楼上等待俊俏男仆阿福出现，一边抽烟，一边往马路上顾盼。她又看见了瓦德西：

> 忽然东面远远来了个年轻貌美的外国人，……，只见那少年面上很惊喜的，慢慢踅到使馆门口立定了，抬起头来呆呆的望着

[①] 曾朴：《孽海花》，上海古籍出版社1980年版，第99页。

彩云①。

两人都年轻貌美,互生爱恋之情也算是情理之中的事。

第三次出场是彩云丢失金簪之后,被瓦德西捡到,他送信到彩云住的使馆,约彩云在俄罗斯大好日送还。彩云吃完饭后,手执咖啡,在阳台上站着,忽然听见楼下一片混乱,原来是瓦德西因捡到彩云的簪子,被巡捕拉住。瓦德西与两巡捕打斗,轻轻一扬手,两个巡捕像球一样被抛出去,再往外一掷,他们像朝天馄饨一样。这一出打斗场面,写得极为精彩,尽显出英雄高超武功和不凡气度。

> 彩云只是怔看那少年,见少年穿着深灰色细毡大袄,水墨色大呢被褂,乳貂爪泥的衣领,金鹅绒头的手套,金钮璀璨,硬领雪清,越显得气雄而秀,神清而腴②。

瓦德西因为拾簪、送簪,和彩云建立了关系,并开始交往,却不能经常见到彩云。他看到金雯青任公使期满,将要回国,心中十分惆怅。不久他本人也接到本国陆军大将打给他的电报,令他即日回国,他只好写封信留给彩云,信的内容情深意长,缠绵感人:

> 彩云夫人爱鉴:昨日读日报,知锦车行迈,正尔伤神;不意鄙人亦牵王事,束装待发。呜呼!我两人何缘慳耶!十旬之爱,尽于浃辰,别泪盈杯,无地可洒,期于叶尔丹园丛薄间,作末日之握,乃夕阳无限,而谷音寂然,林鸟有情,送我哀响。仆今去矣,卿亦长辞!海涛万里,相思百年,落月屋梁,再见以梦,亚鸿有便,惠我好音!末署"爱友瓦德西拜上"③。

---

① 曾朴:《孽海花》,上海古籍出版社1980年版,第125页。
② 同上书,第131页。
③ 同上书,第156页。

从书信中看到瓦德西儿女情长的柔情一面。

在真美善书店发行的三十五回版本的《孽海花》中，有关瓦德西的描写章节仅限于此，但从曾朴与金松岑一起拟定的《孽海花》六十回回目"夜宿仪鸾曹梦兰从头温旧梦"，"片语保乡闾二爷仗义"中可以看到，瓦德西还出现在拟定小说四十回和四十一回中。他在义和团运动期间，被委任为联军的统帅，进驻北京后，与改名为曹梦兰的傅彩云又恢复旧情。赛金花被塑造为一个具有爱国之心的中国人，劝告瓦德西命令统率下的联军减少杀戮、伤害中国百姓，收敛暴行。这也算作是傅彩云的一片爱国之心，比那些胆小怕事、惧怕外国人、一心崇洋媚外的某些清朝官员，令人赞叹。

作者运用生动、传神的语言，对瓦德西从外貌到行为举止进行了深刻入微的描写。瓦德西不仅气质不凡、相貌凛然，而且"柔肠侠骨"，一系列行为具有典型欧洲的骑士风度和中式文人吟哦嗟叹的特质。瓦德西的形象兼具中西文化的优秀因子，是作者乌托邦想象中的人物，与傅彩云的故事承袭"英雄爱美人"的模式。

瓦德西丰满的人物形象背后寄托着作者曾朴对中国社会的审视和自我反思。从曾朴的经历来看，他绝非传统的迂腐文人，他憎恶官场、痛恨朝廷的腐败和无能，追求"真善美"的道德价值，具有现代意识的新型知识分子。另一方面，曾朴潜心于法国文学的研读和翻译，尤其喜好法国浪漫主义时期的文学，在译介法国文学的同时，他不可能不受到法国文学，尤其是浪漫主义文学崇尚情感特性的影响。他大量译介法国文学巨匠雨果的作品，如《克伦威尔》等具有强烈的反封建、反教会的战斗精神的作品，雨果的高尚人格和品质一定对曾朴有深刻的影响。曾朴在译介雨果作品的过程中，会或多或少地领会了雨果的精神内核，自觉或不自觉地传承了雨果的文学观念和文学精神。

瓦德西的形象是曾朴《孽海花》中的圆形人物，形象丰满，性格复杂，既有书生的绵绵情意，又有将帅的男性阳刚之气，被德皇委以重任，作为联军进驻北京的统帅。曾朴塑造瓦德西的完美形象寄托了他的某种美好幻像。瓦德西是《孽海花》名士的一面镜子，对比之下，小说中的晚清名士缺少瓦德西男性刚毅的气质，和小说中状元金雯青的懦弱形成强烈的对比。

二 日本浪人

《孽海花》中的日本浪人形象可谓是打破了单一的地域范畴中的西方形象的格局。日本国因为与中华文化具有很深渊源的缘故，加之地域上和中国为邻，书写日本人的故事，也是对"自我"形象的近距离审视。

19世纪60年代，日本在"明治维新"后逐渐走入富强。日俄之战证明了日本国力的强大，尤其是中日甲午战争的胜利让中国维新人士惊讶日本国的巨大变化。对于日本富强的成功经验，和自我"百日维新"改良运动的失败，中国晚清知识分子对此有较深刻的反思。梁启超逃亡日本期间，发表了《新民说》。他认为，国家的富强与国民有至关重要的关系，"欲其国之安富尊荣，则新民之道不可不讲"[①]。群众的愚昧、落后和不觉悟是"新国"的最大阻碍。"启蒙"遂成为时代的主旋律之一，培养具有平等、民主的资产阶级思想的国民被知识分子普遍接受和认同，所以，小说创作的目的之一也在于"新人心"和"新人格"。如何通过小说"新民"，是作家在新小说中绕不开的话题，所以，借鉴异国"他者"形象来建构理想中的"自我民族形象"。

曾朴的一生，主要致力于民族启蒙事业。他思想先进、思维开阔，与传统的士大夫不同，他超越于本民族文化的束缚，能以较开阔的视野看待异族文化特质。他虽未亲临东瀛，但熟悉经由日本传播到中国的欧美文化，而且有选择地接受和认同异国文化的精粹。在小说创作中，曾朴会不自觉地通过艺术创造，塑造具有启蒙意义的西方形象。在《孽海花》的第二十八回中，作者详细地讲述了有关日本浪人的独立特行的故事。

小说中，日本浪人小山六之介以一个刺客的形象在刺杀中国官员威毅伯。威毅伯到日本去和谈，在马关和日本外务省伊藤、陆奥在春帆楼会晤。会上，他要求日本停战，日本人不答应，他闷闷不乐走出春帆楼，正在叹

[①] 梁启超：《新民丛报》，1902年，第1号。

气之际，遭遇到少年日本浪人的袭击，那人便是日本浪人小山六之介。

　　作者由此开始叙述小山六之介与其兄长小山清之介的不凡故事。他们两个出生在遥远的海边山岛的田庄人家，读过几年书，父母双亡。两人的共性都是在海边长大，胆大而不怕死。哥哥性格乖觉、疯癫、好酒；弟弟偏激、骄矜、好赌。兄弟俩走入社会后，受到现实的打击，赚到的钱不够喝酒和赌博。哥哥因为嫖妓染病，遂生杀死妓女花子的念头，但后又放弃行凶的想法，只想自杀。自杀之前，打算约见其弟，其弟鼓励兄长不能自杀，也不要怕讥笑、憎厌和痛苦。弟弟责问哥哥：

　　　　死倒没有什么关系。不过哥哥自杀的目的，做兄弟的实在不懂！怕人讥笑吗？我眼里就没看见过什么人！怕人家憎厌我吗？我先憎厌别人的亲近我！怕痛苦吗？这一点病的痛苦都熬不住，如何算得上武士道的日本人[①]！

　　这番话刺激了哥哥小山清之介，使他放弃了自杀的念头。第二天，他又看了一部电影，受电影情节启发，他打算离开日本，到中国去做间谍，拼命去侦探一两件重大秘密，为中日战争的日方做贡献。恰好，日本参谋部正有一个盗窃一二处险要地图的计划，他在天津给其弟写了一封信，说明去向，而且还交代，如果被杀，请他复仇。随后，清之介受参谋部的秘密委任，去偷盗中国海军基地旅顺、威海和刘公岛设备地图，下女花子也随他一起做侦探工作。清之介打听到地图保存的另外一份在丁羽公馆，便与丁府总管结识，用酒灌醉总管，偷到钥匙，盗窃走地图，直接丢给墙外的花子。地图被他们制成两份，一份用最薄的软绵纸套画成，把图纸缝在衣裤里，另一份原图，他放在箱底，准备带回国。不料，在码头被缉获，他立即被枪毙。花子把三张副图裁小，用极薄的橡皮包成六个丸子，用线穿着，然后吞到肚子里，线头含在嘴里。地图被花子带回国，地图起了不

---

① 曾朴：《孽海花》，上海古籍出版社1980年版，第272页。

小的作用，但花子的生命危在旦夕。

弟弟小山六之介得到其兄被清国威毅伯杀害和下女花子的忠诚事迹的消息后，非常气愤，不顾别人的劝阻，决定报仇。听说威毅伯果真来到日本，打算去暗杀，小山六之介被追到，进行了判决。中日和谈局势也因为威毅伯的受伤而扭转，日方答应和议，马关条约很快拟出了大纲。

这则故事里，作者塑造了小山清之介和六之介兄弟两人所代表的日本浪人的形象，他们两个都典型的日本武士道精神，他们的人性中显露出凶残、刁蛮等负面特点。但另一面，他们以生命为代价，情愿舍身报效其国家。纵观《孽海花》全篇的结构，本章节的确如前人所述，具有故事拼凑的不连贯性，但从纯艺术的角度来考察，作者采用了西洋小说注重人物心理活动描写的独特手法，将哥哥小山清之介染病之后，准备自杀前的精神痛苦刻画地淋漓尽致。他诅咒疾病传播者花子，又进行自我鞭笞，生不如死的巨大痛苦无以排解，报效国家成为他解脱痛苦的唯一途径。从而走出小我，走进大我，投身于本民族的事业。第二点，作者在叙述过程中，对于弟弟小山六之介劝解其兄的一段描写非常精彩，这也是作者特意安排此故事情节的意思所在，目的在于介绍日本"武士道"精神精髓，揭示"武士道"精神的全部内核。

小说中日本浪人两兄弟所具有的这种英雄精神特质象征了日本文化中具有大和魂精髓的"武士道"精神。日本浪人并非纯粹想象，而是一段历史的真实记载，有关资料对日本浪人有所记载：

> 日本浪人是十九世纪八十年代到二十世纪中叶日本帝国主义侵略亚洲的一支别动队。最初主要是由破产的封建武士乔装"国士"、密探、爪牙，后来也有一些流氓政客，野心家和荒尾精、根津一等，以"大陆派"自居。二十世纪初，他们当中除个别援助孙中山者外，几乎全部成为日本侵略中国和朝鲜，破坏亚洲各国革命的重要特务势力，影响着日本政治转向法西斯化。最有名

的浪人头目有平浩太郎、头山满、川岛浪速等①。

以上文字是站在本国的立场上对"日本浪人"进行了更多意识形态层面的负面表述。诚然,"日本浪人"对于中国的革命事业具有破坏性,但其独特的身份与其本国特定的历史、社会具有必然联系,在日本国被视为英雄。

日本传统文化尚武,推崇"武士道"精神,勇敢、义气、忠心,讲究气节,勇于献身。另一方面,日本武士道也表现出人性的凶残和暴虐,与中国传统儒教文化相对立。曾朴在《孽海花》中记叙了日本浪人舍弃自我,勇于献身,在中日甲午战争中起到了打探军事情报的故事。一方面表明了他们为了本民族的利益,不顾个人安危,不惜牺牲个人的生命,全心效力于大和民族事业的奉献精神。另一方面,也表明作者在特殊的历史语境下对日本"武士道"精神的赞同和想往,因此"武士道"精神不仅象征大和魂,而且是作者冷峻审视本民族之后的反思。"武士道"精神为中国人所缺失的重要品质之一,想要强国,国民意志必须强大起来,这个观点是晚清知识分子的共识。梁启超在《中国之武士道精神》《自叙》一文中,大力鼓吹"武士道"精神在当下中国的必要性。

> 今者爱国之士,莫不知奖励尚武之精神之为急务,……吾故今搜集我祖宗经历之事实,贻最名誉之模范于我子孙者,叙述始末,而加以论评,取日本输入同行之名词,名之曰中国之武士道,以补精神教育之一缺点云儿。呜呼!我同胞兴!兴!!兴!!!②

梁氏高声疾呼尚武精神是当前社会紧急要务,强调尚武是中华民族传统之一,如今要振兴民族,必须推广中国之武士道精神。只有这样,国家

---

① 张颖:《什么是日本浪人》,《历史教学》1984年第8期。
② 梁启超:《中国之武士道·自叙》,《饮冰室专集之二十四》,《饮冰室合集》第7卷,中华书局1989年版,第23页。

才能兴盛。他连用"兴！兴！！兴！！！"的感叹语词，加强语气，表达了他对中国之武士道极其强烈渴望的感情。

1904年在梁氏主办的《新民丛报》从第四十四期到第五十期的图画页上集中介绍了日本诸多军队将领，诸如日本海军军令部长伊东佑亨子、日本第一军司令官黑木大将等几十位日本将领，并且在这几期杂志上集中介绍日本和俄罗斯军国人物和日俄战争有关话题。

杨度也在为梁氏《中国之武士道精神》一文做的序中，对日本的武士道也极为赞赏，认为日本的强大直接归功于"武士道"精神。同时，他为武士道精神在中国的缺少而感到痛心，如果不重视武士道，中国就会有亡国灭种的危机。

> 日本之武士道，垂千百年而愈久愈烈，至今不衰。其结果所成者，于内则致维新革命之功，于外则拒蒙古、胜中国、并朝鲜、仆强俄，赫然为世界一定国。
>
> 而中国的武士道自汉以后，风气歇灭，反而懦弱。至今欧美各国合而图我，人为刀俎，我为鱼肉，国民昧昧冥冥，知之者不敢呻吟，不知者，莫知痛苦，柔弱脆懦，至于此极[①]。

在《杨叙》的结尾，他再次强调"武士道"对于中国社会生死存亡的紧密关系，他期望中国能和日本一样，雄踞于东方，成为黄色人种的典范。

> 国民乎！其有以武士道之精神，兴四千年前置任务，后先相接，而发大光明于世界，使已死之中国，变而为更生之中国，与日本之武士道同彪炳于地球之上，成为黄种中第一等国之国民乎[②]！

[①] 杨度：《中国之武士道·杨叙》，《饮冰室专集之二十四》，《饮冰室合集》第7卷，中华书局1989年版，第5页。

[②] 同上书，第14页。

在另外一篇序言，《蒋叙》中，"武士道"精神更是为作者大加赞扬之精神，日本战胜强国俄罗斯的原因在于武士道，武士道精神使得日本走向世界强国之列。

> 彼日本崛起于数十年之间，今且战胜世界一强国之俄罗斯，为全球人所注目，而欧洲人考其所以强盛之原因，咸曰由于其向所固有之武士道，而日本亦自解释其性质刚强之元素，曰"武士道"，武士道，于是其国之人，咸以武士道为国粹，今后益当保守而发达之①。

所以说，日本"武士道"精神不仅仅为曾朴所倡导，而且还是中国社会集体的想象物。晚清知识分子肯定"他者"的文化精髓，也是以此为蓝本，借鉴异域文化的优良文化因子，振兴自我民族精神，发扬自我文化的特长，达到富国强民的目的。

不仅如此，日本人也认为中国发扬"尚武"精神的重要性。1898年，梁启超在日本横滨创办的《清议报》，以"主持清议，开发民智"为基本内容。第1期登载译东京朝日新闻的《支那改革案》一文，日本志士开篇一针见血指出支那之弱的原因："支那之弱，其故不一。军政之不整。与八股之锢才。此其病根也。……支那兵政，若训练得宜，则足以保卫其国，而缉肃内外也。……然国势已蹙，练兵一事实为急务"②。他谈及日本明治维新的成功经验之一也是得益于强兵，中国要改变积弱，也必须改变兵政，面临西方各强国的侵略，武力可以保家卫国。

创刊于1901年的《国民报》第4期"丛谈"栏目登载《历史上有名之尚武国》一文，开篇就谈到国之尚武的必要性。"凡国之奄奄垂病，频于死亡者，或见亡于人，垂头俯首，永为人奴，而不克自振者，皆因其民

---

① 梁启超：《中国之武士道·蒋叙》，《饮冰室专集之二十四》，《饮冰室合集》，第7卷，中华书局1989年版，第2页。

② 《清议报》，1898年，第1期。

缺尚武之风气也，唯尚武始；重自由唯尚武始；求独立唯尚武始；有爱国心唯尚武始；有不甘于人下之气概。今俄德日本之所以强盛，中国、埃及之所以衰亡，岂他故哉？尚武不尚武之别耳"①。

基于以上国内外对于"尚武"精神的重视程度，我们可以推断，曾朴在《孽海花》中塑造的小山清之介兄弟两人所代表的日本浪人，表现出来的"义、忠、勇"的日本武士道精神，的确是作者对于晚清中国社会的积弱原因思考的结果。日本"明治维新"的成功，使得日本跃居为东方强国，而中国仿效日本改良运动的"戊戌变法"却以失败告终，失败的根本原因是20世纪初知识分子苦苦思索的焦点。中国文化素以重文为传统，科举制度以文选取栋梁之材，民族出现危难之际，武力被认为是解决实际问题最有效的办法。当知识分子面临国家被西方列强侵略和瓜分的关头，认为日本"武士道"精神是抵御外族侵略，决定民族强大、昌盛的重要因素，所以，《孽海花》第二十八回中，作者有选择地插入了有关"日本浪人"小山清之介兄弟两人的故事。

第三节　迷醉温柔乡

中国人久居中原，深受儒家文化的浸淫，性格趋于保守、封闭。第一批走出国门，迈向西方的有志之士看到真正的西方世界充满了新奇、浪漫之事物，从奇特的自然风光到具有西方文化特点的社会风俗，无一不是呈现出绚烂多彩的特点。

巴柔在《形象》一文中视异国情调为对他者文化中风景秀丽的棕榈树、海滩，以及自然区等异域美景和风情的描写。此类异国情调表现为断裂的空间，显示出美景与观察者的距离②。《孽海花》的作者在讲述有关金雯

---

① 《历史上有名之尚武国》，《国民报》1901年第4期。
② [法]巴柔：《形象》，《总体文学与比较文学》，孟华译，孟华主编：《比较文学形象学》，北京大学出版社2001年版，第180页。

青担任驻德国和俄国的大使期间的故事情节中,以雯青和彩云作为对异域风情的视点,展现了不少有关西方社会风俗的场景和画面。作者以审美的视角、细腻的笔触、诗化的语言,详细地描绘了色彩斑斓的西方文化,包括赛花会、拜见西方国家皇帝的场面和观看宗教节日的盛况。

在小说的第三回中,各国领事馆开赛花会,雯青和友人来看盛况:

> 踏着一片绿云细草,两旁矮树交叉,转过数弯,忽见洋楼高耸,四面铁窗洞开,有多少中西人倚着眺望。楼下门口,清漆铁栏杆外,复靠着数十辆自有车。走进门来,脚下法兰西的地毯,软软的足有二寸多厚。举头一望,但见高下屏山,列着无数中外名花,诡形殊态,盛着各色磁盆,列着标帜,却因西字,不能认识。内有一花,独踞高座,花大如斗,作浅杨妃色,娇艳无比。粉丝细垂如流苏,四旁绿叶,仿佛车轮大小,周围护着。四周小花,好像承欢献媚,服从那大花的样子。问着旁人,内中有个识西字的,道是维多利亚花,以英国女皇的名字得名的①。

作者采用了空间顺序描写赛花会的场景,从近到远,至下而上,然后聚焦于色彩艳丽的鲜花丛。鲜花是赛花会的主角,周围的景物用来烘托盛会的气氛,为各种不同的鲜花做铺垫。在诸多鲜花之中,作者突出描写了被称作为"维多利亚"的名花,"独踞高座,花大如斗,作浅杨妃色,娇艳无比,粉丝细垂如流苏,四旁绿叶,仿佛车轮大小"。在百花丛中,"维多利亚"花显出极为尊贵的品质,具有特殊象征意义,隐喻了维多利亚时期,强大的英国在欧洲乃至世界的独尊地位。

风景是人类境遇的彰显②,赛花会盛况也正是"他者"视野下西方繁荣景象的象征。"绿云细草"、"洋楼高耸"、"法兰西地毯"等意象再

---

① 曾朴:《孽海花》,上海古籍出版社1980年版,第14页。
② 张箭飞:《风景与民族性的建构》,《外国文学研究》2004年第4期。

现了19世纪欧洲工业革命之后的社会一派欣欣向荣的繁华景象。

寄情山水,涉足大自然,是中国古代文人墨客的雅趣,所以出使西国,留意和观赏西方奇花异草是中国人在西方最直观的感受。从斌椿、张德彝到王韬、郭嵩焘等人在其游记中都提到了西方花园和公园里灿烂多姿的花卉。斌椿在其《乘槎笔记》中记录他在伦敦的游园见闻:"树木之大者以千计,皆百余年物……花之娇艳者,罩以玻璃屋……其中五色璀璨,芬芳袭人。可识者,秋海棠高二尺许,丰韵俨然。红白茶花,似江右产。月季、杜鹃、芍药、鱼儿牡丹,皆大倍常"[1]。这些花是他们不常见的品种,让他们记忆深刻。

志刚在其《初使泰西记》中记载他在美国花园见到的景象,"又至大花园,其花草品汇最多"[2]。因此,可以看出园林是西方文化非常重要的一部分,侍花弄草是典雅生活的不可缺少的内容。

《孽海花》中雯青和彩云在沙老顿布士宫觐见德国皇帝,对德皇住的地方四周环境也进行了详细描写:

> 那宫却在一座森林里面,清幽静肃,壮丽森严,警兵罗列,官员络绎。彩云一到,迎面就见一座六角的文石台,台上立着个骑马英雄的大石像,中央一条很长的甬道,两面石栏,栏外植着整整齐齐高的塔形低的钟形的常绿树。从那甬道一层高似一层,一直到大殿,殿前一排十二座穹形窗,中间是凸出的圆形屋。彩云走近圆屋,早有接引大臣把彩云引上殿来。却见德皇峨冠华服,南面坐着,两旁拥护着剑珮铿锵的勋戚大臣,气象很是堂皇[3]。

这段文字犹如舞台上的场景,详细地展现了德国皇帝的住所和觐见皇帝的仪式。皇宫的特别景物突出了其威严、有序的特点,建筑风格独特,

---

[1] 斌椿:《乘槎笔记》,钟叔河编:《走向世界丛书》,岳麓书社1985年版,第116页。
[2] 志刚:《初使泰西记》,钟叔河编:《走向世界丛书》,岳麓书社1985年版,第352页。
[3] 曾朴:《孽海花》,上海古籍出版社1980年版,第103页。

具有古典式建筑的威仪之气势。文石台的骑马英雄大石像是权力的象征，台阶是政权等级的标志。觐见俄皇的仪式与觐见中国的皇帝颇有很多相似之处，皇帝穿着华丽、并且面南背北，朝臣位居两旁，由接引大臣带路面见皇帝。皇帝却不似中国皇帝一样，等级森严，而是亲切含笑，对彩云和蔼、亲和。

从特殊场景的描写来看，觐见的皇宫和周围的氛围已经被作者进行了中国本土化的想象与西方风土人情特点的整合。呈现了中国皇帝上朝、文武百官站立两旁，庄严而神秘。但皇帝亲切与彩云答话的方式，又是西方以天赋人权为核心内容，资产阶级民主制度和思想的体现。

在《孽海花》的第十五回，作者以"复活节"作为故事事件发生的场景，这种现象在晚清小说中比较少见。第一，具有典型意义的西方节日大多数与宗教有关，中国晚清作家对宗教的认识是浅表的，作家不会深切体会到西方宗教节日的精髓，往往以旁观者的视角漠视。到1900年为止，西方的宗教在东方的传播虽然已经有了三百多年的时间，但部分中国人对西方宗教接受的时间并不长，而且是站在世俗化功利主义的角度被动接受。西方的宗教除了在统一西方伦理道德方面起到了一定的规范作用，也是西方文化最重要的一部分，反映了西方人的精神生活。人们庆祝丰富多彩的宗教节日，不但具有宗教色彩，还是他们精神风貌的体现。19世纪末20世纪初的西方各国，大部分已经完成工业革命带来的经济飞速发展，经济繁荣，同时也遭遇到前所未有的精神危机。第二，中国晚清作家对于西方的认识没有深入到文化层面。

"复活节"的庆祝规模仅次于"圣诞节"，为"耶稣"重新复活，回到天父的身边的纪念日。西方人相信，耶稣的复活会拯救受难的人类，所以，这个节日以喜庆为主要色彩。《孽海花》第十五回，作者描写"大好日"的盛况，为彩云和瓦德西的相会做铺垫。

俄国叫做大好日，家家结彩悬旗，唱歌酗饮。俄皇借此佳节，择俄历初九日,在温宫开大跳舞会,请各国公使夫妇同去赴会。①

这日晴曦高涌,积雪乍消,淡云融融,秋风拂拂,仿佛天公解意,助人高兴的样子,真个九逵无禁,锦彩交飞,万户初开,歌钟互答,说不尽的男欢女悦,巷舞衢谣。各国使馆无不升旗悬彩,共贺嘉辰②。

作者以诗化的语言描写了俄国"复活节"的盛况,节日弥漫着喜庆、轻松、优美和欢乐的气氛。作品中的节日并非全部真实的西方节日实况的反映,而是明显带有本土化的"中国色彩"。中国文化中的节日,往往会"家家结灯悬彩、唱歌酣饮",文学作品中还会描写成"天公作美、风和日丽"等天气,所以说曾朴笔下的俄国大好日是作者美好的想象。

西方"复活节"是西方最重要的宗教节日之一。在"西学东渐"的时代背景下,对于西方和西方文化,中国知识分子是有选择性地接受,以实用功利性为主要出发点,去接受与本文化比较相近的思想观念。

第一批走出国门的中国人在游历西方世界时,对于具有西方宗教色彩的景物也是特别留意。张德彝随斌椿父子第一次旅行时,在其《航海述奇》中对教堂有过详细的描写。礼拜堂是"极高无楼,屋宇百间,不见梁柱,四壁皆大石建造"。

他还描写了教师的形象"皆青色窄袖长服,腰围扁带,宽檐遍帽",教堂里的修女的打扮"亦服青色长衫,大领阔袖,无肥裙,腰围扁带,上挂念珠与小铜十字架,横戴斗形白布帽于头,前敞后包,左右遮蔽,以令其目不斜视"③。神父和修女的形象以及教堂独特的建筑让张德彝感到吃惊。

总之,曾朴笔下的西方形象呈现出正面的特点,是作家个人以及社会集体想象物。曾朴所处的时代是新旧交替的世纪,外国思想、文化源源不断已经进入中国,并且被先进的,具有现代意识的知识分子士阶层所认同

---

① 曾朴:《孽海花》,上海古籍出版社1980年版,第128页。
② 同上书,第129页。
③ 张德彝:《航海述奇》,钟叔河编:《走向世界丛书》,岳麓社1985年版,第569页。

和接受。曾朴，作为传统与现代的知识分子，具有强烈的忧患意识，对国家和民族的命运有着深切的关心，文学作品会自觉地表现出他的思考。他对西方的态度不再是一味地拒绝，而是有选择地接受，并且能发现西方文化中优秀的因子，通过文本介绍进来，具有启蒙的作用。

《孽海花》中塑造的西方形象具有典型性、多样性和复杂性，呈现出了西方形象的具体特点，基本上真实地再现了他对西方的认识，不仅表达了他个人的主观愿望和文化心理，而且还反映了20世纪初中国社会知识界对西方认知的共同幻象。

作者对三类想象中的西方和西方形象分别从不同的维度，不同的层面进行了详细生动的刻画和深度的剖析。人物形象具有很强的文学性，避免了扁平式人物的单一性和平面性。作者塑造这些西方形象并非是对现实的简单复制，而是经过对他所处时代冷峻审视和反思后的理想再现。作为西方文明的象征，西方和西方形象在小说中是作者对于本民族精神缺失所反思的结果：富民强国需要夏雅丽式的女英雄，为自己国家民族奉献生命的小山清之介；作者所塑造的西方人物形象意识形态化。维亚太太、德国名将瓦西德以及玛德等形象具有审美特点，是作者乌托邦想象中的人物，寄托了作者对人性真善美至高境界的追求。第三类，作者以细腻的笔触，散文化的语言，描述了充满异域情调的景物和假日，表现出作者对美好生活的向往。

作者笔下的西方形象带有明显的时代烙印。曾朴在撰写和修改《孽海花》期间，中国社会发生了天翻地覆的变化。而曾朴所生活的这一时期，是中国最为动荡的年代。他饱学多见，眼界开阔，在思想方面与旧式文人发生了很大的变化，不再是带有强烈的封建色彩，而是经历了"欧风美雨"的渲染。所以，他笔下的西方形象与晚清其他谴责小说家有本质上的区别。他以更广阔的视野打量社会，以批判的意识来审视落后的"自我"。

不同时间段，对曾朴思想的评价褒贬不一。前人研究曾朴思想，认为他有自己的政治取向。他同情改良派和革命派，也不反对洋务派[1]；笔者

---

[1] 裴效维：《近代文学研究》，北京出版社2001年版，第495页。

比较同意五四前后至40年代研究者的观点，从文学家的角度分析，认为曾朴确实是赞助革命，注重西学。

这在《孽海花》文本中西方形象的分析和解读中很清楚看到作者对俄国虚无党女革命者夏雅丽持赞赏的态度，即使对赋予反面角色的日本浪人的尚武特质，他也给予了某些肯定，与新科状元金雯青的软弱、无能和其妾放荡的品性形成强烈的对比。所以，得出结论：曾朴政治觉悟高于吴趼人和李伯元，他是位站在20世纪初中国社会急剧转型的浪尖，放眼看世界，心怀天下的读书人。

第六章　女性解放小说中的西方形象
——以颐琐小说《黄绣球》为例

在20世纪初林林总总的中国小说中，以妇女解放为主题的小说是不可忽视的一部分。我们很难从艺术成就来肯定这些作品的文学价值，但此类作品以其新颖主题和深刻思想见长。妇女解放问题是中国社会转型期亟须解决的社会问题之一，始于19世纪中期，持续到20世纪初的"五四"新文化运动。

19世纪中期太平天国时期，妇女解放问题首次被正式提出，其纲领和政策涉及男女平等问题。《天朝田亩制度》明确规定男女都可以平等分到土地，推行禁止娼妓和买卖奴婢；改革婚姻制度，禁止买卖婚姻；严禁妇女缠足；设女官、女科，女性可以参政和受教育。事实证明，太平天国解决妇女问题仅仅停留在表面，虽以失败告终，但在思想层面上开了先河，具有划时代的进步意义。

戊戌改良运动时期，维新派人士对中国妇女问题和妇女解放运动的认识比太平天国时期更深一步。西方资产阶级启蒙思想被介绍到中国，为中国妇女解放运动提供了思想理论基础。西方的"天赋人权"和"进化论"学说以及1902年被译介到中国来的斯宾塞的《女权篇》，这些观点对中国的妇女解放运动产生了非常重要的影响[1]，妇女问题又一次被纳入改良运动的范畴，并进入了一个崭新的阶段。以康有为、梁启超等为代表的维新改良派分别发出时代的呼声，他们痛斥中国传统文化对妇女的毒害，大力提倡男女平等的先进观念。康氏在《大同书》中提出了男女平等受教育

---

[1] 刘巨才：《中国近代妇女运动史》，中国妇女出版社1989年版，第70页。

的思想。梁启超提倡"大兴女学",强调妇女接受教育的必要性和重要性,梁氏将妇女解放运动与强国保种直接联系起来。严复也以"母健而后儿肥"的观点被称颂,在其《论沪上创兴女学堂事》一文中,他极力强调兴办女学的重要性,倡导"禁缠足、立学堂",主张男女平等,女性接受教育,这些观点具有一定的"启蒙"意义。

维新派有关妇女的主张主要集中于"禁止缠足"和"创办女学"两大问题上。康梁等维新派的观念唤醒了中国沉睡中的妇女。到了20世纪初,一批具有先进思想的中国女性开始登上社会政治舞台。他们以办报的形式,大力宣传妇女问题,有力地推动了妇女解放运动。在这有限的十年,国内外先后出现了四十余种有关妇女解放运动的报刊。1909年的《女报》、1904年的《女子世界》和1907年的《中国女报》等杂志报纸,重点讨论妇女解放问题,有些杂志以文章或图画形式宣传的西方社会妇女情况,为辛亥革命时期大规模的妇女解放运动做好了准备。

以创刊于1902年11月的《新小说》为例,在总24号的刊物上,居然有一半的期刊登载女性的图画,从第1号到第13号,每一期的首页图画直观地呈现出西方女性形象。如第1号的法国著名女优阿底路像、第3号的匈牙利王妃和日本皇太子妃、第4号的法国著名女优巴德和法国著名女优埃连士、第5号的拿破仑与普鲁士王后会于的尔薛之图、第6号的世界最肥胖者美梨和世界最长颈者威廉多士生须妇人克黎士支尔卜、第7号介绍埃及风景,其中就有索玛利之美人、暹罗风俗的上流妇人和美人、非优等,第8号的日本爱国妇人(包括总裁闲院宫妃知惠子、会长岩苍具定之夫人和干事奥村五十子等)、第10号的两位泰西美人和第11号的俄国少女演剧图以及第13号的清太后那拉氏的图像。1902年2月创刊的《新民丛报》第37号图画有俄皇尼古拉士及皇后像、第57号的图画登载华盛顿之母和英国前女王额里查白的图像、第74号刊有法国三女杰图像。这些图画充分说明报人特意在介绍中西方形形色色的妇女,旨在扩大国人的视野,肯定妇女在社会中的重要地位。

创刊于1906年的《中国新女界杂志》第2期上刊登了炼石所著论说《女

界与国家之关系》一文。论者认为，女子与家庭，推及与国家之关系重大，女子承担教育子孙的重任，贤妇养育圣贤子孙，国家就不会产生败种，国就不会衰弱。在中国，妇女问题当务之急是女子教育问题，首先必须解决的是"放足"问题。清石头所著《论女学》一文，强调女学对于国家民族的贡献，从人的体质、德行等论述女学的重要性。"史传"栏目登载了灵希的《美国大教育家梨痕女士传》和《创设万国红十字看议妇队者奈挺格尔》等文章。"译述"栏目登有转坤的《妇女待遇论》和《欧美之女子教育》；演说栏目有白话体《男女平等的必要》，记载栏目重要文章有《美国女界之势力》、《英国妇人争取选举权》、《澳洲妇人之势力》和《日本妇人之政治运动》；图画页有介绍美国大教育家梨痕女士像、留学日本成女学校速成师范生摄影。

创刊于1906年的小说杂志《月月小说》，第1号的图片有美国女优白露华（Madame Bluvert）和铁丽仙（Trixie Frigan）的照片，第2号的图片是小吕宋贵族少女（A Manila Belle），第3号有日本花园之美女的图片。《小说林》的第1期登有雨果夫人夏坠儿结婚时代的小影，第2期登有东欧风俗以希腊田舍夫人和不里格里妇人的照片。

创刊于1907年的《小说林》第1期、第2期、第3期都登载由陈鸿璧女士翻译的科学小说《电冠》、侦探小说《第一百十三案》和历史小说《苏格兰独立记》。作品第2期的"叢录"栏目有陈鸿璧撰写的《印雪移篦屑》文章，小说林社以此突出陈女士的文学成就。

1903年的《大陆报》第四期在传记专栏刊登《那伊丁格尔传》一文，介绍那伊丁格尔与法国罗兰夫人，说明他们一样是受社会欢迎，被后世人崇拜的女豪杰，为爱而从事革命，拯救世界。

《新民丛报》的第51号上（光绪三十年七月十五日）专门刊登有关女子教育的宣传文章。1904年，"国闻杂评"栏目专门叙述湖南之女子教育问题。

以上材料可以充分说明20世纪初各大报刊大量宣传有关中外杰出妇女的信息，旨在重视妇女解放问题。

第六章 女性解放小说中的西方形象

辛亥革命时期，革命派将妇女运动推向高潮，抨击旧礼教，明确提出了新的婚姻家庭观念。五四运动之后，妇女思想解放得到了实质性的改观，妇女实现了与男子一样的教育权利与婚姻自由。所以，妇女解放小说是研究这一阶段文学绕不过的话题，小说文本折射出作家们所持的观点和态度，有助于全面呈现20世纪初中国小说的概况。

俞佩兰在《〈女狱花〉叙》中认为以妇女问题为主题的小说比较少，而且难。"至于创女权、劝女学者，好比六月之霜，三秋之燕焉。且讲女权、女学之小说，亦有硕果晨星之叹。甚矣做小说之难也，作女界小说之尤难也"[①]。创作于20世纪初关于妇女问题的小说出现了不少，有：1904年王妙如著《女狱花》、1907年思绮斋著《女子权》、1909年问渔女史（邵振华）著《侠义佳人》和自由结婚》等。此类作品为妇女争取自由、平等、独立等与男子一样的权利。如小说《女子权》第一回所论，处于封建专制下的女子没有任何自由权，一切听命于男子，婚姻没有任何自由而言，被男子控制和掌握，为文明世界所不应有的社会现象。中国若要与欧美各文明国并驾齐驱，必须解决妇女自由权利问题，妇女问题成为强国必备的条件之一。解决妇女问题的方式，晚清小说家们大致都具有这样的观点，大兴女学，让更多的妇女接受必要的教育，与幼童一起学习知识和技能，培养自治精神和自养能力，从而摆脱从属于男子的依附地位；另一方面，培养妇女参政意识，只有妇女参与决策，才是实现男女平等的有力保障。

在诸多有关妇女解放问题的20世纪初中国小说中，颐琐著《黄绣球》和思绮斋著《女子权》是最具有代表性的两部作品，其共同之处都是理想小说门类。前者的故事发生在一个位于亚细亚东半部温带之中，一个叫自由村的地方。此地本来是一个富饶、安逸之地，但因外族嫉妒，而遭到联合欺侮，自由村从此失去乐趣。这个"自由村"的故事实际上隐喻了中华民族当时被西方列强侵略的真实情况。在"自由村"的故事里，作者成功

[①] 俞佩兰：《〈女狱花〉叙》，陈平原、夏晓虹编：《二十世纪中国小说理论资料》（第一卷 1897—1916），北京大学出版社1997年版，第137页。

地塑造了一位勇敢、进取的新女性形象,她的名字叫"黄绣球"。虽然出身卑微,仅仅是秀才娘子,但却有担负大任的雄心和壮志。她的命名也具有隐喻的意义:将来把这个姓黄的村子做得同锦绣一般,叫那光彩射到地球上,日后地球上各处都来学她的锦绣花样,她就给他们各式花样,绣成一个全地球①。想象中姓黄的村子指的就是中华大地。黄绣球与受过新式教育的女性不同,新女性妇女自由意识动因来源于所受到的教育和个人婚姻自由的主观愿望。她们的宏大理想是参与社会政治、文化活动,实现妇女与男子的真正平等。而黄绣球虽有凌云壮志,其先进的思想和行为是由她特殊的身世和西洋文化的影响所造成,但促使她成为女杰的重要外因在于西洋文化的影响。在她的女性意识的成长和发展过程中,西方扮演着重要的启蒙角色。

颐琐的《黄绣球》堪称为晚清反映妇女问题最优秀的作品②,最初于1905年(光绪三十一年三月)开始连续发表在《新小说》第15至24号上,刊至二十六回止,未完。1907年由新小说社发行单行本,共三十回,分两卷,被冠之以"社会小说"。作者颐琐本人的具体情况没有详细的介绍,据朱德慈在其《晚清小说家琐考》一文中,他对欧阳健根据陈玉堂的《中国近现代人物名号大辞典》里对颐琐做出的考证进行了修正:作者颐琐,即汤宝荣,字伯迟,颐琐是他的号,江苏吴县人。早年师事俞曲园,任商务印书馆总记室,涵芬楼丛刊沈九经其校刊,确定作家颐琐原名汤宝荣,号颐琐,生于1863年,卒年未定,但至少是1935年后。③由此可以看出笔名为颐琐的人,具有一定的文化功底,可惜在晚清诸多小说中,除了《黄绣球》之外,很难发现颐琐的其他作品。权且不论其他作品,仅《黄绣球》一部小说,已经可以代表作者的文学成就,开创了妇女思想解放主题小说的先河,无论在思想内容,还是艺术表现方面,都是女性解放作品的代表作。

---

① 颐琐:《负曝闲谈·黄绣球》,《中国近代小说大系》,江西人民出版社1988年版,第184页。
② 阿英:《晚清小说史》,江苏文艺出版社2009年版,第107页。
③ 朱德慈:《晚清小说家琐考》,《明清小说研究》2005年第1期。

第六章　女性解放小说中的西方形象

本章以《黄绣球》中有关书写西方的文字为研究对象，具体梳理各章节故事情节层面有关西方形象的塑造，分析作者描写西方的具体艺术手法，进一步探究西方形象在文本中的具体意义和作者的文化心理。《黄绣球》中的西方形象主要以西方女杰法国罗兰夫人和其他各国的杰出人物为描写对象，突出了他们不同凡响的优秀品质，从而成为主人公黄绣球学习和借鉴的对象。

第一节　妇女解放启蒙者：罗兰夫人

法国罗兰夫人在晚清中国社会因为广泛宣传的缘故，广为人知。罗兰夫人的英雄形象经过日本译介到中国，又经过梁启超等人的大力宣传，成为中国妇女积极参与社会革命的典范。

罗兰夫人的形象最初出现在中国人的笔下，应追溯于光绪三十二年去欧美旅游的维新派人士康有为。他在其游记《欧洲十一国游记二种》《法兰西游记》中的《游微赊喇旧京路易十四宫》一文中记载了他对法国女杰罗兰夫人的初步了解。在微赊喇宫，他看到了有罗兰夫妇的图像的壁画："罗兰夫人秀美如兰，令人倾倒。而焚香碎玉，芝艾同焚，无贤愚才士，皆投一烬，阅之至惨痛。"[①]后又有梁启超对法国罗兰夫人革命精神的赞颂，罗兰夫人成为西方女杰的典型代表之一。被梁启超赞为"近世第一女杰"，为自由而革命，为自由而献身。他赞誉罗兰夫人："质而言之，则十九世纪欧洲大陆一切之人物，不可不母罗兰夫人；十九世纪欧洲大陆一切之文明，不可不母罗兰夫人。何以故？法国大革命为欧洲十九世纪之母故，罗兰夫人为法国大革命之母故[②]"。梁公认为罗兰夫人不仅是法国而且还是欧洲的女英雄、革命家。可见，罗兰夫人是19世纪末20世纪初晚清知识

[①] 康有为：《欧洲十一国游记》，钟叔河主编：《走向世界丛书》，岳麓书社1985年版，第218页。

[②] 梁启超：《罗兰夫人传》，《新民丛报》第17至18号，1902年10月。

分子所普遍认同的社会集体想象。据北京大学教授夏晓虹考证，在晚清所有关于罗兰夫人的著译中，梁启超的《罗兰夫人传》的重点最为突出："近世第一女杰"的内蕴发挥得淋漓尽致[①]。除了梁启超，还有写《自由血》的作家金一。据夏所搜集的史料来看，他在《自由血》第七章《虚无党之女杰》的绪言中，也提到革命党女杰罗兰夫人、爱国女子贞德与无政府党女将军路易·美世儿是他读法兰西史最心醉的人。柳亚子也对罗兰夫人赞不绝口，尊她为"文明革命军先导[②]"。

夏晓虹先生在总结罗兰夫人的重要地位时，认为罗兰夫人是女权革命的典范式人物，在当时的妇女独立意识萌发的语境中，对女界更有号召力，成为意蕴丰富的形象符号[③]。这是对罗兰夫人伟大光辉的形象的肯定。罗兰夫人的革命精神被移植到晚清特殊的历史语境中，不仅对促进中国妇女解放运动，而且对进步的仁人志士，都具有独特的意义，罗兰夫人从而成为他（她）们掀起革命运动的精神力量源泉。

罗兰夫人的革命形象在中国晚清知识界得到广泛的传播和认同，与当时中国社会中不同阶层的知识分子对西方妇女的译介和宣传有着密切的关系[④]。第一类把有关西方女性的信息传播到中国来的是西方传教士。他们通过办报纸等宣传活动，将西方文明介绍到中国风气相对开化的地方。比如1868年美国传教士林乐知（Young Allen，1836-1907）在上海创办的《万国公报》，大力宣扬妇女问题和妇女运动，使妇女问题首次成为大众媒体关注的重要内容。同时，也有不少文章介绍了西方女学以及女子参加的社会工作和社会活动，甚至包括对一些西方女杰的介绍。这些在当时的中国社会，可谓是令人耳目一新的话题，极大拓宽了中国传统知识分子视野。

第二类有关西方女性的记载见于走出国门的清朝高级官员和知识分子

---

① 夏晓虹：《晚清女性与近代中国》，北京大学出版社2004年版，第191页。
② 《松陵新女儿传奇》，《女子世界》，第2期。
③ 夏晓虹：《晚清女性与近代中国》，北京大学出版社2004年版，第204页。
④ 赵继红：《〈北京女报〉传递的西方女性形象》，孟华等：《中国文学中的西方人形象》，安徽教育出版社2006年版，第331页。

的游记中。这些人主要从事外交活动的驻各国使节，如郭嵩焘、薛福成、王韬等人。他们在异国亲眼目睹了与中国迥然不同的西方社会风俗，包括所见到的西方女性，她们是这些中国男性眼中一道亮丽的异域风景。他们在观察西方社会的同时，也会进行自我反思。最初，他们对西方女子的观察仅限于外貌形体、穿衣打扮、言谈举止等外在形态。

斌椿在同治五年（1866年）正月奉命西游，到了法国拜见相国大臣，只见各官夫人"珊珊起来，无不长裙华服，珠宝耀目，皆袒臂及胸。罗绮盈庭，烛光掩映，疑在贝阙珠宫野"[1]。西方风俗中，夫妇同时出席正式场合，贵夫人身着盛装，出现在有陌生人的地方，毫无拘束之感，这些让中国官员感到新奇。宫廷舞会中，"妇人衣红绿杂色，袒肩及胸。珠宝钻石，项下累累有串，五色璀璨，光彩耀目"[2]。西人舞会上男女混杂，女子的装扮独特，这在中国士大夫看来是不堪入目的，很难被中国传统文化接受。但是，他们又按捺不住对西方美丽女性的欣赏。如薛福成描写上海东门外所见到西国女子闲时踏春景象："西国佳人画不如，细腰袅娜曳长裙，异香扑鼻风前过，携手同登油壁车"[3]。西方女性在户外的容颜、姿态比画中的人物还美。斌椿在域外的见闻丰富多彩，对西方女性的描写惟妙惟肖，让国人开了眼界。

薛福成对所见到的泰西女性不仅仅停留在对其外貌的关注，而是深入到妇女解放的政治层面。在《出使日记续刻》中，他认识到西方男女地位的平等。其实，古代欧洲的妇女地位与中国相似。在三四百年前，法国首先意识到妇女地位的重要性，提高妇女社会地位有利于富国强民，后经证明"妇女之为用，果不异于男子"[4]，于是国家变得富强起来，欧洲其他国家也开始效仿，俄国风气最晚，也在二百年前开始，男女可以一起出席各种场合。

---

[1] 斌椿：《乘槎笔记》，钟叔河主编：《走遍世界丛书》，岳麓书社1985年版，第110页。
[2] 同上书，第117页。
[3] 斌椿：《海胜国游草》，钟叔河主编：《走遍世界丛书》，岳麓书社1985年版，第156页。
[4] 薛福成：《出使日记续刻》，钟叔河编：《走向世界丛书》，岳麓书社1985年版，第517页。

活跃于19世纪末的维新派受到西方资产阶级的学说影响,男女平等问题得到重新的认识。康梁等维新派人士大力提倡男女平等,认为女性的社会地位是改变国家富强的前提。中国资产阶级改良运动失败后,以梁启超为首的改良派远走他乡,反思中国社会,更加认识到国家存在的问题及其严重性。具有标志意义的是梁启超在日本横滨主办的《清议报》上登载了有关妇女解放问题的文章,最有名的是日本人所做的《论女权之渐盛》和《洗儒毒》等,强调女权、女子参政问题,将妇女平等问题又向前推进一步。夏晓虹在《〈世界古今明妇鉴〉与晚清外国女杰传》一文中,认为日本近代名作家德福芦花1898年编译的《世界古今明妇鉴》[①]对于梁启超后来所作的《(近世第一豪杰)罗兰夫人传》起到了至关重要的资源库作用,梁氏的《罗兰夫人传》[②]除了少量增加和删改,基本是对德福芦花《法国革命之花》的翻译。1902年,由马君武翻译的《斯宾塞女权篇达尔文物竟篇合刻》一书,中国为女权运动提供了理论依据。

晚清也出现了译介西方女杰的单行本书籍。1903年,以《世界十二女杰》和《世界十女杰》为最先。[③]它们皆以日译《世界古今明妇鉴》为参考,介绍了西方各国有卓越贡献的女性,将书中的西方女性树立为楷模。众所周知,晚清的翻译往往并不尊重原著,而《世界十女杰》更是偏离原文本。为了符合晚清女界的需求,该书的翻译者按照中国社会的意识形态,对蓝本进行了篡改和创造,思想性似乎更加深刻。《世界十二女杰》在1903年《新民丛报》第26号登出的广告词中,揭示了中国妇女解放运动所应具有的社会意义:"英雄豪杰不分男女,中国数千年来废女子不用,而女子之杰出者益聊聊罕闻矣,读此书载,世界女杰皆可歌可泣、可敬可幕,饷我中国。吾知女子中必有闻而兴起者矣,女子犹如此,男子更可以兴矣"[④]。

---

① 《世界古今明妇鉴》中,作者所言的"世界",是以"西方"作为翻译的范围。
② 《罗兰夫人传》最初发表于《新民丛报》第17至18号上,时间是1902年10月。
③ 夏晓虹:《〈世界古今明妇鉴〉与晚清外国女杰》,《北京大学学报》第46卷第2期,2009年3月。
④ 《新民丛报》,1903年第26号。

综上所述，以不同方式译介进来的西方女性形象，成为晚清知识界用来宣传和鼓吹中国社会男女平等、妇女解放的思想资源。西方文化语境下的女权运动为中国妇女解放问题提供了理论和实践指导，处于特殊时代的晚清女性所面临的问题是中国社会转型必须要解决的问题之一，所以，颐琐以及不少晚清作家都有意或无意以法国罗兰夫人为妇女楷模去讲述故事，以此探讨妇女的解放问题。

在《黄绣球》中，罗兰夫人担任了女主人公黄绣球性格成长中至关重要的启蒙者。黄绣球和罗兰夫人直接对话的故事情节出现在小说的第三回。黄绣球在生病的时候，梦见化身为似神非仙的白衣女士向她赐教：

> （黄绣球）朦胧间走到不知什么所在，抬头看见一所高大牌坊，牌坊顶上，站着一位女子，身上穿的衣服，像戏上伴的杨贵妃，一派古装，却纯是雪白雪白的，裙子拖得甚昌，脸也不像是本地方人，且又不像是如今世上的人。正在疑讶，那女子自说名字叫做玛利侬，姓的是非立般[①]。

这位西方女子便是大名鼎鼎的罗兰夫人，她离去也颇有梦幻色彩：忽见那女子拖着一条白裙，远远的像在云端里去了，须臾，连牌坊也就不见[②]。她告诉黄绣球她姓白，又拿出身边带的小书册，教导黄绣球男女平等，不能总受男子压制。"男人女人，有都一样的四肢五官，一样的是穿衣吃饭，一样是国家百姓，何处有个偏枯"[③]？

黄绣球听罢，心中还拿不住主意，白衣女子又送给她三本书，一本是翻译成中国字的《英雄传》，为二十五位大将军、大政治家和大立法家做的传记，是俾斯麦和拿破仑终身爱读之物；第二本是有关地理的书籍，有

[①] 颐琐：《负曝闲谈·黄绣球》，《中国近代小说大系》，江西人民出版社1988年版，第188页。

[②] 同上书，第191页。

[③] 同上书，第188页。

地理上的生物，地理上的人种等无所不有；第三本书介绍世界物品，包罗万象①。

后来黄绣球的丈夫为她解梦，介绍罗兰夫人的身世：

> 这是法国罗兰夫人，在一百数十年前时候，二十五岁上嫁给了一个姓福拉底，名字叫罗兰的，后人都称他为罗兰夫人。……向来只说白种人的文明，一切学问事业，都是他们白种的好。我们黄种的人，无不落后。所以你的意思在梦中说给那罗兰夫人听了，……但这罗兰夫人生平最爱讲平等、自由的道理，故此游行到我们自由村，恰遇着你一时发的理想，感动他的爱情，遂将他生平的宗旨学问，在梦中指授了你②。

梦中罗兰夫人亲自赐教黄绣球，并与之平等对话，实际上是作者对中西文化沟通的渴望。在小说的第三回中，黄绣球因为宣扬放脚、读书等开风气之先进观念，乡里谣言认为她行为诡秘、妖言惑众，被官府捉拿，后来因为其丈夫黄通理上下打点，又遇到支持新政派的官府人员张先生，因此，也就花了几个钱之后，获得了自由。张先生来看望黄绣球，说："奶奶连日受惊了。"黄绣球福了福，说："……至于前几日的事，何足慰问。闻得泰西女杰，常有数十年牢狱生涯为众生请命，终能达其目的，发出光彩于世界历史之上，似我又何足为奇？……"③。黄绣球与张先生之间的对话是她对自己经历牢狱之灾的见解。显然，罗兰夫人成为了她的精神导师，罗兰夫人为革命献身的精神是她新思想的源泉。罗兰夫人是黄绣球的学习榜样，也是她的启蒙者。在小说的结尾章节，黄绣球的思想进步很快，在取得成功时，她仍然不忘罗兰夫人的教诲和指导：

---

① 颐琐：《负曝闲谈·黄绣球》，《中国近代小说大系》，江西人民出版社1988年版，第190—191页。
② 同上书，第194—195页。
③ 同上书，第222页。

第六章 女性解放小说中的西方形象

她在梦中又看见了穿白衣的旦角,"可泣可歌的事,原要做的有声有色。我黄绣球如今是已经上了舞台,脚色又极其齐备,一定打一出好戏,请罗夫人看呢。将来好把罗夫人给我的那本英雄传上,附上一笔,叫二十世纪的女豪杰黄绣球在某年某日出现了[①]"!

以上文字详细地描写了一位中国晚清妇女眼中的西方女性启蒙者的光辉形象。作者多维度、深层次、详细介绍了法国罗兰夫人。从外貌到行为举止,然后通过她耐心讲解人与其他动物的区别,引起黄绣球对妇女问题的关注,不断鼓励和引导她意识到妇女个人独立的重要性。罗兰夫人向黄绣球宣扬女子自由、独立的精神,要女子像男子一样雄飞,不可雌伏,并且鼓励黄绣球要经常阅读各国英雄传,了解西方豪杰,扩大视野,了解本国和其他民族的问题和解决方法。罗兰夫人甚至为黄绣球指出了具体的努力的方向,指导黄绣球快速成长和实现人生理想和自我价值。

作者采用了梦境的形式,安排两位不同民族、素不相识的女性相遇,并且直接对话。"梦境"是人在非理性状态下的无意识活动。精神分析学家认为人的各种欲望通过活动实现,但部分欲望被压抑在潜意识中,隐藏在潜意识的欲望通常会通过梦境展现。做梦与艺术创造有相通之处,梦境描写具有更强的艺术魅力。通过梦境使得人物形象更为丰满、真实,能更深入地刻画人物的灵魂。在梦境中,"被启蒙者"黄绣球被抬升与"启蒙者"西方女子的平等位子。那站在牌坊顶上的女子象征着女子中的豪杰,面目姿容亦神亦仙,既有中国本土美女杨贵妃的特征,穿衣打扮上又不像是本土中国人。她姓白,西方人的身份,她的使命在于启蒙和救赎黄种人。她告诉黄绣球"这是你黄姓村上的事,自然你姓黄的人关心切己,与我白家无涉。你黄家果然像你做得出点事,岂不叫我白家减色?"她与黄绣球代表不同肤色的女性。白种人以普世的价值观来帮助他们所认为落后的黄种

[①] 颐琐:《负曝闲谈·黄绣球》,《中国近代小说大系》,江西人民出版社1988年版,第426页。

人进行改造。她的观念正好与黄绣球的志向不谋而合，黄绣球当时听了玛利侬的一番话后，认为这些话打在她的心坎上，甚为欢喜，说："奶奶怎么就是神仙，知道我的心事？你便不是神仙，也真真是我的知己。我有些话与你意见相同。"[1]黄绣球梦醒之后，顿觉脑识大开，因感生梦，因梦生悟，把那女子所讲的书，开了思路，得着头绪，真如经过仙佛点化似的，豁然贯通。[2]黄绣球自从梦中受教于罗兰夫人后，她发生了根本性的变化，像是女豪杰、女志士般通达，她邀请妇女，同她们仔细讲论放脚的原故和妇道家业好讲学问做事业的情理，所以说，罗兰夫人直接促使黄绣球自由思想的生成。

作者采用梦境的方式，让玛利侬对黄绣球进行启蒙，对玛利侬也是用白描的手法和对话的形式，展现了一位具有悲悯情怀的西方启蒙者。作者用了虚实结合的情节，在如梦似幻的唯美故事背景中，通过运用象征的艺术手法，将"启蒙者"玛利侬从外貌到知识见解的内在品质展现给读者，使读者进入超时空的心理状态，获得朦胧空灵之美感，增强了小说的文学性。

另外，作者在小说中有目的地创造了一个地方，黄绣球所居住的"自由村"，是作者想象中的未来国家。"黄姓"和"白姓"分别隐喻黄炎子孙的中国人和白色人种的西方人。黄绣球把罗兰夫人指认为本土化的菩萨。菩萨是中国民间的世俗信仰，可以帮助老百姓救苦救难。但罗兰夫人是黄绣球前所未闻的西方女杰，其先进的思想是黄绣球内心渴求的精神力量源泉，所以她认为罗兰夫人是无神论者的菩萨，这也是她对罗兰夫人最高的赞赏和期待。罗兰夫人把黄绣球最初的革命思想和主张比喻为发霉的、用纸糊的花样，是不能够用锦绣铺起绒来，平金和洒花的，隐喻了中国妇女解放运动的不彻底，没有进入实质问题的解决。

综观文本中妇女解放运动启蒙者法国罗兰夫人和小说女主人公黄绣球，她们虽是启蒙者与被启蒙者的关系，在政治思想主张上是统一的，她

---

[1] 颐琐：《负曝闲谈·黄绣球》，《中国近代小说大系》，江西人民出版社1988年版，第189页。

[2] 同上书，第191页。

们都志在颠覆旧制度，建立新秩序。因此，罗兰夫人和黄绣球等女性形象在当时作者的想象中被赋予了强烈的意识形态功能。

第二节 女教育家莱恩

妇女解放运动的重要内容之一就是女性教育问题。中国人兴女学、办学堂始于1890年代，1898年5月31日在上海，由经元善筹备的女学堂标志着中国女学堂正式开始。虽然女学堂存在仅有短短的两年时间，但被认为起到了"第一粒粟之萌芽"的巨大作用①，办女学堂开启了兴女学的新风气。中国女学堂虽由维新人士发起，但一切事务均由中西妇女承担，采用中西并重的办学方针，注重中西课程的开设，区别于国人自办的小学堂，重视西学教育的同时，尊奉孔学。上海女学堂标志着中国妇女解放运动的起步，具有里程碑的意义。

早在1897年，最著名的宣传家与新思想的鼓吹者梁启超，在其主笔的《时务报》上连续发表了一系列倡导女学的政论，包括《变法通议·论女学》、《倡设女学堂启》和《上海新设中国女学堂章程》等文章。梁的宣传引起了报界对创办中国女学堂的极大关注。在其政论中，梁氏论及的女学实际上指的是"内之以拓其心胸，外之以助其生计"②的问题。女学的重要性不光在于女子本人的独立，更重要的是女子承担着"保国、保种、保教"的重任。妇女的独立，可以减轻家累，减缓国家的压力，从而使得国家富强、人种进化。梁启超的女学观强调妇女与社会的发展、国家的富强和民族兴旺的紧密关系。

颐琐的《黄绣球》是一部涉及兴办女学堂的小说。主人公黄绣球实现其雄韬大略的第一步，就是办女学堂。黄绣球生活在风气尚未开化的内地，

---

① 夏晓虹：《晚清女性与近代中国》，北京大学出版社2004年版，第30页。
② 梁启超：《变法通议·论女学》，《饮冰室合集》第1册，中华书局1989年版，第41页。

20世纪初中国小说中的西方形象

兴办女学并非容易之事。在小说的第七回中，黄绣球批驳丈夫依靠官府办学堂，怕官办学堂草率敷衍，打算自己开创民办学堂，真正培养出些人才。于是，她借书上的故事表明自己的志向：

> 北美国有个农家女，名叫美丽莱恩，他自言，誓志以教育为世界建国，苟妾有千百之生命，愿为教育界之牺牲；苟妾得无量数之财产，愿为教育界之资本，其初在乡自立一学校，说于乡，乡人笑之；说于市，市人非之；请于巨绅贵族，更嗤之以鼻。而其从事于学，奔波于教育，至三十余岁，尤不嫁人。后游于大学，遇着一位知己，极力赞成。未二年，即成为大教育家。此处放一线之光，彼地立一杆之影，皆自彼苦心孤诣，一个寒微女子而起。而彼又常自说道："一国之教育，譬如树谷者之播种子，多一粒嘉种，便多一亩嘉谷。"今日北美合众国，建立文明世界，就是他撒种造因，才有这般结果[①]。

莱恩就是黄绣球的表率，黄打算和莱恩一样，变卖财产，开办学堂。作者又介绍了莱恩女士的特殊贡献：

> 这位莱恩女杰，他才学固然卓越，但他也只从口讲指画入手，每遇乡愚，津津乐道。凡有教育，皆注意在伦理宪法上，使人人知公德，不以嚣张为自由[②]。

北美的莱恩女杰（1797—1894），是小说中黄绣球第二个崇拜的西方人物形象。其独特性在于她一生致力于教育，以创办女子大学而闻名，并为妇女解放运动做出了杰出的贡献。她为教育事业的奉献和执着精神成为

[①] 颐琐：《负曝闲谈·黄绣球》，《中国近代小说大系》，江西人民出版社1988年版，第230页。

[②] 同上书，第231页。

黄绣球的精神楷模。黄绣球视野中的北美女杰莱恩与政治意识形态联系一起。办女学是中国资产阶级改良运动的重要主题之一，所以莱恩被黄绣球树为英雄。黄以仰视的视角直接陈述她的不凡事迹，突出其优秀品质和执着精神。从作者使用的语言看出，作者理想化了这位西方女杰，目的在于突出她的楷模作用，值得黄绣球借鉴。

小说中的北美女杰莱恩与法国罗兰夫人两人都是被时代接受和认可的欧美女杰，属于社会集体想象物。1900年后，有关西方女杰介绍的文字出现在书刊和报纸上，尤其《世界十二女杰》、《世界十女杰》和《外国列女传》等有关西方女杰传记经由日本，进入晚清知识分子的视野。作者与其他知识分子一样，在言说西方女杰的杰出贡献的时候，会某种程度上有意识夸大西方女杰的不同凡响，目的在于弘扬启蒙者的重要性。他们认为只有把女子纳入国家自强、民族独立的范畴，鼓励女性积极参与救国，民族才能真正强大起来。所以说西方女杰的形象寄托了晚清知识分子的美好想象，他们彰显西方女性的杰出特性，也说明了他们对西方先进文明程度的认同。在某种意义上，西方女性已经失去了作为女性个体的意义，而被纳入西方文明的象征符号系统，被意识形态化。

黄绣球创办女学堂的精神资源来源于西方女杰的启示，但也离不开本土开明人士的启蒙。小说中，第二个重要女启蒙者便是毕太太。作者塑造了一位具有双重身份的女启蒙者毕太太，她是作者虚构的"自我形象"。她虽没有罗兰夫人和莱恩女士巨大社会影响力，但也对黄绣球的思想进步也起到了重要的推动作用。

毕太太是黄氏夫妇的好朋友，一个受过外国良好教育的广东女子，具有西方先进思想。她长期在西方国家生活，与中国传统文化隔离。她以中国人的族别身份、西方人的思想意识出现在小说中。她全力支持黄绣球兴办女学堂，从自己的亲历经历讲述到其他地方女子运动的情况，黄绣球从而了解到世界妇女解放运动的情况。

世界有关妇女解放问题的组织，包括女子缠足会、女子学校、女学报等，但很多都不尽人意。那些出洋留学的女志士和女学生，大部分人不愿意为本土效力，所以也无益于国内的女学运动。本国大多聚集于上海的女子世界的情况更是糟糕，所谓的女学生以"自由、平等、文明、女权"等为借口，以个人为中心做些娱乐浮华之事。相比之下，毕太太对于黄绣球的政治理想非常认同，认为她具有文明思想的潜质和改变社会的冒险气质。

由于受到罗兰夫人的指授和其丈夫通理先进思想的灌输，黄绣球的思想恰似已凿出矿苗的金矿，光焰四射，不久之后，便可光彩射遍全球。她只须学习研究提炼之法，筹备资金，就可完成大业。她提到了几个西方人成功的经验，指出"凡事久而后成，愈觉成就得好"，也就是说要做出一番轰轰烈烈的大事业，需要足够的时间和漫长的过程。她以西方人为例，有法国的巴律用了十八年改良了磁器，西方传教士马达加斯加用了十年时间才获得一个信徒，孟德斯鸠用了二十五年时间完成著作《万法精理》，亚丹·斯密用了十几年出版其著作《原富》。这些成功的故事激励着黄绣球，最终她成为了一名优秀的女权运动者。

第十一回，黄绣球与毕太太谈论地理，毕太太对黄绣球提出了"地理"之说，以具体的知识启蒙黄绣球，使之大开眼界。据毕太太所言，"地理"是天文、动植、矿务、农田、人民、财产、政治、制度，发生的根本，还包括民族等，具有模糊抽象性，包罗万象，似乎是"文化"的代名词。人因为各自所处的文化背景不同，进化程度各异，各种文化存在着优和劣的特点，广泛学习他族之优势，从而避免自我之劣势。毕太太的话语中，地理似乎还包含着"科学"的含义，"科学"是19世纪西方各国走向强盛的根本原因之一。正是中国文化所缺失的部分，因此毕太太极力鼓励黄绣球去研读地理知识，只有了解、钻研大量的知识后，才有可能担任"启蒙者"的角色。

黄绣球作为中国女性，要想真正打破传统思想之藩篱，做到自立、自强、获得与男子一样的平等地位，非常有必要进行教育，广泛学习西方文化的长处，不断接受新思想和新观念。

第三，小说中另外一位具有"启蒙者"身份的本土人物是黄绣球之夫黄通理。第十六回黄通理对其妻讲到办新学堂对于强国保种的重要意义，新学堂是铸造人具有不怕吃苦心的地方。紧接着他又以西方名人伟大航海家哥伦布、开通太平洋航路的玛志尼、探险至非洲的立温斯顿、俄皇大彼得换私服,学技艺、努力改良磁器烧制的法国巴津等为例,说明劳心劳苦是取得巨大成功的必要条件。

"黄通理"这个人物代表了中国近代理想的知识分子形象,具有男性启蒙者的文化身份。这段话实际上是晚清知识分子阶层的共同想象。保种、保国,新民、新国,核心主题就是"救亡"与"启蒙"。他不光提到国人面临的任务,而且以开阔的眼光,看到了世界伟人的开拓精神。哥伦布、玛志尼、立温斯顿、俄皇大彼得、法国工匠巴律等人因为具有优秀的品质和常人不及的精神,他们取得了巨大的成功,是值得学习和借鉴的典范。新民丛报社在《新民丛报》第 26 号插页做广告的图书之一就有《世界八杰笺》,介绍了八杰的姓名,有:西班牙的哥伦布、俄罗斯的大彼得、美利坚的华盛顿、法兰西的拿破仑、英吉利的克林威尔、德意志的俾斯麦、意大利的加富尔和日本的西乡隆盛。广告词称"本社欲利用此高尚风习,徐导起国民崇拜英雄之思想,特搜集近世最著名豪杰,每国一人"[1]。

毕太太听到了男性启蒙者黄通理的一番话后,继续讨论外国哲人成功的经验和所取得的功绩。

> 当初日本明治维新以前,有个大儒福泽谕吉,没有师授,自己学那英文,独立创了一所学校,名叫庆应义塾,至今为日本学校的开山祖师。日本国人知道讲求新学,也自此而起。他国皇改革维新的事业,也请教这位福泽谕吉的大儒居多[2]。

毕太太在此也将日本名人福泽谕吉作为典范介绍给黄氏夫妇。这位日本硕学鸿儒不仅以学识闻名于世,而且创办学校,为日本的教育做出了杰

---

[1] 《新民丛报》1903 年第 26 号。
[2] 颐琐:《负曝闲谈·黄绣球》,《中国近代小说大系》,江西人民出版社 1988 年版,第 312 页。

出的贡献，开民智，开风气，为社会改良运动的成功，起到了至关重要的作用。不仅如此，福泽谕吉的思想也是梁启超"新民"等激进思想的来源，他为中国晚清社会的改良提供了思想资源。

小说中这位承担启蒙者的中国杰出女性毕太太，实际上与黄绣球的丈夫黄通理一样，都是启蒙者的化身，不过从不同角度启蒙黄绣球，是作者想象出来的理想式人物。她出生于中国，但饱受西方先进思想的影响，汲取了西方思想的优点，更加了解中国社会的现状，针对社会问题，寻求解救的良方。

实际上，西方的民族脊梁式的圣贤人物形象在19世纪末和20世纪初，已被译介到中国，并且被晚清知识界所接受和认同，成为西方文明的重要内容之一，他们对中国晚清的意义在于文化利用，目的在于借鉴"他者"文化的长处。在中国传统文化受到西方文化前所未有的巨大冲击的历史语境下，学习西方重要人物思想是先进知识分子对国家和民族的前途思索后的结果。

作者在言说这些民族精英的同时，背后寄托了他对本民族的冷峻审视。与哥伦布、玛志尼等相比较之下，中国社会中的所谓"精英"阶层中，英雄精神缺失，无法筑起坚实的民族魂魄，用来抵抗外族的入侵。在民族命运生死攸关时刻，呼唤英雄、创造英雄，需要更多"黄绣球"和"黄通理"式的先觉先知的进步人士参与"救亡"与"启蒙"。

小说的第二十九回，黄绣球办的女学堂遭到坏人猪大肠的破坏，众人将猪大肠一顿拽拉，猪大肠将此事禀报官府。黄绣球非常恼怒，决心不辜负罗兰夫人的指点，以泰西名人志士为榜样，坚决反对专制。她树立了坚决捍卫妇女自由权利的决心，并引述了西方诸多反专治的英雄例子。有匈牙利的噶苏士反抗政府的专制；马丁·路得不畏罗马教皇的威力，主张宗教自由；英国农民起义英雄克林威尔为自由而推翻专制统治；美国开国元勋华盛顿为民族解放而奋斗；法国拿破仑、俄国文豪托尔斯泰等圣贤成为民族精神的象征。

显而易见，一方面说明黄绣球已经成功地由"被启蒙者"到"启蒙者"

的重大转变。另一方面,表明了处在动荡时代的中国社会需要扭转乾坤的时代英雄。这些西方形象,在晚清知识界已经成为集体想象物,尤其在资产阶级民主思想的鼓吹者梁启超的大力宣传下,这些西方名人已被神化,满足了以"救亡"为主题的时代的需要。

从《黄绣球》中塑造的西方形象,可以看出作者旨在强调西方杰出人物的启蒙作用,鼓励中国妇女争取自由和解放的权利。这是作者所处的时代潮流所决定。作者对西方杰出人物的敬仰也间接反映了中国知识分子在国家民族遭遇前所未有的危机时,对"自我"杰出人物缺失的焦虑感。因此,他在塑造法国罗兰夫人和美国莱恩女士等西方人物同时,还想象出了本土化的民族杰出人物,突出他们对西方文化的自觉接受的程度。

与其他晚清小说家相比,署名颐琐的这位作家对"自我"的认识是深刻的。他想象出的罗兰夫人与晚清广为流传的罗兰夫人有很大的差异,他笔下的罗兰夫人已被中国本土化,不再是"女革命者"的形象,而是一位"启蒙者"。她帮助黄绣球迅速成长。从这一点上,可以看出作者误读了西方女杰的真实面目,以自己的主观感情和想象性的解释置换了罗兰夫人的现实意义。所以说,作者在描述"他者"的时候,有意无意地否定了"他者"的本来形象,而是叠加了作者更多的"自我"主观想象。

第七章 "华工禁约"小说中的西方形象
——以佚名《苦社会》为例

以"华工禁约"为题材的小说是20世纪初中国小说非常重要的门类，不同程度再现了发生于1905年前后，在美国以及美洲其他国家华工的苦难生活和悲惨遭遇。此类小说内容比较写实，涉及华工被贩卖、受虐待和被迫苦役劳动等非人经历。

中国人被外国商人骗卖到国外做苦力始于19世纪中期。1868年，美国国务卿西华德与清政府蒲安臣签了《中美续增条约》，为美国商人贩卖华工提供了法律依据[①]。由此，贩卖华工活动愈加张狂，其方式主要以外国人勾结中国当地地痞流氓，通过坑蒙拐骗，或以丰厚的报酬为诱惑，或以暴力行为活捉中国青壮年人，像奴隶一般被装进麻袋，塞到船上，然后用锁链套住手脚，禁闭起来被运走。运输途中受到非人的虐待，在恶劣的环境中，很多人被致死。华工到了美国后，主要从事于西部采矿、修铁路、开荒等苦力劳动，其遭遇苦不堪言。

1872年，美国发生经济危机，美国工人转嫁愤怒于华工，形成了一股反华工的风潮。华工聚集的加利福尼亚州又因此通过了排挤华工的法律，华工的一切权利和就业机会被无情剥夺。他们不准参政、不准从事公共事业。1880年，美国迫使清政府签订"中美续修条约"，美国借机大肆迫害华工。1882年，美国颁布法令，歧视在美华工，禁止从中国再移民，留美华工被迫大量回国。1894年，美国又强迫清政府签订限制华工条约，有效期为十年，但到了1904年，美国国会决议排华条约继续有效，所以引起

[①] 朱士嘉：《美国迫害华工史料》，中华书局1958年版，第3页。

在美华工的强烈不满。他们致电清政府要求取缔不平等条约,并且联络中国内地同胞,进行美货抵制运动。1905年,全国范围内的抵制美货运动展开,给了美国一个有力的打击,虽然被镇压,但此次反帝爱国运动在抗击外国侵略的历史上留下了光辉的一页,也表明了民族主义思想的觉醒。

华工在美洲的悲惨生活留下了不少记录。中国第一位留美学生容闳在1909年在他所写的回忆录《我在中国和美国的生活》("My Life in China and America")中记录了他所见到的华工悲惨遭遇的真相,揭穿了秘鲁来华招募华工专使陈述华工待遇的谎言:

> 贩卖华工,在澳门为一极寻常之事,予已数见不鲜。此多数同胞之受人凌虐,予固常目击其惨状。当其被人拐诱,即被禁囚室中不令出。及运奴之船至,乃释出驱之登船。登船后即迫其签字,订作工之约,或赴古巴,或赴秘鲁。抵埠登岸后,列华工于市场,若货物之拍卖,出价高者得之。……直欲令华工终身为其奴隶而后已。以故行时,每于中途演出可骇之惨剧[①]。

据他回忆,1855年,他从美国回归途中见到沦落为奴隶的华工的情形,"无数华工,以辫子相连,结成一串,牵往囚室"[②]。他奉命赴古巴后至秘鲁调查华工情况,夜晚他还秘密偷拍华工受鞭笞,身上被烙的斑斑痕迹的场景。看到华工做工的地方如牲畜厂,他发出"场中种种野蛮之举动,残暴无复人理"的感叹。

晚清知识界对此现象也有回应。梁启超在1903年做过《记华工禁约》[③]一文中详细记载了华工禁约事件,提出强国强民是解决外交不平等有力手

[①] 容闳:《我在中国和美国的生活》(*My Life in China and America*),团结出版社2005年版,第130页。

[②] 同上书,第132页。

[③] 梁启超:《记华工禁约》,《饮冰室文集之七》,《饮冰室合集》第1册,中华书局1989年版,第153页。

段。各大报纸也纷纷投入声援，以广东和上海两地最热烈。据方汉奇在《中国近代报刊史》[①]书中的统计，资产阶级革命派的报刊充当主力的是在香港出版的几家报纸：《中国日报》、《世界公益报》、《广东日报》和《有所谓报》等，在上海出版的《女子世界》、在杭州出版的《杭州白话报》、在广州出版的《亚洲日报》、《游艺报》和《时事画报》、在汕头出版的《岭东日报》、日本出版的《醒狮》和新加坡出版的《图南日报》；改良派的报刊有：上海的《时报》、广东和香港的《实报》、《香港商报》、《领海日报》《时敏报》、北京的《京话日报》、天津的《大公报》等等，这些报刊对华工禁约和抵制美货等起到了非常重要的宣传作用。

按照"华工禁约"这一主题，划分此类小说有佚名著《苦社会》、碧荷馆主人著《黄金世界》、中国凉血人著《拒约奇谈》和吴趼人著《劫余灰》。本章主要以《苦社会》为研究对象，从文本中梳理出有关西方和西方形象的书写，从文学、历史和文化的角度考察西方形象生成的原因、特点以及作者的文化心理。

《苦社会》是"华工禁约运动"为主题小说中最重要的一部作品。作者不详，无从考证。[②]该小说于1905年，由上海图书集成局印刷，申报馆发行，共四十八回，双回目，另有楔子。小说首页有漱石生（孙家振）作序[③]，给予了《苦社会》很高的艺术评价，"夫是书作于旅美华工，以旅美之人，述旅美之事，固宜情真语切，纸上跃然，……几于有字皆泪、有泪皆血，令人不忍卒读，而又不可不读"[④]。小说的重点在于表达"苦"的程度。《小说月报》编者在《猪仔还国记》的批语中这样评价，"黑奴之惨剧，复见于今日之华工"[⑤]。这些评说充分肯定了《苦社会》深刻的

[①] 方汉奇：《中国近代报刊史》上册，山西人民出版社1981年版，第330页。
[②] 阿英：《晚清小说史》，江苏文艺出版社2009年版，第56页。
[③] 《本卷说明》，《苦社会·哭学生·拒约奇谈》，《中国近代小说大系》，百花洲文艺出版社1993年版。
[④] 《序》，《苦社会·哭学生·拒约奇谈》，《中国近代小说大系》，百花洲文艺出版社1993年版。
[⑤] 《小说月报》第3卷第9号，1912年。

思想内容和不同凡响的社会意义。小说不仅反映了旅美华遭受虐待的社会内容,而且是一部催人泪下、充满强烈情感的文学作品,引起读者情感强烈共鸣,的确如阿英称此为一部反映旅美华工的"血泪史"。

小说描写了名叫阮通甫、鲁吉园和李心纯的三个读书人谋求生存的苦难遭遇。阮通甫和鲁吉园皆因穷困无法度日,只好通过外洋招工的方式打算到外洋去谋生,不幸在贩运"华工"的船上遭受极度残暴的虐待。阮通甫与妻女被贩卖华工的洋人暴打虐待而亡,鲁吉园虽幸免一死,也没有逃脱被洋人和工头随意暴打和虐待的惨状。李心纯在美国经商数年,因为旅美"华工禁约"受牵连,受当地美国人排挤,致使破产,被迫回国。这三人的悲惨经历的根本原因并非个人所造成,而在于自己是华人的身份。弱国弱民,国强则民强,国弱则民弱。沦落为西方列强半殖民地的中国,在西方国家主宰的世界格局中,处于被欺侮和压迫的地位,所以在美华工同样遭受歧视和不公平的待遇。参与虐待华工的西方人是洋商人,作者集中书写洋人的暴虐行为,讲述了发生在不同场景的诸多暴力事件。

小说以全景式的广阔视角,再现华工受虐的事件。本书重点选取了两个比较有典型性的场景,分别安排不同有代表性的事件,多维度、深层揭露洋商人的凶狠和华工的悲惨经历。第一个场景集中反映洋人暴虐的故事场景是在运输华工出洋的船上,叙述与奴隶同命运的华工遭受中国工头与洋人的暴打情形。第二个场景是在美国本土华人遭受到美国人欺凌和侮辱事件。

第一节 出洋船上的施暴者

小说主要人物之一鲁吉园被虐待致死、不少华工也被虐而亡,尸体腐烂在船舱,随后被铲尸丢进大海,华工所带妻女受洋人侮辱以及洋人强行为中国工人种牛痘等残忍事件。通过讲述诸多骇人听闻的残暴事件,刻画了洋人凶狠、野蛮的兽性行为,而中国工头也为虎作伥,不惜残害同胞。

第一件暴行发生在小说第二十五回与二十六回。作者具体描写到一位不知名的华工,被外国人暴打的悲惨情形:

> 只见胡老大同谢工头两个人,扭住一个人的辫,着地拖来。几个秘鲁人押在背后,脚尖、木棒不住的跌打,这人满头是血,面目都望不清,衣服上也泛出红来,嘴里不哼一哼,两只脚望后乱蹬,直到这里,工头赶上去,才帮着硬拽进舱,拿条头号的大链,穿进辫子,连身连手脚盘在一根柱子,扣得紧紧的。看这人已是一丝两气,外国人才带众人走,只留着谢工头看守着①。

作者以吉园为视点来观察船上洋人对华工施展的淫威。洋人在船上主宰了华工的命运,掌握生死大权,可以任意毒打他不喜欢的人。作者详细描写了遭受毒打,已经血肉模糊的华工们,但没有标明被打者的身份。这说明华工遭受毒打事件的普遍性,也就是说在船上,任何华工都随时随地可能被洋人或工头毒打或虐待。与19世纪上半叶起美国大量强行掠夺、贩卖非洲黑人奴隶的方式并无两样。被视为"猪仔"的华工重演着黑人的苦难史,与黑人一样被贩卖、被任意殴打,显然沦落到失去自由和基本生存权利的奴隶地位。作者对洋人只进行了聊聊几笔的简单却意味深长的勾画,其暴虐的特点跃然纸上。作者运用了短小精悍的句子,比较快的叙事节奏,展示出惨不忍睹的场面,烘托了悲剧的气氛,使得读者感受到洋人罪恶滔天的行为,在阅读过程中与作者产生了情感的共鸣。

第二类事件为通甫之死。通甫病重后,他的同伴吉园看到通甫快要死去,要求谢工头卸下链子。恰好碰到洋人爪牙胡老大与一个外国人进来检查船舱内华工的情况,他们看到乱糟糟的情形,通甫旁边有女人在痛哭,于是外国人非常生气,拿起手中的皮鞭乱打:

---

① 佚名:《苦社会·苦学生·拒约奇谈》,《中国近代小说大系》,百花洲文艺出版社1993年版,第59页。

第七章 "华工禁约"小说中的西方形象

……通甫的婆子不愿走,……外国人又嫌着谢工头看守不济,踢了两下,两个工头又复起来拖。

通甫死后,妻女痛哭时,众人看到六七个秘鲁洋人,带了二三十人赶进客舱,看到通甫的妻女不走,便拿皮鞭赶打。后来,洋人吆喝众人把通甫的尸体抛到大海里去……。[①]

洋人不顾华工通甫病重体弱,仍然大发淫威,通甫死后,便要抛尸大海,这是非人性的残忍行为。"抛尸"是违背中国传统文化中的人伦道德,是洋人殖民主义暴行的体现。洋人雇用华工去美国本土从事艰辛劳动,洋人与华人本身存在着剥削和被剥削、压迫和被压迫的关系。中国积弱,被列强瓜分,中国人在海外受到外国人的奴役,所以洋人视野中的华工不再有人的尊严,诸如牲畜,是他们任意鞭打、虐待的对象。洋人的行为造成通甫一家不幸死在洋人的鞭子下,惨相的确有"不知挥尽几升血泪"[②]之痛感。

第三类为洋人铲尸事件。在小说第二十九回,作者详细描写了华工被囚禁在污秽冲天的船舱,洋人清理船舱、命人铲尸的情景:

从扶梯上走下七八个洋人,背后又跟了一群水手,四个工头却一个不见。洋人手里拿一个瓶。吉园等他们下来,就隐到水手堆里,看他们的下落。只见洋人一进舱,先叫海帆们一班散手散脚的,走到面前,点了一点数。一个洋人,两个水手,押上扶梯,便把瓶盖揭开,在他们站的地方洒下去。……。

却见洋人又叫水手,先着五十个小工,把脚上的链子卸下,喊他们站起。那班小工,骤然觉得脚上松了许多,只是站不起。洋人等得不耐烦,呼呼的又把鞭子抽得怪响。好容易忍着痛,你

[①] 佚名:《苦社会·苦学生·拒约奇谈》,《中国近代小说大系》,百花洲文艺出版社1993年版,第60页。

[②] 《序》,《苦社会·苦学生·拒约奇谈》,《中国近代小说大系》,百花洲文艺出版社1993年版,第59页。

挨我靠,沿柱站住,洋人喝声走,又走不动。水手上前,一个拖两个,望梯边直送。……直到午时,已走动了一千七八百人。……落后有班人,一个压一个,乱叠做一堆,水手看见道:"这成什么样子,快给我滚开些!众人还赖着不动。水手们觉得形景诧异,又闻一股恶臭,直从地下冲起,喉咙里都作恶心,便去通知了洋人。洋人先用指蘸些药水,搽在鼻子上,才走过来,叫水手动手。……洋人俯身一看,才晓得死的了,手脚的皮是脱了,骨是折了,不觉也泛出垂涎,呕个不住。立即叫水手到上面拿来七八个大竹篓,用铁铲把这些腐尸铲下,吩咐连篓丢下海去,水手连运三次运清,都觉头晕目眩,胸口隐隐有些痛"[①]。

这是被贩卖的华工在船上受到极其残酷虐待,被致死的惨状。洋人凶神恶煞、用鞭子凶狠抽打中国劳工。华人劳工在船上受虐惨死,尸体发臭、又被抛尸于大海。外国人这些令人发指的暴行一方面反映了洋人对华工的残酷;另一方面,也反映了华工在国外的低下地位和受到异族的歧视。"弱国、弱民"是形成华工如此悲惨遭遇的根本原因,清政府的无能,惧外实为华工不幸遭遇的症结,作者在小说中也指出了问题的所在。吉园告诉同伴中国官员不会管百姓的死活,只在乎搜括民财,有的甚至帮助外国人欺负中国百姓,根本原因是中国官府腐败、无能,所以百姓遭受外邦欺侮。这实际上是作者本人对华工受虐根本原因的思考。

作者以沉痛的笔调,犀利的笔锋揭示了洋人草菅人命,华工命若悬丝,为刀俎、鱼肉的对立关系,作者给予了弱者深切的同情故事,催人泪下。作者通过描写这些悲惨的场景,从而唤醒民族意识,"以为后来之华工告,而更为欲来之华工警"[②]。

第四类事件为洋人凌辱中国妇女。中国传统文化中,妇女的贞洁观至

[①] 《序》,《苦社会·苦学生·拒约奇谈》,《中国近代小说大系》,百花洲文艺出版社1993年版。

[②] 同上书。

关重要,在某种程度可以超越于生命本身,侮辱女性等同于夺取其性命,洋人在船上同样虐待女性华工,她们与男人一起忍受恶劣的生存条件。

> 洋人复(回)身进舱来叫女人,却和气了很多。学着中国话道:"好生走呵!怕跌时,靠定了栏杆,慢慢上去,不慌呵!"引得女人一个个都红了脸。又有小脚走不快,洋人也不用水手,自己来搀,吓得女人缩手不迭。后来下舱,竟掩面悲啼,像受了无限委屈似的。看身上也同海帆们一样,只剩一衫一裤,有些头面青一块,红一块,还起了大疙瘩。①

这并非是洋人对待中国妇女的慈善之举,而是调戏妇女的手段,与前面虐待中国男人的行为表面上形成巨大的反差。洋人没有强行对妇女呵斥,但妇女还是没有逃过被虐待的厄运,仍然被赶到船舱,过着非人的生活。中国妇女肉体和精神上与中国男人一样饱受折磨和痛苦的蹂躏。作者采用了不同的叙述方式,表达的主旨没有改变,而以另一种方式,多维度对洋人恶势力进行控诉。尤其是妇女胆小、怕事等细节真实的描写,这样的艺术手法增强了故事的悲剧性。

第五类事件为鲁吉园在船老大华阿大的房间床底下找到了一本书,书中描写了中国人在明朝万历年间,到吕宋岛被大肆屠杀的故事。这则故事虽跨越时空虚构而成,实际上是作者借讲述此故事,说明中国人受外族的欺压和践踏并非始于今朝。

故事大意是这样:中国明朝官吏叫做张嶷的大臣,上折奏鸣皇上,说吕宋岛盛产结金银的树,若派人去吕宋岛开采,便可发大财。万历皇帝信以为真,便派福建巡抚县丞王时和同张嶷坐船来到吕宋,张告诉头人他们来发财,头人大怒,张等赶紧离开。头人后来怀疑在岛上其他中国人的目

---

① 《序》,《苦社会·苦学生·拒约奇谈》,《中国近代小说大系》,百花洲文艺出版社1993年版。

的，决定杀尽中国人，以除后患。头人定计，先用重价收买中国人的铁器，然后再大肆屠杀，中国人手无寸铁，被逼逃到大仑山上，头人诱降他们下山，下山的道上设埋伏，中国人被吕宋岛头人杀得一片血海。他们在吕宋岛的全部财产尽被没收，大臣上奏，朝廷敷衍此事，并无追查之意。

这则故事虽然是书本上所虚构的故事，鲁吉园认为这就是当前到美国的中国人的真实处境。中国旅美华工也许会被洋人像吕宋岛头人那样，想尽办法杀尽。作者借用前人的故事，揭示当前被骗上船的华工的危险境遇。作者进一步强调，中国政府的无能，是海外华人受难最根本的原因。此事件是作者从另外一个角度叙述华人被奴役和屠杀的历史。

第六类事件讲述了李心纯打算到美国去做生意，鲁吉园劝说他不要去，美国的种族歧视非常严重。现在需要劳动力，对待华工十分宽待，将来会因此心生记恨，心纯以为美国以自由文明的国家不会剥夺别人的自由。吉园和心纯两人在谈论他们对美国的看法，吉园的观点颇深刻，他一针见血指出美国存在种族歧视的严重问题。黄种人是没有自由可言，在美国做生意一定要小心为佳。而心纯对美国还抱有幻想，以为美国是一个自由的国度，有中国驻美领事保障权利，美国不可违反两国的条约。事实证明吉园的观点正确，心纯由于过分相信美国，所以不能避免悲剧的命运结局。

第七类讲述了华工被美国人强迫种牛痘、洒消毒水事件。洋人要求船上散搭的洋人上舱，华人在下舱里接受种植牛痘。无论以前是否种植过，强硬逼迫再种，"便逐个令解上衣，伸出臂膊，用小尖刀插入玻璃瓶，蘸一蘸，在两臂连刺六刀[①]。"美国人在以前对待华工甚是客气，"（华人）一到码头，（美国）本地官绅，听说来了中国人，争着招接。后来回国，又陆续来送行。他们声称极喜欢中国人到这里做些事业，两边都有益的，请我们转致众人，一番殷勤的情意，赛如一家人。如今地方一天热闹一天，……又恨中国人占他的生意，没事寻事的欺侮，告到官不拘是烧了

[①] 《苦社会·苦学生·拒约奇谈》，《中国近代小说大系》，百花洲文艺出版社1993年版，第86页。

房子，伤了人命，一概不理，一点的事情，就回护自己的百姓，总怪中国人不好，要打要罚，任他施为，公使哼不得，领事不敢争"①出洋船上的医官对于其他各国的人大略望一望，就过去了，查到华人偏是仔细，前身相到后身，左手相到右手，站了不算，还要跑一回，看到华人的行李，挨着洒水消毒，认为中国人像蛇蝎。

美国人在出洋船上对待华人的态度和方式，是通过久居美国华人口中讲述的故事。美国人厌恶、严重歧视华人，华人被视为毒害。正如萨义德在《东方学》中的观点，白人眼中的"东方"是野蛮、愚昧和低下的民族，是白人奴役和征服的对象。东方人对西方人来说是一种谋生之道。西方与东方存在着一种权利关系，支配关系和霸权关系②。船上的洋人持有高于华人一等的姿态，凌越于华人之上，他们感到自己代表着本民族的一切优秀品质，有权力用文明教导专制，他们想当然认为可以用武力来管理"臣属民族"。

以上七种华工受虐事件发生在出洋的船上。船内发生的事件共同之处在于华工远离故土，失去了反抗的可能性。船舱作为唯一的空间，洋人与其爪牙可以肆意欺凌失去人身自由的华工，甚至可以随意剥夺华工的生命。发生在有限空间的连续事件能更有力、更全面揭露洋人的暴虐和残忍。

第二节　在美国本土的虐待者

第二个叙事场景是美国旧金山的唐人聚居区。作者以活生生的例子来说明在美国经商的华人与船上受虐的华工一样，无法逃脱遭"虐待"的苦难。他们在美国处处受欺凌和不公平的待遇。小说通过心纯和他的朋友来叙述华人在旧金山的普遍遭遇：华人开的店门前经常有人抛砖掷石，没有

---

① 《苦社会·苦学生·拒约奇谈》，《中国近代小说大系》，百花洲文艺出版社1993年版，第87页。

② [美]爱德华·W·萨义德：《东方学》，三联书店1997年版，第8页。

清静之日。华工与奴隶一样，出门要带一张身份凭证，否则要被捉去，遭受暴力惩罚，然后被硬性遣送回国。自禁约之后，不光是华工，一切来美华人包括留学生一律被拘禁起来，然后强制遣送回国，造成父子被迫分离、夫妻天涯各一方等悲剧。商人和老百姓受辱权且不论，小说还讲述了一位中国驻美领事随员受美国巡捕凌辱和殴打，致使中国外交官不能忍受侮辱，最终自杀而亡。中国外交官之死象征了国家和民族所蒙受的耻辱，就是说在美华人无论什么身份，从普通百姓到象征国家权力的外交使臣无一幸免地被欺凌被侮辱。

这一类事件的记叙比较驳杂，没有多少艺术价值，但从不同角度进一步控诉了从"洋商人"为代表的个体到"巡捕"为代表的群体虐待华工的罪行。具体地说，与出洋船上的华人遭遇一样，在美的华人也毫无自由可言，生命没有任何保障，生与死都由洋人来操纵的血淋淋的悲剧。这一题材的小说突出了民族苦难叙事主题。

在整部小说中，作者运用了不同的叙事方式来讲述华工在出洋的船上和在美国本地遭受到洋人虐待的故事。作者对于船上发生的事件，运用了第三人称全知叙事者的讲述方式，全知叙事者进入了小说主要人物的内心世界，介入了自我情感，仿佛置身船上华工其中。故事的叙事者也可以理解为隐含作者，所以故事描写的栩栩如生，具有很强的渲染力。小说后半部分有关华人在美国的经历，展示了华人在美国的不平等遭遇的事实。从中，我们不难看出，作者对于华人在美的悲惨遭遇也可能只是听说，并未亲身经历。所以，他借用他人之口来呈现事实，这是一种不可靠的叙事。在一百年前的晚清，小说刚刚成为文学的文体之一，小说往往只注重反映现实的实用功效，除了吴趼人、李伯元等少数作家，大多数作小说之人很难从艺术表达方式上增加小说的表现力。

总的来说整部小说思想深刻，前半部分文学表现艺术性较高。作者以文学的形式，有力地揭露了"华工禁约"这一历史事件中洋人对待华工及在美华人的罪行。作者站在民族主义和人道主义的立场上，控诉洋人的罪行，所以他笔下的洋人呈现出了凶狠、野蛮、恶毒等"魔鬼式"的特征。

无论是船上洋商还是唐人街的巡捕，洋人形象单一，作者将他们置于预设的模式中，人物性格单一化、扁平化。整个故事作者对于洋人深怀痛恨的态度，以血和泪呈现出"华工禁约"运动中海外华工的悲惨状况。

虽然作者署名不详，后人也无法考证其生平，但从小说具体的情节描述来看，他应该是关心民族命运，具有强烈时代责任感的知识分子，还可能是参与或者目睹过贩卖华工事件的目击人，所以作者重点突出一个"惨"字，渲染了浓烈的悲剧气氛。当然，在特殊的历史语境下，作者不可避免地围绕"救亡图存"的时代主旋律而写作，将小说工具化，意识形态化，以此响应梁启超在19世纪末和20世纪初发出的"文学革命"号召，文学成为知识分子关心民族命运、关注时局的有力回声。作者以中国知识分子的身份和民族主义的立场，以文学的方式，讲述了中国人的个体和群体在异国的遭遇，个体的遭遇其实可以认为是民族的遭遇和危机的"寓言"。一部催人泪下的华工血泪史也就是一部中华民族遭受西方国家欺凌的苦难史。国家、民族的命运与个人的命运不能分开，国人受难，民族遭劫。华工被洋人肆意鞭打象征着中华民族被外族任意瓜分和欺凌。这也是晚清知识分子急于寻求救国良策的原因，从"新民"的改良思想到"推翻清政府"的革命观点，在亡国灭种的生死关头，他们对国家积极思考、发愤图强，体现了知识分子的时代责任感，思考社会的真正价值和意义。这正是这部小说的最重要的价值所在。

第八章　科幻小说中的西方形象
——以荒江钓叟《月球殖民地》为例

19世纪末至20世纪初，中国小说出现了描写未来世界，以充满"乌托邦"式美好想象的内容为主题的小说，此类小说在本文中被称为"科幻小说"或"理想小说"。美国汉学家王德威先生用了"科幻奇谭"替代"科幻小说"，原因是此类小说叙事动力来自演义稀奇怪异的物象与亦幻亦真的事件，其叙事效果则在想象与认识论的层面，挑动着读者的非非之想[①]。这个糅杂中国古代志怪小说与域外小说特征的特殊文类，在20世纪初中国作家所创作的篇目中占有重要地位。

严格来说，"科幻小说"这新的小说门类受到外国翻译小说的影响。19世纪西方人颇为看重的科幻小说在中国19世纪末20世纪初得到了中国读者的普遍认同和喜好。所以，翻译小说从数目上超过创作小说，估计占有全数量的三分之二。[②] 其中，以科学为主题的科幻小说占有很大一部分。从最早付梓翻译的《百年一觉》，到林译小说的盛行，各类报纸、文学杂志争先刊登翻译小说，翻译科幻小说占很大的比例。阿英粗略统计了科幻小说大致有：《电术奇谈》（吴趼人，新小说社，一九〇五年）、《千年后之世界》（包天笑）、《梦游二十一世纪》（杨德森，商务出版社，一九〇三年）、《空中飞艇》（海天独啸子，明权社，一九〇三年）、《新舞台》（东海觉我，日本押川春浪，一九〇五年）[③]等。在中国风气开化

---

① ［美］王德威著，宋伟杰译：《被压抑的现代性——晚清小说新论》，北京大学出版社2005年版，第292页。
② 阿英：《晚清小说史》，江苏文艺出版社2009年版，第184页。
③ 同上书，第190页。

的地方翻译作品毫无疑问成为晚清作家学习的蓝本。

科幻小说寄托着中国作家"乌托邦式"的强国梦。自"西学东渐"之风盛行,强大的"西方"成为中国人反思"自我"的"镜像",作家会有意识地选择创作科幻小说来表达他们心中的未来世界。作者通过想象,建构了一个全新的,充满梦幻、自由、平等和先进的未来社会。诚如王德威所言,科幻小说的背后是作家和读者结合政治理念,对于国家民族未来命运的思索,或者说仅仅是小说的一种修辞策略。[①]但科幻小说家基于对新知识的崇尚心理和对美好未来的想象,这一事实却无法否定,采用熟知的话语模式书写科幻小说[②]。

科幻小说或者说是理想小说家对于来自于西方的科学知识的想象建立在对现存的知识框架下的理解和认知,他们对西方科学知识的有限认知与西方文化在华的传播有关的。

从首位来华的西方传教士英国马礼逊到第二次鸦片战争后的半个世纪,西方在19世纪中叶之前的中国呈现出模糊的概念。中国人对西方的模糊认知始于早期来华的西方传教士编译的西书和报刊。一批中国知识分子觉悟到学习西方的重要性。"科学"思潮由此兴起。[③]林则徐不仅是虎门销烟的民族英雄,而且是睁眼看世界的第一人,由他组织翻译英国慕瑞所著的《世界地理大全》,具有里程碑意义。《四洲志》,是第一部翻译的西书。另外就是以"师夷长技以制夷"观点著称的魏源,他看到了西方的强大是因为其有先进的技术。魏源在1842年编写了五十卷的《海国图志》,不仅包括了外国地理,外国的造船技术和武器生产等等,国人于是对西方的认识建立在"船坚炮利"的科学技术表层。

兴起于19世纪中叶的中国"洋务运动"本身就是对西方"船坚炮利"的简单学习和复制过程。洋务派官员提倡造船、开办兵工厂,或购买外国

[①] [美]王德威著,宋伟杰译:《被压抑的现代性——晚清小说新论》,北京大学出版社2005年版,第294页。

[②] 同上书,第295页。

[③] 熊月之:《西学东渐与晚清社会》,上海人民出版社1994年版,第211页。

20 世纪初中国小说中的西方形象

先进枪炮等。期间，还大量翻译西方武器的书籍，达到二十二部。[①]其中，有介绍枪炮的制造、地雷炸弹的有关知识，论述用炮兵、火药等等，提高军事装备，达到抵抗外敌的目的。经过三十年的自强、自立准备阶段，中日甲午战争中国战败，标志着"洋务运动"的结束。但对洋务运动的反思，以及对更先进的西方武器的梦想在晚清知识分子中并没有消失。

1890 年至 1894 年出使欧洲的薛福成在其《出使英法义比四国日记》中记载，江南创设水师学堂，三届水师学生分别到英法各国学习，学习测绘海图、巡海练船，学习操放大炮枪、驾驶铁甲等技术。

在 19 世纪末 20 世纪初中国社会已经展开对西方水师装备的译介。创刊于 1896 年的《时务报》，登载了译自日本西字捷报（西七月初六日）《论海军》的文章，论说名叫勃来西的英国人所著有关水师的书籍，每年一出册，论及各国的兵力情况。这本书实际上是"兵家要书"，"今一千八百九十六年岁，纪新成中多至论为英人所当留意其体例亦有更新，从前每岁所载船数惟列英与法俄二国之比较，今则德美之举动及其余某某等国，皆有与英为敌国之势，故表上所列比较不得不加详试，综论之"[②]。文中提到了铁甲船、包甲快船、巡探之船。

另外译《伦敦东方报》（西六月初五日）《入水船》篇，详细介绍了有关英国制造的入水船，"系改籍美国之英国阿尔兰省民，人名荷兰者所创船。全船入水，则烟筒须封盖，而轮用水气压力转到，如水气不足，另有电气使之行动，船身能浮亦能沉。如仅船身入水，而尖顶塔天气管亦已封盖，所有烟筒等件，仍出水面之上，船行速率每点钟计十二半海里……船可入水至四十五尺，虽入水如此之深，而其船身坚固……"[③]。这种船有非常先进的性能，船入海底成为现实。

翻译《伦敦东方报》（西六月十九日）上《电气兵轮》一文中提到奇

---

① ［美］费正清、刘广京编：《剑桥晚清史》下卷，中国社会科学出版社 1985 年版，第 174 页。
② 张坤德译：《论海军》，《时务报》，1896 年第 1 期。
③ 张坤德译：《入水船》，《时务报》，1896 年第 1 期。

特的船只:"闻诸水师官场云,有人在海部呈进图说,请造小兵轮一队,船用电气行驶,并用电光代灯,其双轮并不配在船尾,而在船之中段,稍后,速率须每点四十海里,能全船或几分入水,欲其入水灵便,船壳除稍垗零星外,并无装配之件。闻此等船样应悉照各水师。博士所称善之,能配用向盘,船式绘画,其速率及战力,可与大战舰相垺"[1]。

可见,中国人对于西方科技的译介和宣传成为中国人了解西方的有效途径。科学的迅速发展是近代西方自工业革命完成以后最具有特色的时代标志。作为西学的重要一部分,它伴随着西方的炮舰来到中国,改变着中国人对世界的有限认知。科学的传播正是在19世纪末,20世纪初中国社会转型的语境下开始进行的,报纸杂志、书籍、书院和翻译馆是西人传播西学的主要媒介。

早在1870年代,一批走出国门的中国人游历到西方国家,亲眼目睹很多新奇之物。志刚在其《初使泰西记》七月初一在法国首都巴黎司客公寓中描写的"电线通信","通信以电气为体,以吸铁气为用。虽大地一周九万里,而往返通信,可立而待。今法国火轮车,嫌其身较长,四轮之弗便也。而仿马车之盘轴,则即可以转折无碍。而修铁路者,遇山林蓊屋之处,亦可以省穿凿支架之力矣。火轮车公私皆便,利益无穷"[2]。……公事可以千百里运军卒器械,以解变乱之急,免战乱蔓延之祸患,遇到水旱天灾,可以转移逃亡,行者忘记旅途之劳顿,免盗贼之劫。可见国人对西方先进科技的崇拜。

创办于1868年9月,发行人为美国教士林乐知(Young John Allen)英国教士慕威廉(William Muirhead)和艾约瑟(Joseph Edikins)的《万国公报》,在19世纪中叶,主要承担了译介西方科学的任务。其前身《教会新报》虽以刊载宗教事务为主,还经常记载中外史地,科学常识。在光绪十五年正月,即1889年2月,归并广学会之后,负担起了推广西学的

---

[1] 张坤德译:《电气兵轮》,《时务报》,1896年第1期。
[2] 志刚:《初使泰西记》,钟叔河编:《走向世界丛书》,岳麓社1985年版,第311页。

责任。涉及西洋科学知识、史事人物，国家现势等。并因此引起了中国官员的注意，当时可谓令人耳目一新。第十七期登载由《铁路略述》、《天文地理》、《论月》、《格物致知序》、《格物致知论》、《论消化之理》、《泰西格致诸名家实录序》、《格致有益于国一章》和《土星考略》等文章，介绍不同门类的科学知识。第十八期有《天文图说》、《西医汇抄》、《论水利》、《论水师学堂》、《始生之道》、《论数学》、《天文地理五章》、《天文地理星气论》、《推广西学说》和《海外闻见略述》等。第十九期有《论西学为当务之急》、《变法自强上》、《纺机新法》、《防时疫传染论》、《西学略说》、《电线铁轨之益相辅而成说》和《振兴算学论》。第四十六期上刊登1892年幕威廉的《格致新学》、艾约瑟《富国强民策》和贞德《西医汇抄》。

在这一阶段，还出现了专门介绍近代科学为宗旨的科学杂志，诸如由英国传教士傅兰雅创办于1876年的《格致汇编》、《格致新报》和《普通学报》等，尤以《格致汇编》最有影响力。涉及到了自然科学知识、工艺技术、科技人物传记等。自然科学知识包括数、理、化、天文、地理、生物、医学、地质等学科。

其他重要报刊也选登不同类别的科学知识，以"开民智"为目的。1896年的《清议报》第六期东报译编选登了《每股铜矿获利》和《太平洋电线》。《新民丛报》第三十六号的图画页介绍了蒸汽机发明家占士瓦德之像和X光线摄影发明家陆近之像；第四十二和四十三号的图画还介绍了电报发明者士梯芬逊（史蒂芬孙）和摩士之像。

创刊于1907年的《科学一斑》杂志，介绍科普知识。发刊词"学术之衰落乃使我国势堕落之大原因也。"[①]虽然文学事业自豪于世界，我国劣败之点在于文学盛而科学衰。所以该杂志设有各种栏目：文学、数学、历史学、宗教学、地理学、天文学、医学、算学、伦理学、光学、电学、化学、植物学、体操和音乐等等，介绍西方先进的科学知识。

---

① 卫石：《发刊词》，《科学一斑》，1907年第1号。

书院、翻译馆等成为译西书、介绍西方科学知识的主要机构。由教会主持的晚清三大西书出版机构的无美华书馆、广学会与益智书会、印书馆等承担着介绍西方科学的译介工作。比如美华书馆著名的《格物质学》是一部自然科学常识教科书，由潘慎文译；慕威廉译《地理全志》，是一部世界地理简明读物。都与传教士有关。

另外，科学小说的兴起与外国科幻小说的译介有直接的关系。法国科幻小说儒勒·凡尔纳的科幻小说在20世纪初被译介的数量最多。以科学为主题的幻想小说，试图使中国人增长科学知识，改变落后思想，推进文明进程。

在这样的历史语境下，科学知识在中国知识分子的视野中的地位，决定了小说门类的多样性。科学小说以"科学"为主题的理想小说成为晚清小说的特色之一。

以碧荷馆主人撰写的《新纪元》[1]为例，作者在小说的开篇，提到"科学"在未来世界的重要性。他的观点是"世界越进化，科学越发达"。二十世纪的最后日期，科学的发达究竟到了什么地步？世界究竟变成了一个什么样的世界？作者带着这些问题具体描写了一场气势宏大，争斗激烈的种族战争，新式武器决定了战争的成败。与个人叙事小说《月球殖民地》不同，《新纪元》采取了民族叙事的方式，讲述了黄种人和白种人之间斗学问的武力冲突和较量。全书故事始于公元一九九九年，中国已经今非昔比，强盛起来，其他各国已经惧怕中国，因为"中国人的团体异常团结，各种科学又异常发达，水陆战具新奇猛烈"[2]。

小说具体描写了一场璀璨的强国梦，中华大国利用先进的科学知识和强大的水师装备，与西方列强对峙，并在战争中击败了白种各国。这是作者幻想出的一场中西之间先进武器的较量和角逐，强与弱依靠的是各国科学发展的程度，双方不断采用的更先进的新式武器标志着科学的发展程度。

---

[1] 碧荷馆主人：《新纪元》共二十回，1908年3月由小说林社出版。

[2] 碧荷馆主人：《痴人说梦记·月球殖民小说·新纪元》，《中国近代小说大系》，百花洲文艺出版社1989年版，第439页。

黄白两个人种的较量是一场科技的比武。作者在中国首相金作砺为元帅黄之盛送行之际，说出了这场战争的实质："从前遇有兵事，不是斗智，就是斗力；现在科学这般发达，可是要斗学问的了"[①]。

小说中双方使用的新式武器实际上都是来自于泰西各国，由白种人所发明，然后被后人，包括黄种人进行改良使用。作者对双方使用的新式武器都做了非常仔细的介绍，包括发明人、发明时间、武器的外观、性能、威力等特性。这样详细介绍新式武器，好处在于信息量大，可信度高，但或多或少失去了小说的文学性和虚构性特点。

本文以署名荒江钓叟撰写的小说《月球殖民地》中有关西方相关书写的文字为研究对象，《月球殖民地》原载《绣像小说》第21—24、26—40、42和59—62号上，1904年出版，共三十五回，未完。这是一部科幻小说，全书以日本义士玉太郎驾驶热气球为中国人龙孟华寻找妻子凤氏和儿子龙必大为主线展开的故事。他们在寻找妻子和儿子的过程中亲身经历诸多劫难，亲眼目睹很多荒蛮小岛的恶风陋俗，历尽千辛万苦之后，终于使得龙孟华全家团圆。这是一部具有象征意义的幻想小说，书中主要人物的名称别具意义。龙孟华指代龙的传人，华夏子孙，也就是中国人，凤氏也是中国人的别称，中国文化中素有"龙凤呈祥"的指代，"龙必大"隐喻中国必然强大的意思。小说所出现的西方形象主要呈现出友好、亲善等神性特点。主要包括玉太郎与气球、圣女玛苏亚、西方外科手术以及所历经岛屿的所见所闻。从艺术方面评价，该小说的艺术成就不能算高，但所塑造的西方器物形象和西方人物形象各具特色。

第一节 "救助"之神

荒江钓叟笔下的西方人物有日本义士玉太郎和美国圣母玛苏亚，他们

[①] 碧荷馆主人：《痴人说梦记·月球殖民小说·新纪元》，《中国近代小说大系》，百花洲文艺出版社1989年版，第456页。

散发着神性的光芒。

一　空中飞人玉太郎

作者荒江钓叟塑造了日本年轻有为义士玉太郎,从不同角度对他进行了深度的刻画。玉太郎是作者笔下完美西方人形象的化身,他不光熟练掌握西方先进科技,而且具有志士的智慧和侠士的义气。他不仅思考着本民族的命运,而且深深同情与之同种的中华民族的发展和未来国家的命运。

小说中的玉太郎不仅自己研制先进的交通工具,而且能熟练操作气球进行救助,所以,他驾驶气球自由行驶,从亚洲转向欧美,又到达非洲、大洋洲等地,经历和目睹了世间万象。玉太郎的身份独特,与中国人有不解之渊源。其父是日本东京志士藤田犹太郎,按照《万国公法》,保护了被中国被朝廷追拿的罪臣李安武,并把他带回日本,学习普通格致化学。妻子濮玉环也是中国聪颖、贤惠之杰出女性。所以玉太郎虽以日本人的民族身份出现,但他的身上融合着日本与中国两个民族的亲缘特征,具有跨文化性。

玉太郎的出场也颇有神话色彩,在花好月圆之际,他驾驶着气球缓缓而下,降落在梅花香气四溢的月夜:

> 酒到半酣,抬头一望,只见天空里一个气球,飘飘摇摇,却好在亭子前面一块三五亩大的草地落下,两人大为惊诧,看那气球的外面,晶光烁烁,仿佛像天空的月轮一样,那下面并不用兜笼,与寻常的作法迥然不同。忽然叮当一声,开了一扇窗棂,一个人从窗棂里走下。那人生得仪容不俗,举止堂堂,看见这里梅花盛开,便从容赏玩[①]。

[①] 荒江钓叟:《月球殖民地小说》,《痴人说梦记·月球殖民地小说·新纪元》,《中国近代小说大系》,百花洲文艺出版社1993年版,第244页。

这就是玉太郎的梦幻式的出场，他宛若月宫仙子，超凡脱俗，不食人间烟火，以神仙的形象出现在龙孟华等中国人跟前。他告诉龙孟华他是从东京起程，坐着气球，所以很快到达。

玉太郎非凡俗之辈，仪容举止不俗，与其父犹太郎一样，具有侠义心肠，对中国人尤为友好。他带华人龙孟华来纽约寻找其妻，到了纽约后，他发现龙孟华在纽约杳无去向，便询问巡捕，说龙孟华被捕头捉去。那捕头的长相异常凶恶，脑袋像炮弹一般，待中国人最是无礼。他告诉玉太郎，美国现在禁止华工登岸比以前更加厉害，没有护照的外国人本应属于本国领事照会，但中国领事官到纽约来就是为了几个钱，一样地剥削他的百姓，在美国政府权力下混过日子，不会来管这些闲事，华人已被关押在监房。玉太郎想办法营救龙孟华，看到牢房里除了几个非洲黑人外，大部分人都是华人。玉太郎找中国领事，发现他不去为本国人争取利益，只会明哲保身。玉太郎没法，只好求救于日本领事。日本领事倒是佩服玉太郎的义气，愿意帮忙，并且说中日同种，理应解救。

作者在这段话中塑造了一位富有同情心和人道主义思想的日本领事，他深深同情与日本同为黄种人的中国人，愿意全心搭救处于危难之中的龙孟华。他不光有仁爱之心，而且还具有卓识远见，跳出狭隘的民族主义视野，视中国人的遭遇为自己本民族的责任。虽然短短几句话，我们明显能看出作者的用意，他有意用日本领事与中国领事做对比，借以讽刺中国官员的昏庸和无能。作者在叙述两国领事时候，把对中国政府官员的美好希望寄托在日本领事身上，所以日本领事是作者乌托邦式的美好幻想，日本人与日本官员是救赎积弱和诟病沉积已久中国的良方。

与之相反，作者也用寥寥几笔，勾画出了一位凶神恶煞的美国巡捕，不光长相异常凶恶，而且对于中国人态度极其恶毒，不分青红皂白，将龙孟华捉去，放入监牢，而且坐牢之人大部分是华人，受到虐待。看到玉太郎不是华人，马上转变态度，对日本人和华人采取了迥然不同的态度，而且还告诉中国驻美领事的丑恶嘴脸和无视民族荣辱的可耻行为。

玉太郎是作者理想化的日本人形象，他集中了人性的优点，身上带有浓厚的中国儒家传统文化的烙印,忠厚、仁慈、儒雅、义气,但又超越传统的儒士,具有英雄气度。作者对于玉太郎的描写可谓是浓墨重泼,极力刻画他的性格特点,同时,作者也对本国人进行了认真审视,认为中国缺少像玉太郎一样具有优秀品质的义士。在小说里,他被作者塑造为一个"拯救者"的完美的形象。他带着知书达理的中国妻子、中国朋友、英国医生一起驾驶气球寻找龙之妻和子,在天空中自由行走,在气球上俯视隐喻中国社会的岛屿,最后抵达月球,见到月球童子投胎的儿子"龙必大"。龙必大后又与月球世家女子结亲,乘坐更先进的气球接父母去月球居住,圆了龙孟华旅居月球的美梦。玉太郎的完美人物形象寄托了作者的民族主义话语,针对千疮百孔的中国,若要实现强国美梦,不但应该有民族英雄,还不能缺少具有普世精神的外来力量的帮助。后崛起的强国日本,与中国同种,又是邻国,作者对日本人寄予了厚望。作者站在富国强民的民族主义立场上书写玉太郎,玉太郎身上寄托了作者的强国梦想。

二 美国圣母玛苏亚

"圣母"的形象在中国创作小说中很少有所涉及,原因与当时具体时代背景和译介选择有关。"圣母"形象是西方基督教教义《圣经》上有关"耶稣"降临人世传说的故事。圣母玛利亚以其圣洁、完美无瑕、博爱、伟大等品质成为西方宗教完美人物形象的典范。

小说的主人公之一的龙孟华之妻龙凤氏落水后,被西方名媛玛苏亚搭救,并收留。玛苏亚竭力帮助龙凤氏寻找丈夫,在寻找途中,不幸为海盗所迫,自杀。有关她的故事出现在小说的第十六回,玉太郎之妻濮玉环到石兰街女教堂寻找玉太郎,女教士告诉她有关玛苏亚的身世:

> 玛苏亚并非寻常之人,其父原是华盛顿巨富,母亲早年病故,她自幼在英国伦敦上学,与英国勃兰堆侯爵的世子勃兰堆第二约定了婚姻。不幸,在玛苏亚二十岁的时候,勃兰堆第二陡然病故,玛苏亚决心不再嫁人。过了几年,他父亲临终遗嘱一半财产捐入

国家的善会，另外一半留给他的女儿。玛苏亚怀有仁爱之心，将大部分财产捐给教会。玛苏亚出于义举，拯救了飘在浮木上的龙孟华之妻，两人投缘，因为（龙之妻）知文答礼，中国的学问很好。后来彼此讲求些学问，那情意上更加亲密了，因而认作母女[①]。

玛苏亚是由叙述者女教士讲述的故事，女教士以叙述者的身份讲述了可靠的故事。玛苏亚具有圣母玛利亚式圣洁品质，博爱、忠贞，用爱心救助弱者，她的形象是西方天主教圣母玛利亚的再现。玛苏亚虽出身富豪家庭，但不惜钱财，捐款以普救众生。她品德高尚，而且富有爱心，捐巨资给慈善机构。她出于人道主义拯救了落水妇女龙凤氏，并且和她情似母女。作者还特别表扬她的贞洁观，她的未婚夫已死，不再改嫁，这种观点反映了作者本身所带有的封建贞洁观思想的局限性。玛苏亚在小说中的角色与日本义士玉太郎一样，承担着救助弱者的责任。在中华民族危难之间，挺身而出，不计个人得失与安危，帮助其脱离苦难，这也反映了作者的文化心理，借助西方救助力量，实现自我富强。

作者以神话叙事方式来叙述玛苏亚的故事。玛苏亚在家做了一个梦，因为行善，感动了女仙，女仙下凡赐予她女儿和孙子，所以她受神的启示和恩典，拥有了干女儿凤氏和孙子龙必大。这是"善恶有报"的道德伦理观念，女仙的出场颇有神话色彩：

仿佛半空像有作乐的声音，渐渐的落下。……见那音乐部的歌童舞女都和这世上两样。当中有位女仙，手里还抱着一个孩子，那容貌的庄严，比着我们的圣母娘娘还庄严得许多。……女仙也起身去，走到门外，只见一个团团圆圆的大月球，那女仙便和一

[①] 荒江钓叟：《月球殖民地小说》，《痴人说梦记·月球殖民地小说·新纪元》，《中国近代小说大系》，百花洲文艺出版社1993年版，第308页。

班儿歌舞队冉冉的上去了①。

神话叙事首先会有感官上的审美愉悦。色彩和音画的变化，构筑了亦梦似幻的艺术效果，这是中国传统小说常用的叙事策略，作者通常借助神话故事来表达神话背后更深刻的意义。在此，女仙和众歌童和舞女都是超越于凡尘的人物，他们降临于玛苏亚身旁，增加了神性色彩，暗示了玛苏亚已经介于人与神之间的特殊身份。玛苏亚所做的善事得到仙子的认可和赞同，音乐、歌舞、大月球、女仙、婴儿等意象展示的是一个圣洁的世界。这些艺术描写手法共同表现了玛苏亚的特殊身份，她是圣母的化身，具有"永恒女性"的大爱之美，她追寻上帝的真理，具有热烈的宗教情感。显示出光辉、快乐，满怀期待，并能保持内心的平静，积极参与神的事业，对身边的人的同情和强烈的爱心，是理想基督徒的代表。

玛苏亚后来的故事是大家在找到龙凤氏后，龙凤氏打算告诉大家有关玛苏亚的事故，但因为悲伤过度，在教堂里由濮玉环代她叙述。玛苏亚帮助义女凤氏寻找丈夫和儿子，母女两人因坐邮船在海上遇险，搭了一只小渔船，不巧遇到海盗夺财，并打算将两人贩卖到其他地方，两人无奈，只好选择跳海逃生。玛苏亚跳海时，不凑巧头发被船上的锚挂住，只好开枪将自己打死，凤氏抱着一支折断的船桨在海上飘荡。玛苏亚因为遭遇海盗，为了保护中国义女凤氏，自己舍身。她的事迹成为教士的榜样，所以在小说的第三十一回中，女教士赛而因告诉大家玛苏亚已被树立为瞻仰的楷模。

就以本日为追祭玛苏亚先生之日，第二件是铸成铜像，分竖在各教堂、各善会，以表功德；第三件是肃清海贼，分请各国国家协助兵力；第四件是广行教化，教赤道南方一带荒岛同享太平的幸福。②

---

① 荒江钓叟：《月球殖民地小说》，《痴人说梦记·月球殖民地小说·新纪元》，《中国近代小说大系》，百花洲文艺出版社1993年版，第309页。
② 荒江钓叟：《月球殖民地小说》，《痴人说梦记·月球殖民地小说·新纪元》，《中国近代小说大系》，百花洲文艺出版社1993年版，第408页。

玛苏亚不惧艰险，英勇对抗邪恶，生死关头，凛然选择死亡，死亡将她的伟大人格升华为永恒的神性之爱，所以说她是女中豪杰，不但是妇女学习的榜样，而且是人类效仿的典范。作者对于玛苏亚极其崇拜，视她为圣母式的西方女性，寄托了作者美好的想象，也是他对于中国妇女的一种期望。

作者详细地记叙了玛苏亚的故事，神化了这位西方女性，旨在强调她的博爱、无私等优秀品格，也是玛苏亚身上宗教式"神性"的体现，宗教式的"神性"是西方基督教信仰的外在彰显。玛苏亚的艺术形象具有形而上的精神价值，她以高尚的宗教情怀，对弱者龙凤氏进行救助，博爱之光普照。玛苏亚的神性救赎是中国处于新旧交替的转型时代的需求，时代渴求圣贤式的人物。作者塑造玉太郎、玛苏亚式闪耀着大爱之光的西方形象是他对中国社会需要救赎强烈渴望的体现。

第二节　奇妙之术

一　神奇的气球

气球在《月球殖民地小说》中有象征意义。首先作为能离开地面飞行的先进交通工具，是人工智慧集成的成果，为主人公日本义士玉太郎自由出入提供了可能，扩大了小说的叙事空间。其次，气球作为重要道具，推动了小说叙事。[1]小说的主人公随着气球的移动和上升,视角也发生了改变。进入广阔的视野，见到不同的景象，新奇、刺激的感官视觉为读者创造了充满无限的想象的叙事空间。

气球是日本义士玉太郎花费了五六年的心力制造所成，气球的外观和性能独特神奇：

---

[1]　[美]王德威著，宋伟杰译：《被压抑的现代性——晚清小说新论》，北京大学出版社2005年版，第331页。

第八章 科幻小说中的西方形象

> 那机器的玲珑，真正是从前所没有见过的。除气舱之外，那会客的有客厅，练身体的有体操场，其余卧室及大餐间，没有一件不齐备，铺设没有一件不精致。……忽听得气轮鼓动，那球早腾空而起[①]。

气球不仅是行动自如的现代化交通工具，而且还装置了便捷的生活功能，如同长了翅膀的房屋，超越于实现，具有魔幻色彩，更能衬托出玉太郎的神性。正因为这一高科技，义士玉太郎才能驾驶气球，带着中国人龙孟华越过千山万水找寻找亲人。坐在气球上他们感受新奇、独特，瞬间掠过山峰和海洋，从高处看到繁华的纽约都市，纽约犹如掌中之图画。

> 纽约的都市好比是画图一幅，中间四五十处楼房，红红绿绿的，好比那地上的蚁穴、树上的蜂巢，那纵横的铁路，好比那手掌上的螺纹[②]。

明显看出作者以新奇的眼光俯瞰纽约，纽约的繁华景象让他感到兴奋。在小说的第九回，玉太郎驾驶气球到了伦敦后，英国人聚集起来观看这个新式气球。

> 那满都市的博物学士、天文学士、地理学士以及各种的科学生徒，没有一个不摩拳擦掌，想看这新式气球的样子，以便仿效制造[③]。

同样在"看"，作者看纽约，伦敦人在看气球。同为欧美强国，玉太

[①] 荒江钓叟：《月球殖民地小说》，《痴人说梦记·月球殖民地小说·新纪元》，《中国近代小说大系》，百花洲文艺出版社1993年版，第245页。
[②] 同上书，第256页。
[③] 荒江钓叟：《月球殖民地小说》，《痴人说梦记·月球殖民地小说·新纪元》，《中国近代小说大系》，百花洲文艺出版社1993年版，第265—266页。

郎的气球在此代表着黄种人的东方现代化文明器物,超过以英国为代表的西方现代文明。作者想象出英国人看到黄种人更先进的科技文明,专门派专家去日本查访,学习或购买,或是派人学习,生怕这利权落在日本人手里。东方和西方文化的对抗直接反映在现代化文明的竞争层面上,所以,作者虚构技高一筹的气球,从某种意义上来说,是作者强国梦的书写,心中理想的描绘。

实际上,气球原属西方国家的现代化器物。在走出国门出使欧美的中国人的游记中有比较详细地记载。志刚在1868年随同出任中国政府外交官蒲安臣(Anson Burlingama)等人作为清政府向西方国家派出的第一个外交使团员,他的《初使泰西记》一书中,记述了使团1868年至1870年在欧美国家的所见所闻,其中就有对西方"气球"的记载,他称之为"天船":

> 西人有天船,可升空际,以资瞭望,泄不通之信,非止作奇器、炫奇观也。其法,缝皮为大球亩许,鼓空气于众,而掣出炭养之气,止留淡气。则中气轻于外气,如沈木于水而自浮。球底系皮兜,恰受两三人。俟气球浮空,连兜带起,谓之船者,借称也[①]。

志刚第一次见到这个神奇的升空之物,疑是天上飞来,所以称为"天船",表达了他的新奇和惊讶之感。

清朝同治年间,年轻的翻译张德彝在同治十二年记下了他1871年随崇厚前往法国解决教案,在他旅法日记《燹后巴黎记》中记载:

> 当德兵围困巴里时,法于城内思安江两岸,各设气球公司,以便乘之出入,窥探军情、往乞救援等用。盖气球可以腾空俯视。今制则高必六十丈,用照相镜下映敌营,则其兵阵地形一一映入。并可携带电线,以千里镜俯视一切,随看随报,极其迅速。小说

[①] 志刚:《初使泰西记》,钟叔河主编:《走向世界丛书》,岳麓书社1985年版,第324页。

所云腾云驾雾，其神奇殆不过是云①。

法国人以气球作为军队装备，用来侦察敌情，非常方便。

薛福成在其《出使日记续刻》（光绪十八年）就有对气球历史详细的总结，记载如下：

> 气球创于百年之前，法国战事初用其器。后阅七十年之久，视为废物；三十年前，始复兴用。……近十年前，始更精求其理法，以便多用于战事。惟今所放气球，仍用绳牵而鬆放之，气球尚未多进益。近来法国于其电气机器考求益精，将来或能够造船形气球，迎风逆气，或借旁风而速前行，则或借以清兵解围，或通信营垒，其益最大。②

以上文字介绍了气球不断被改进的过程，不但被用在军事上，而且用于通信。不仅如此，同时期的各大报刊登载大量有关这个奇异之物的文章。《时务报》刊登《伦敦东方报》（西五月初八日）的一篇有关气球的文章，《天气雷》：

> 电学新报，近论气雷甚详，雷系一小球，加满天气，能在离地五尺至一千尺高处，气球底挂一篮，篮内盛最烈炸药，遇物炸裂，其力甚猛，交战备用，颇称简便。据创造气雷者云，凡围困城池，或解重围，寻常非大队不能奏功。用气雷年一卒，足以济事，其简便如此，讵非行军之利器乎？③

---

① 张德彝：《燹后巴黎记》，钟叔河主编：《走向世界丛书》，岳麓书社1985年版，第449页。

② 薛福成：《出使日记续刻》，钟叔河编：《走向世界丛书》，岳麓书社1985年版，第605页。

③ 《时务报》，1896年第1期。

气球无非还是用在军事上,可以解围,被用作行军的便捷方式。1896年八月十四日译《伦敦东方报》登载的另一篇文章《英重气球》:

> 其由气球掷放炸药亦须细行试验云,各种炸药由气球从上掷下,试验之处,定在阿尔豆晓地方,不久即可举行。其试验之时,高处如何,低处如何,并与天气性情有何相关之处均须细察,军中新式气球,现在阿尔豆晓地方制造,以备试验之用,其造法该厂颇讲究云①。

《清议报》光绪二十五年岁四月十一号域多利泰晤士报刊登《新式气球》一文,报道德国军队气球营使用新式气球情况:

> 其起落行驶之捷速而耐久。为从前所无。十点十二分初离德营,时值顺风,至午时一点钟时,即过霸利士城,三点钟即抵德奥交界地,气球离地面约有五千尺。四点钟时,球落于奥国,计球行六点钟之久,共行四百二里。该地人见气球落地,莫不惊慌,疑为空中鬼物……又疑为是奸细……②。

这段话详细介绍了气球捷速耐久的特点,因为新奇而让没有见过的人感到惊慌。到了20世纪初,世界范围内气球不仅被应用于战争中,而且普通人还可以观赏。康有为在光绪三十年旅行至欧美,在法国公园亲自看到游人乘坐气球:

> 球大五六丈,内实空气;系绳无数,以悬藤筐。筐以架轧成,中空而周阑广六七尺,可座数人。……是日登球至二千尺,飘然

---

① 《时务报》,1896年第6期。
② 《清议报》,1899年第14期。

第八章 科幻小说中的西方形象

御风而行。天朗气清,可以四望。俯瞰巴黎,红楼绿野如画,山岭如陵,车马如蚁。……此事非小,他日制作日精,日往来天空,必用此物。今飞船已盛行于美,又觉汽船为钝物矣。至于天空交战,益为神物[①]。

从以上史料的详细记载来看,气球原是战争中使用的一种新式武器,在以英法为代表的西方国家都有制造。后来气球演变成为方便、快捷、新奇的空中交通工具并非是作家纯粹的美好想象,而是建立在对西方各国先进科技发达的事实基本认知之上。1902年莱特兄弟发明飞机之前,气球是唯一可以在天空中飞行的器械,作者借"它山之石"来言说自我心中的理想。也就是说气球是国家富强、民族昌盛的重要标志之一。气球帮助玉太郎完成寻找和救赎的人道主义使命,作者预见到未来国家之间的争夺在于高科技的掌握,所以说气球寄托着作者的强国梦想。

二 世风险恶的岛屿

岛屿探险贯穿于整部小说。玉太郎驾驶气球帮助龙孟华在印度洋岛屿寻妻。印度洋内的岛屿虽然新奇、刺激,但被凶恶之异种人占据,成为一个荒蛮、邪恶之地。野蛮的土著人对于乘坐气球的现代文明人的到来,有的持有排挤、攻击的反应,视之为"异物",有的表示出臣服的态度,作者对于这些野蛮之地进行了细致的描写。

在岛屿探险之前,作者通过想象,安排了小说主人公驾驶气球来到文明境界的经历,与岛屿探险荒蛮境况形成强烈对比。第九回,玉太郎和家眷濮玉环携带龙孟华一起坐气球去伦敦寻找龙之妻,作者以一个游览者的角度俯瞰伦敦全景,描写伦敦和伦敦人对于气球的仰视情况:

[①] 康有为:《法兰西游记》,《欧洲十一国游记二种》,钟叔河主编:《走遍世界丛书》,岳麓书社1985年版,第230页。

20 世纪初中国小说中的西方形象

> 这伦敦都市的热闹，竟与纽约不相上下。濮玉环开窗一望，只见下面的电汽车、马车、东洋车一齐停在一段地方，一个个仰面相看，齐声喝彩。……却原来伦敦气球公司接得纽约气球公司的德律风①。

在小说第十回，作者又描写了帕留安尼花园的舞会盛况，写到英国女士和绅商在此的舒适、悠闲、祥和生活。重点描写德国公主和英国皇太孙对舞的欢乐场面。

> 这帕留安尼花园风景绝佳，……，那公主生得腰肢一搦，皮肤胜雪，裙袖飘摇，仿佛天仙化人一般。大家齐声鼓掌。接着便是英国的水师提督和伦敦第一著名的妓女对舞，大家又是齐声鼓掌。②

作者描写伦敦，不仅反映伦敦工业革命之后，现代都市繁华的景象，而且还包括人们过着安逸和休闲的幸福生活方式。显然，作者视野中的伦敦是一个富足和快乐的天堂。

从第十二回起，玉太郎驾驶气球在向印度洋途中寻找玛苏亚母女的去向。他们在各个岛上搜查，经过各个岛屿，风俗险恶，没有一处让人合意。印度洋内小岛颇多，第一个岛屿名叫蝙蝠岛，这个岛屿的左翅有一带深林，人迹罕至。玉太郎和鱼拉先生带了卫生枪寻查。深林内没有什么猛兽，鱼拉先生只是捉了一只奇特的小鸟，这种小鸟泰西动物学中是没有的，所以他准备带回博物院，可惜，半路飞走了。他们到了深林外边，险些被石洞里的毛人扔出的石子打中，毛人身体高大，约有十英尺，被玉太郎枪击倒地，从拐角出来一群毛人，朝着玉太郎和鱼拉先生坐的气球乱扔石子。此岛屿的毛人对于气球所代表的外来文明持抵制和拒绝态度。

---

① 德律风，为音译词，英文 telephone，电话的意思。
② 荒江钓叟：《月球殖民地小说》，《痴人说梦记·月球殖民地小说·新纪元》，《中国近代小说大系》，百花洲文艺出版社 1993 年版，第 274 页。

第八章 科幻小说中的西方形象

第二个岛屿是柏儿来斯华勒岛。玉太郎和鱼拉伍先生佩带电气花的自来灯,濮玉环身着五彩电光衣,乘气球来到这个岛屿。迎面扑来一条巨大的鲸鱼,张着大嘴,背上的通水管喷出二十丈高的水柱。在他们准备离开时,气球里的机器椅被鲸鱼衔住,并被咬得有点弯曲,玉太郎用枪射击数次,鲸鱼才落下。气球落在岛内一个酋长的洞前,酋长的外貌举止与常人不一:

酋长面似红铜,刻化了许多花纹,身上披了几块鹿皮,颈项里挂着两串头颅骨,手里撑着一柄五六尺的钢铁剑,气象凶猛,坐在一块天然的四方石凳上,嘴里咕咕哝哝的也不知讲些什么。那一群的土番便一齐五体投地,硬着头向那石地上乱撞[1]。

这些人虽然面目狰狞,但对待乘坐气球而来的玉太郎等人非常和善,视他们为大神,臣服、恭敬。但对本族人却异常残忍,每年要杀大量人口祭献天神。酋长带领身穿电光衣的玉太郎等人进洞,又看到洞里的女人只要男人外出,都要被捆绑在家,洞里服侍的仆人也要先受过宫刑。洞里玉石很好,两崖尽是羊脂白玉,鱼拉伍还顺便带上金刚石桌到气球上。

作者以此岛屿上的土番来隐喻中国的社会野蛮、落后、凶残、迷信等现状。中国社会等级森严,女性倍受歧视,同族之间血腥屠杀。但对西方外来人来说,荒蛮之地是一个保藏丰富之地,他们可以任意掠夺。作者对于此岛屿的土番人描写比较详细,尤其是对酋长的外貌特点进行了栩栩如生的描写,还有此岛屿内对女性奴隶般地虐待的描写,读后让人瞠目。

第三个岛屿是鱼鳞国。这个国家风俗更是奇特,"生出女儿来,一定要缠起他的两只手,两根臂膊像麻秸,十指儿像一对兰花。…通国的女子,无论是吃饭穿衣,没有一件不靠着男子的,……男子一个个弄得面黄肌瘦,种田的荒田,做生意的生意不兴旺,读书的只做些山歌水曲,留恋风月,

---

[1] 荒江钓叟:《月球殖民地小说》,《痴人说梦记·月球殖民地小说·新纪元》,《中国近代小说大系》,百花洲文艺出版社1993年版,第295页。

没有一个想做些正经文章,当兵的只想坐着吃粮,打劫自己部落的百姓,没一个想开疆拓土,做些惊天动地大事业的"①。全国男人和女子无一成为病态。

鱼鳞国是典型的畸形发展的国家,男女都身残志不坚,国家没有任何生机和前途。女性生来就被社会摧残,女子缠手隐喻着中国女子的缠足问题,女子失去自由,只能依附男人生活,造成国家的衰弱。男子因为拖累,变得不思进取,导致国家衰落。这一点应该是作者对中国社会现状思考的结果。

第四个岛屿是叫做尚仁岛的地方。岛内风景秀丽,土壤肥沃,人口众多,却有坏的风俗,一班读死书的人和一班假斯文的人。岛内人口只剩下几十人,城里成为毒蛇猛兽、猪狗狐狸的窝巢。此岛东北有座叫做首功山的地方,山里精致雄秀,鱼拉伍先生游览之际,被山谷中一饿狮子咬去手膀的一半。狮子被抢打死。作者借此恶俗来讽刺死读书的坏处,危害国家和民族,美丽的国土暗含凶猛动物,说明国家已经危机四伏。这明显是作者对中国现状的讽刺。

第五个岛屿叫做司常煞儿岛。此岛历史悠久,最初也是国富民安,文明发达。但在酋长慕华达即位后,非常暴虐,认为酋长应该吃人饮血,穿人皮革,遇着祭天神大典,必然宰杀人做牺牲。奖赏品也是烧烤全人或人皮革衣服,岛内人只好把房屋砌在地底下。鱼拉伍先生认为遇着野蛮地方,就该用野蛮兵器,所以放了绿气炮。作者借此讽刺野蛮社会的制度,因为统治者的暴虐,岛内充满了血腥。吃人饮血,杀人如麻。这也是作者对专制社会的诅咒。

第六个岛屿叫做石帆岛。龙孟华思念妻子心切,便从气球跳出。玉太郎驾驶气球到了一个山谷上面寻找,山谷上面排列着无数尖峰石头。一条大白蟒从下面冲上来,气球上升,白蟒的喉咙被石帆戳破,蟒蛇疼痛一个

---

① 荒江钓叟:《月球殖民地小说》,《痴人说梦记·月球殖民地小说·新纪元》,《中国近代小说大系》,百花洲文艺出版社1993年版,第314页。

转身,几百枝石帆被蟒蛇一扫而光。跳下气球的龙先生的生还基本是不可能,玉太郎和其妻放声大哭,生怕辜负了朋友之情意,亲自备酒祭奠,痛惜先生之才。

第七个岛屿是龙孟华看到了"凤飞崖"的地方,勾起他思念妻子的强烈情感,于是他告诉玉太郎自己愿意在此守望,玉太郎只好满足他的心愿。龙孟华被作者塑造成为一个儿女情长的男性,喜欢落泪,情感丰富,但目光短浅。玉太郎与其妻处处关心照顾他,他依旧不能从悲伤中走出,表现出软弱、自恋等负面个性特点。丢失其妻凤氏的画轴,便放声大哭,认为谁能找见画轴,并能复原,谁就是他们夫妻的再生父母。这样的人物形象与主人公玉太郎形成鲜明对比,读之,让人啼笑皆非。

第三十一回,玉太郎驾驶气球向孟买进发,路过一孤岛,见到孤岛上外国人虐待中国人的惨状,"将中国人所住的一切房屋尽数焚毁,看得下面火鸦飞舞,村坊街市到处都是哭泣之声[①]"。玉太郎非常气愤,走到军器房里,拨到气雷机关,对准马队打去,把那些放火的军士和督兵营盘炸了干净。

以上这些野蛮岛屿是作者对于中国社会不同层面的隐喻。王德威认为每一处岛国都是中国的缩影,作者旨在批判[②]。的确如此,各岛国都以自己特有的野蛮风气而著称。作者以隐喻的修辞方式揭示中国政治的腐败、黑暗,习俗的丑恶、文化的腐朽,老百姓生活的艰难等等社会现状,作者对此危机有着很深的焦虑。在这一点上与谴责小说家以诙谐的方式表达的讽刺意义相同。所以说作者荒江钓叟创作的《月球殖民地》并不是以天马行空,无限空间的快乐或者苦难想象,而是借助想象出的先进交通工具"气球",试图拯救面临转型的中国。这部科幻小说仍然是中国知识分子救国、强国的政治想象。

[①] 荒江钓叟:《月球殖民地小说》,《痴人说梦记·月球殖民地小说·新纪元》,《中国近代小说大系》,百花洲文艺出版社1993年版,第406页。

[②] [美]王德威著,宋伟杰译:《被压抑的现代性——晚清小说新论》,北京大学出版社2005年版,第334页。

再次，龙孟华这个典型人物映射出作者对"自我"的反思和批判。龙孟华虽可称为义士，但性格软弱。寻妻的过程中，常常洒泪哭泣，需要玉太郎等人经常劝慰，才坚持到底，寻找到妻子。他的性格使得作者大有"怒其不争，哀其不幸"的情结。而龙之妻凤氏在小说中不仅仅所指龙孟华的妻子，而且还隐喻了强盛后的中华大国，"龙凤呈祥"之意。龙孟华寻妻之旅可以阐释为羸弱的中国变成世界强国的漫长过程。小说中无数个奇特艰险的岛屿象征了中国发生巨变过程中必然遇到的险恶的外部世界。

三 起死回生之西医

在这部小说中，作者对于源于西方医学的"外科手术"有两次比较详细的叙述。第一处在第十二回，龙孟华病重，玉太郎请著名医生哈克参儿医师上气球为其诊治。医生用一面透光镜照龙孟华的内脏见到心房、肝部和肺部很憔悴，决定为其开膛做手术，手术描写如下：

> 从口袋里掏出一块方巾，弹上些药水，覆在龙孟华头上，解开龙孟华的胸膛，自己跨上床去，复把那透光镜照了一番；腰里拔出一柄三寸长的小刀，溅着药水，向胸膛一划；衔刀在口，用两手轻轻地捧出心来，拖向面盆里面，用药水洗了许多工夫，将嘴里的小刀放下，吩咐贾西依托好了心。……哈老又倒了些药水，向那肝肺上拂拭了好一回。然后取那心安放停当，又渗了好些药水。看那心儿、肝儿、肺儿件件都和好人一般，才把两面的皮肤合拢。也并不用线缝，口袋里掏出一个小瓶，用棉花蘸了小瓶的药水，一手合着，一手便拿着药水揩着。揩到完了，那胸膛便平平坦坦，并没有一点刀割的痕迹[①]。

---

① 荒江钓叟：《月球殖民地小说》，《痴人说梦记·月球殖民地小说·新纪元》，《中国近代小说大系》，百花洲文艺出版社1993年版，第284页。

第八章 科幻小说中的西方形象

作者细致、具体地叙述了外国医生做手术的过程：剖开胸膛、清洗内脏、上好药水、合拢皮肤，看似复杂繁琐的程序，但手到病除。作者用轻松的语词描述了手术的过程，将开膛破肚之重大手术过程叙述得异常轻松、明快，有举重若轻之感。西医哈大夫用精细西方医术治好了中国人龙孟华的严重病症，作者对西方医生哈大夫及其高明医术持赞赏和认同的态度。

第二处在第十八回，英国人鱼拉伍先生在某个岛屿里游山逛景，不小心，半个臂膀被饿狮子咬掉，只好又来孟买求救于哈大夫，哈大夫与鱼先生一边做手术一边谈笑：

只见哈老替他把膀子装上，又上了药水。约摸医治了三点钟工夫，鱼拉伍将那装上的膀子运动了一回，竟同平日没甚两样[①]。

哈医生与病人鱼先生在轻松愉快的笑谈中做手术，并且术后不留任何痕迹，与传统病人的愁苦心态不同。

第三处在小说的三十三回，玉太郎染上急疾后，家人和朋友坐气球找到哈大夫为其开颅诊治。哈大夫医术娴熟，妙手回春，具体细节描写如下：

哈老诊了病，掏出药水，用水节打进了鼻孔……，（哈老）拔出七寸长的匕首，从脑袋上开了一个大窟窿，用药水拂拭了三、五次，在面盆里洗出多少紫血。揩抹净了，合起拢来，立刻间已照常平复。再用药水向他鼻子尖上一点。忽听得哎吆一声，玉太郎已从床上跃起[②]。

在以上三处讲述了哈大夫治病做外科手术过程。哈大夫医术高明，精细操作。最引人注目的是被作者称为"药水"的药物，在手术过程中发挥

[①] 荒江钓叟：《月球殖民地小说》，《痴人说梦记·月球殖民地小说·新纪元》，《中国近代小说大系》，百花洲文艺出版社1993年版，第324页。
[②] 同上书，第418—419页。

了极其重要的作用,神奇"药水"疑是"神水",可以治好重病恶疾。现实中,药水不可能有此奇特功效,故事中药水的特殊功效只能说是作者持有对西医的推崇心理从而产生的美好想象。实际上,"药水"指的是外科手术消毒药水。史料对这药水有所记载。郭嵩焘在光绪五年三月十三日回国后的日记中有记载他和张听帆到仁济医院拜见章森,看到医院治疗各种病人皆用西法,记载如下:

> 又有壶一具储水,下安酒灯,热水令沸。……盖其热力吸药水上升,一化成气也。章森云:"此新出之法。其药水名布斯垒,从煤中化出,制为水。凡疮毒外溃及施刀锯则血溢,而空气中小虫与相粘合,辄至肿烂。此水能除空气之虫,使不能入。即施刀锯,以水渍之,五日而复若无事者。实为外科第一圣药,数年前尚无有也"[①]。

这段文字说明在1866年中国开风气的地方,诸如上海等地,西医外科已经得到应用。由此可以判断,作者署名荒江钓叟撰写的《月球殖民地》对于做手术这个情节的描叙是有原型可以追溯。但在小说中,运用了"夸张"的文学修辞,夸大了"药水"的作用。龙孟华术后只须五分钟,便立即坐起来;玉太郎只须用药水轻轻地在鼻子上一点,马上恢复健康。所以,作者详细讲述西医外科拯救龙孟华、诊治鱼拉伍和玉太郎的故事,言下之意在强调西方文明是拯救中国病苦社会的良药。一方面表达作者对于西方文明的崇尚和肯定,另一方面,也是反思自我文化之后,对本土文化中所缺失的焦虑心理过程的体现。

作者对于本民族文化的叙述,还反映在龙孟华手术后,西医哈老便乘机劝告龙孟华不要作八股文章,中国的八股文章有害于身心,"心从小用

[①] 郭嵩焘:《郭嵩焘:伦敦与巴黎日记》,钟叔河编:《走向世界丛书》,岳麓书社1984年版,第77页。

坏了，做到八股后，心房便慢慢缩小，一种种的酸料、涩料斗渗入心窝里头，那胆儿也比寻常人小了几倍。"作者以做八股文章伤害心房的言说，讽刺中国腐朽、害人的科举制度，想要保持健康体魄，就必须远离中国封建文化的腐蚀和毒害。做八股文章，局限了知识分子的思维和视野。要想迈入和跟上正常的世界步伐，建立良好的秩序，必须具备广阔的视野。不能拘囿于病态的、有限的中国社会。改良中国社会是当务之急。作者的态度是20世纪初中国知识分子的集体政治诉求。

综上述，在《月球殖民地小说》中，作者通过隐喻、夸张和反讽等文学修辞，书写和描述了不同层面的西方人物和器物形象。西方人物玉太郎和玛苏亚散发着神性的光环。西方器物，包括气球、岛屿各国和西方医术，都是从不同侧面隐喻了西方的先进性。作者以科学幻想小说的形式表达出他内心对"西方"和"东方"的看法。作者的想象是实际上是他政治诉求的表达，传达着作者对国家民族意识危机的焦虑。

第九章 西方形象综论

20世纪初中国小说中的西方形象，是"西方"在中国人视野中最直观、最生动的具体呈现。作为"他者"的"西方"，西方形象不仅是其客观镜像的直接呈现，而且还是中国人对"西方"的主观认知和个人情感的综合表达。本章主要探讨西方形象在中国的流变、小说中西方形象的特点和作家表述西方形象的文化心理。

第一节 "西方"的流变

中国人头脑中的"西方"是随着时代的变化而变化的。

13世纪之前，中国和欧洲很少有直接的交往，中国人基本没有"西方"这个概念。后成吉思汗西征，扩大了中西交往。13世纪后，西方传教士和商人陆续到达中国，他们将有关中国的情况也介绍到欧洲，意大利旅行家马可波罗在他的游记《马可·波罗游记》中描述了他在中国的所见所闻，欧洲人开始对中国发生浓厚的兴趣。但在清朝以前，中国人对西方的认识基本上属于模糊概念，来中国的大多数西方人以旅行者的视角来打量这个神秘古老的东方国度。而中国官方和民间对西方的认知和有关的文字记载也是非常有限，对西方的态度更是漠然。即使像利玛窦这样著名的西方传教士也不得不借助宣传西学、穿中国僧衣等本土化的方式在中国国土上生存，采取与中国本土文化相结合的策略传播宗教。

一　晚清时代的西方

　　清朝的闭关锁国政策限制了中西方的正常交往。鸦片战争之初，中国官方对待西方人持藐视的态度，民间由于对于西方的陌生感，所以持怀疑、隔膜等不亲善态度。鸦片战争之后，随着外国在中国开通通商口岸和租界，那些长相独特、品行怪异的西方商人、传教士，以及世纪末来华的士兵和官员进入中国社会。他们带进了西方的生活方式，使用着奇特的西方物品，保持着独特的思维方式。在中国他们享有政治特权，不受中国官府管辖，他们自恃高人一等，与中国人情感隔离。19世纪中期至20世纪初，中西文化交流日益频繁，中国人接受"西方"最常见的现象是对西方器物的肯定。由于其品质精良，功能新奇，因此逐渐被中国人接受和认同，使用西方物品被认为是达官贵人身份和社会地位的象征。"西方"不再被漠视，逐渐被认为是强大的"他者"，具有先进的、发达的和进步的社会特征和文化身份。

　　19世纪后半叶，西方先进的民主思想也随之被译介进来，为中国新式知识分子带来了黎明的曙光。面对苦难的民族命运，西方政治制度和民主思想成为民族自我救赎的精神资源和理论的支撑。19世纪末，中国社会掀起资产阶级改良运动，虽以失败告终，但西方资产阶级思想却在中国社会生根、发展，为推翻封建统治的社会做了充分思想准备。

　　晚清的洋务派、维新改良派和革命派从发起"洋务运动"到"戊戌变法"、再到"辛亥革命"的革命思想的演变过程始终杂糅着中国传统文化思想，而且传统文化占据主体地位，西方文化始终从属于中国传统文化。中国知识分子先从西方器物层面上崇尚，后又转化到社会政治制度的层面上。"变革"的思想深置于他们的头脑中，但都没有真正挽救处于水深火热中的中国。虽然"启蒙"和"救亡"是时代的主题，但真正付诸于行动，是到了"五四"时期。西方文化终于挣脱中国传统文化的羁绊，中国传统思想观念遭到"五四"知识分子激烈的反对。

二 "五四"时期的西方

1915年9月,陈独秀在其创办的《青年》,后改为《新青年》的杂志上发表其重要政论《警告青年》一文中,以中西文化做比,抨击各种传统观念,提出"科学与人权并重"的言论,将"德先生"和"赛先生"树为时代口号。随后,以陈独秀、胡适、鲁迅、李大钊、钱玄同、吴虞、刘半农、易白沙、周作人以及傅斯年、罗家伦等人为代表发表言论,在中国历史上第一次形成如此大规模的、全面的、采取激进的方式反对中国传统文化[①]。陈独秀在《青年杂志》后改为《新青年》创刊号的首页发表其《敬告青年》一文,向青年陈述当前其与社会之间的关系和对世界的看法,提出六点建议:

> 自主的非奴隶的、进步的而非保守的,进取的而非退隐的、世界的而非锁国的、实利的而非虚文的、科学的而非想象的[②]。

这些建议都是围绕西方文化展开,自主、进步、世界、实利均以西方名人著名学说为例。

《新青年》沿袭《新民丛报》等进步报刊,陆续介绍有关西方文化精神层面的文章,如陈独秀的《法兰西人与近世文明》、《妇人观》和《现代文明史》,高一涵的《共和国家与青年之自觉》[③],第3号有:高一涵的《民约与邦本》、谢鸿的《德国青年团》、陈独秀的《欧洲七女杰》、刘叔雅英汉对译的《近世思想中之科学精神》[④]、陈独秀的《东西民族根本思想之差异》、《现代欧洲文艺史谈》、刘叔雅的《叔本华自我意志说》[⑤],

---

① 李泽厚:《中国现代思想史论》,天津社会科学院出版社2004年版,第2页。
② 陈独秀:《敬告青年》,《青年杂志》1915年第1卷第1号(创刊号)。
③ 以上文章刊登于1915年《青年杂志》创刊号,1922年改为《新青年》。
④ 《青年杂志》1915年,第1卷第3号。
⑤ 同上书,第4号。

第2卷有陈独秀《当代二大科学家之思想》等内容。1916年的《青年杂志》介绍西方名人自传,采取英汉对译的方式,有:《佛兰克林自传》、《英国少年团规律》、高一涵的《自治与自由》[①]、刘叔雅翻译的《美国人之自由精神》、第2号的《孔教》、陈独秀的《宪法与孔教》、刘叔雅的《军国主义》、马君武的《赫克尔一元哲学》。第2卷第4号《孔子之道与现代生活》等,从这些篇目来看,基本上延续了《新民丛报》等晚清重要报刊的主要内容和形式,继续介绍和宣传西方文明,但更侧重对西方文化的介绍。

在西方文化接受层面,"五四"新文化运动比起晚清更渴望接受新的理念。"五四"知识分子在否定中国传统文化的同时,与维新改良派和革命派一样,将西方文化紧紧与"启蒙"的社会功能联系在一起。他们清楚地意识到晚清七十年来,知识分子上下求索,以发达的近代西方科学和民主作为构筑中国强国梦的蓝图,但仍然没有改变中国人固有的封建思想和意识。这种落后的思想意识阻碍了中国社会现代化的进程,所以说五四新文化运动是一场要用理性的、科学的西方新思想彻底剔除和替代封建旧思想和道德的思想界革命运动,推行以"科学"和"民主"为典型代表的西方制度和观念。

"五四"新文化运动主将们大都为近代的知识分子,大多数有留洋经历。他们主张全盘接受西方文化,对西方的认知从晚清时代的政治层面集中转向文化层面,目的在于改造旧的意识形态,摧毁旧的传统道德,实质上还是对国家、民族命运和前途的思考,与中国近代的反抗外侮,追求富强的救亡主旨相同[②]。

"五四"新文化运动与晚清维新改良运动一样,知识分子利用一切舆论,宣传西方文化思想。除了《新青年》之外,有影响力的报刊还有《少年中国》、《解放与改造》和《新中国》等报刊杂志,以介绍西方文化,

---

① 《青年杂志》1916年,第1卷第5号。
② 李泽厚:《中国现代思想史论》,天津社会科学院出版社2004年版,第5页。

抨击封建传统文化为主导思想。可以这样说,"五四"新文化运动对西方文化的崇尚和接受是建立在19世纪中国知识分子对西方的初步认知和理解的基础之上,没有晚清文人对西方的思考和接受,就不可能有"五四"时期全面提倡学习西方文化的热潮。

1916年,陈独秀在报纸上解释学习西方文化的根本原因:"法律上之平等人权;伦理上之独立人格,学术上之破除迷信,思想自由,此二者为欧美文明进化之根本原因"[①]。这是对西方文化中的个人自由主义的明确表述。个人的自由、独立和平等成为"五四"新文化运动"个性解放"思想的理论来源。

"五四"时期"人的文学"观念的形成和提出标志着西方文化思想的进一步发展。以"人"为中心的文学打破了1902年梁启超提出的小说"工具论"的功利论说,推动了中国小说积极向上的发展。"五四"时期新文学取得了巨大的文学成就,表现在作家对人的关怀、人性的深度剖析,人道主义的悲悯等,揭示人生和社会存在的问题,形成了以"人"为中心的新文学观念,把"人"放在首位。这是欧洲资产阶级"启蒙思想"和"文艺复兴"的精髓所在,由此形成的新文学观念的巨大变化。

如果说1902年梁启超提出"小说界"革命的口号将小说的地位提高到中国文学前所未有的的最高地位,并且与"新国"的社会重任仅仅联系在一起,那么,"五四"新文化运动"是以胡适倡导白话文运动为典型代表,试图构建新的思维模式,与旧文化彻底划清界限,同时承担新文化运动的宣传鼓动力量和社会影响。"五四"新文化运动因此成为具有空前社会影响力的大规模运动。正如杨联芬所言,晚清和"五四"是处于中国现代性过程同一历史选择的不同阶段,这两个阶段确立了中国现代性由器物到精神,由"强国保种"到"新民"再到"立人"的启蒙主义价值体系的架构。这个时期的文学,以其与思想文化的紧密联系,感性地体现着晚清

---

① 陈独秀:《袁世凯复活》,《新青年》1916年,第2卷第4号。

至"五四"中国现代性发生和建构的历史过程和风貌[①]。

第二节 西方形象的特点

在中西文化发生碰撞的特殊历史语境下,西方进入中国作家的视野,作家或以复制现实的手法还原历史,或以美化和妖魔化的书写方法想象和虚构有关"西方"的故事。尤其在1902年"小说界革命"之后,新小说以强大的生命力诉诸社会和政治,西方成为这个时期新小说所书写的社会内容之一。

作家通过小说中所塑造的"西方形象",直接反映作家个体以及作家所属的集体对于西方的看法和态度,作家的观点也随着社会的变迁而改变。从19世纪中叶到20世纪初的五十多年间,作家们对于西方的认知从感性逐渐发展到理性阶段,经历了"妖魔化"到"理想化"的书写过程。他们最初认识西方主要通过两个途径:中国知识分子的译著和著述与西方来华人士对西方文化的传播。

鸦片战争前后,经世派知识分子魏源编写的《海国图志》、徐继畬的《瀛环志略》等介绍西方地理、历史和文化知识的书籍,受到中国知识分子的普遍欢迎。这些知识分子开始关注西方社会,逐渐意识到关注西方的重要性和必要性,并主动译介西方文化。随着帝国主义在中国的扩张,陆续来华的传教士带来了先进的西学,西学东渐以不可阻挡之势进入中国社会。传教士以普及科学为名义,西学逐渐深入到中国社会的知识分子士阶层。同时,这些西方人大力推行西学,译介各种西书,注重自然科学知识的宣传和启蒙,极大推进了中国人对于西方科学的理性认知。

19世纪60至70年代,中西文化交流加深,中国官员或知识分子迈出

[①] 杨联芬:《晚清至五四:中国文学现代性的发生》,北京大学出版社2003年版,第16页。

国门，开始亲临西方不同国家，耳闻目睹直接感受到西方先进文化的魅力和近代西方强大的国力。当然，其中不乏带着欣赏的眼光打量异国情景，但这毕竟是被封闭了几千年之久的中国人第一次意识到"他者"和"自我"的客观存在关系。他们的游记记录了一个存在的西方。但在这期间，随着"西学东渐"，"西学"在中国受到开明的"洋务派"人士的推崇，译介西方文化蔚然成风。学习"西方"寄托着中国人的强国梦。

19世纪末20世纪初，帝国主义西方列强开始疯狂对中国进行瓜分，加之国内动荡不安，使得清朝统治岌岌可危，民族命运风雨飘摇，在"救亡图存"的紧要关头，中国维新派知识分子提出了救国良方，他们希望西方先进社会制度和民主思想成为中国社会变革的理论基石，他们推崇和宣传西方文化精神，西方先进的社会制度，以变革来改变国家和民族的命运。

因此，反映社会真实情况的20世纪初中国小说中的西方形象特点，自然会呈现出复杂性、多样性的特点，但总的来说展现出被"美化"的总趋势。作家们在文本中虚构或想象的西方形象与意识形态紧密结合，反映出"救世"的美好愿望，西方形象在19世纪末20世纪初，以清晰的"他者"身份与中国本土文化交织在一起，具有跨文化的特征。

由于所处的时代共性和作家们文化身份、心理机制的差异，文本中所塑造的西方形象既具有相似性，也具有差异性。在不同题材的小说文本中，不同的作家群较清晰地勾勒出了西方形象特点。作家视野中西方形象所呈现出的相似性与差异性，表明了作家们对西方的看法。西方形象是作家们言说"他者"，审视"自我"的产物。

一 西方器物形象的特点

小说中的"西方形象"涉及三个层面：西方器物、西方人物和西方政治制度民主思想。西方器物形象的最突出特点为现代性，标志着中国社会开始走向现代化的开端。

西方器物是近代西方文明的产物，包括来自于西方的实际生活中的物品，而且还包括工业革命后的科学技术所带来的先进生活方式。16世纪，随着西方人第一次踏上中国的国土,西方器物以"奇技淫巧"的形象出现在中国人的视野中,中国人称之为"洋玩意儿"。作者曹雪芹在《红楼梦》中就有些地方对来自西方的服饰、食品、用具等西方器物有所提及。[①]"洋玩意儿"的新奇和灵巧特性增加了清朝达官显贵的日常生活乐趣,但"洋玩意儿"不足以形成新的异质文化冲击和挤压中国传统文化,在现实中仅仅起到了点缀的作用。西洋器物反映了主人公的生活情趣,只停留在个体审美愉悦的层面。

鸦片战争中西方国家以战舰和洋枪炮打开中国的国门,中国人见到前所未见的西方先进武器装备,对于战争的失败归结于"船坚炮利"的缺失,认为西方的强大在于精良的武器。民间因为战争的无情,对于西方的船炮比较恐慌,洋兵、洋船对中国人形成威慑和痛苦的历史记忆,民族自尊心遭受重创的见证。因此,19世纪中期发起了一场学习制造洋武器的自强运动。

19世纪60年代后,洋务派发起"洋务运动",企图实现富国强兵之梦想,其实质是一场从物质层面上向西方学习制造西方器物的民族主义运动,主要以兴办工厂、制造轮船、或购买外国先进枪炮、办学堂培养人才手段,使中国迈向富强之路。对外可以抵御列强的入侵,对内可以消除不稳定的因素。通过民族工业30年的发展,官办或民营企业已经可以生产出不少西方器物,包括洋式武器、船舰、以及其它带有"洋"字的物品。中国"洋务运动"本身就是对西方"船坚炮利"的简单学习和复制过程[②]。到了19世纪末20世纪初,西方器物在近代风气较开化的地区,包括通商口岸、广东福建沿海等有外国人居住的地方,西方器物以其先进的性能和品质,已经普遍受到中国人的认同和接受,成为中国人身份和社会地位的象征,具有异域风情的西方生活方式成为上到达官贵人、下到民间富户理想的生活模式。

在此历史背景下,19世纪末20世纪初的小说中对于西方器物描写最

---

① 王洁群:《晚清小说中的西方器物形象》,湘潭大学出版社2009年版,第13页。
② [美]费正清、刘广京编:《剑桥晚清史》下卷,中国社会科学出版社1985年版,第174页。

多、最普遍的莫过于西方先进的交通工具、电气化器物和西方日常生活方式。吴趼人、李伯元等优秀作家在其日常叙事小说中,对西方的交通工具最为关注。从"小火轮",到"飞车",再到"气球"的使用,都有详细的描写。在李伯元的《文明小史》中,苏州贾家两兄弟欲去上海,约同老师一起,他们乘坐小火轮很快到达,不但缩短了劳顿的旅途,而且提高了效率,比起吴趼人《恨海》里所述棣华三人逃避庚子之乱所乘坐的车马速度更快、更安全。吴趼人在其科幻小说《新石头记》中,他以幻想的方式叙述宝玉重返现世后所经历的巨变。宝玉在上海见到小火轮,后进入"文明境界"内,和老少年一起乘坐"飞车"、"猎车"等。作者借助这些能在空中任意运行的交通工具,使得丰富的想象力插上翅膀,无拘无束自由飞翔。在荒岛钓叟的科幻小说《月球殖民地小说》中,日本义士玉太郎为寻找朋友之妻和子,驾驶改良后的"气球",任意自由飞跃在五大洲上空,进行跨越时空的全面寻找。无论是现实"小火轮"的应用,还是作家想象虚构的"飞车"和"气球",这些都说明了先进的交通工具在近代中国的重要性,他们是建构现代化民族国家的重要特征之一。

  作家之所以如此重视交通工具原因在于受到西方强国最直接的影响。第一个进入中国领土的大英帝国,在资产阶级工业革命完成后,以雄厚的经济实力作为后盾,利用海上运输的优势和发达的海军舰队对亚洲国家进行经济掠夺和殖民统治[①]。英国工业革命的成功经验在于机器制造业在运输部门实现技术大革新。在中国人视野中,铁路运输是国家强大的重要标志之一。小说中,有关帝国主义在华修铁路的史实有很多的描述。梁启超小说《新中国未来记》第四回,黄李两位热血青年打算到被俄国占领的旅顺口和大连湾游历一回,从那营口到旅顺铁路,却是俄国东方铁路公司的主权。俄国人在中国本土上修铁路对于清朝政府来说政治意义的影响重大,是丧权辱国的标志之一。事实上俄国在东三省修铁路已经达到"满洲的中

[①] 林举岱:《英国工业革命史》,上海人民出版社1957年版,第35页。

东铁路长 1,481 公里,哈尔滨至大连的南满干线 94 公里①。数字表明满洲及东三省完全控制在俄国人的手中,俄国人以修铁路的方式占领了东三省,铁路成为现代化民族国家的重要标志。在理想小说中,作家会虚构出中国自己能够修铁路的情节,如碧荷馆主人所著理想小说《月球殖民地小说》的第三回和第四回中,中华大皇帝偕着皇后同坐着四轮太平电车到车站为黄之盛和其他一起远赴欧洲战场官兵饯行的经历,中国元帅黄之盛并所有军官一起乘火车出发。耳边听得汽笛呜呜呜作响②。想象的中国所有三十二省之内,铁路的轨线早已密于蛛网,没有一处没有四通八达③。

第二个具有现代化特征的当属"电气化"的西方器物形象,包括通讯工具"电报"、"电话",日常生活的"洋灯"和"电光"等器物。这些光电器物是西方 19 世纪 80 年代和 90 年代资产阶级第二次工业革命后,科技发生巨大进步的产物。20 世纪初的中国作家们在小说中对现代通讯设备"电报"和"电话"有不少描写。吴趼人的谴责小说《二十年目睹之怪现状》,主人公吴继之在上海朋友家做幕僚,与他在老家的寡母联系方式就是"电报"。小说故事情节的展开围绕继之收到来自老家的电报,族人欺压寡母,他处理好了家事后,又带着母亲和表姐一起到上海,从上海辗转老家,又从老家到上海,彼此联系靠的是"电报"。

"电话"在科幻小说《月球殖民地》中以"德律风"的名称出现。黄元帅带兵乘坐电气兵舰带到福州沿海,侦探舰潜行水底侦探时,碰到婆逻洲一带的渔户在海底生活,他们带着泅水镜,腰下悬了空气囊,在海底逍遥生活已有十余年,海底有吃、有喝、有住,用的样样都有,是世上的人找不着的世外桃源,和外界联系的是琼州海口上一棵空心树放置的德律风(电话)。所以说电话是当时最为先进的通讯方式,保证了信息的快速传递,

---

① [美]费正清、刘广京编:《剑桥中国晚清史》下册,中国社会科学出版社 1985 年版,第 68 页。

② 荒江钓叟:《月球殖民地小说》,《痴人说梦记·月球殖民地小说·新纪元》,《中国近代小说大系》,百花文艺出版社 1993 年版,第 457 页。

③ 同上书,第 455 页。

也是现代化民族国家重要特征的想象。

第三类,西方生活方式在部分中国人日常生活中也被接受和认同。"西学东渐",中西文化糅杂,中国达官贵人的生活方式发生了很大的变化。清廷官员身穿朝服、顶戴,坐轿子觐见皇帝,但私生活却崇尚西式生活。李伯元小说中多处描写候补官员经常邀请同党去"番菜馆"吃"番菜",享受牛奶咖啡的西洋饮食习惯,连姨太太的卧室也是按照西洋的样式布置,有的干脆将居所也称为某某"公馆"。

孙景贤的小说《轰天雷》第六回描写罗家三太太在前院要造一所西式园子,花草都要去上海置办,屋内陈设都是从外国买进来的新式花样。小说中的留学生形象更具有讽刺意味。他们打着"假文明"的幌子,虽然剪了辫子,脱掉长衫,使用外国器物,读外国书报,连日常用语都经常夹杂着西语,但骨子里还是想像以留学的身份换得一官半职的梦想,他们甚至还做些行骗的勾当。如《负曝闲谈》的黄子文,戴着外国帽子,身穿外国衫裤,骗钱用来吃喝嫖赌,竟然让自己来上海寻儿的老母读书自立,一副荒唐可笑、为人不齿的形象。

狭邪小说中描写上海青楼妓女的穿衣打扮和日常生活,也是充满模仿西方的洋味道。在小说《九尾龟》、《上海繁华梦》等作品里,作家对有名的上海嫖妓四大金刚的生活方式都有具体描写。她们和叫局的恩客们一起喝咖啡、抽雪茄烟,表现妓女们崇尚西洋生活方式的日常生活。《九尾龟》中即使少年车夫也是外国人的打扮,头戴一顶极细的窄边草帽,身上穿一件玄色拷绸号衣,与穷困老人却纠缠不休。时髦的外表下仍然藏着一颗世俗的心肠。

像《孽海花》这样的名篇中,曾朴将傅彩云这个具有多重性格特点的状元姨太太、公使夫人的西式生活偏好都西方化。她不光生活上追求西化,穿洋装、吃洋餐,连交朋友也喜欢偏向与有权势地位或色相的西人打交道。《痴人说梦记》第六回中连上海海关的翻译家中的摆设都是西洋特色,老爷抽的都是吕宋烟。吴趼人的科幻小说《新石头记》中,提到过"洋行",宝玉的表兄薛蟠要通过"汇丰"寄去银票,虽然没有很多的描写,但也足以说明来自西洋的重要金融机构已经在上海十里洋场上出现。普通百姓也不拒绝去洋行汇兑洋钱，也会使用洋货币，使用洋货物。

当然，不同作家群对于西方的态度决定了他们对西方器物形象书写的方式。处于社会中心的政治小说家基本上对西方器物形象很少涉及，他们属于社会精英，深怀家国民族梦想，更看重西方先进的政治制度和民主思想的意识形态价值。他们以小说为载体，有意识进行现代意义的启蒙宣传。谴责小说家站在文学审美的立场，对于西方器物形象基本上是进行现实复制，或者有意采用夸张的艺术手法，旨在讽刺社会的黑暗和崇洋媚外的风尚，达到反讽的艺术效果，同时也表达了他们在接受和认同异国文化时情感心理的变化。狭邪小说作家群选取复制现实的描写手法进行灵活多样的临摹，竭力表现"十里洋场"或风气较开地区人们"西化"的生活方式。理想小说家大多以科学为幻想的依据，对于西方器物形象的书写更多的是基于一定事实的想象和虚构，描绘充满了新奇器物的未来世界。

综上述，19世纪末20世纪初中国小说中出现的西方器物形象是建立在对西方先进发达的科学技术的现实复制或想象虚构而成的文学书写和描绘，是知识分子描述现实和幻想构筑未来中国的一种言说方式。从最初的修铁路、开矿山、兴办工厂、创办学堂到"洋务运动"时期，对"夷技"的效仿和推崇到对西方生活方式普遍的接受和认同，都反映了中国知识分子从"旧"到"新"转型期间对异质文化接受的文化心理过程。

二 西方人物形象的特点

西方人物形象以其强大的生命力存在于历史舞台和小说文本中。与西方器物形象相比，西方人物在文学作品中凸显出其多样性和生动性。作家以话语、行动、心理等方面多维度地建构了一个丰富灿烂的"他者"世界，映射出言说者复杂的"自我"形象和文化心理。因此，这个时代的小说，尤其在反映社会题材的小说中，西方人物形象被作家作为西方形象的主体书写的对象。作家视野中的西方人物形象，不仅仅来源于现实中作家对西方人物的认识，而且还通过其他途径，直接或间接获得有关西方人物粗略的或详细的信息。作者在小说中运用不同的文学艺术手法对这些"他者"进行艺术加工，以现实复制或文学想象，塑造了诸多具有不同性格特点的西方人物形象，取得了富有戏剧色彩的艺术效果，丰富了中国小说的社会内容，推动了中国文学的现代化进程。

小说中的西方人物形象可以分为两类：一类是笼统的、模糊的人物形象，不具体指代某个人，而是泛指某一类人，通常采用"外国人"或"洋某某"的形式书写；第二类是具象化的西方人物形象，通常以明晰的"英雄"或"豪杰"形象出现在作家的视野中。

前一类人物大部分以负面形象出现，通常是中国善良老百姓痛恨和诅咒的对象，为权贵所害怕，因为权贵对洋人尽量献媚讨好。在故事中，作者通常揭露这类人物人性的丑恶，反映出作者的态度，也说明小说中其它人物的性格特点。大凡与洋人交好的中国人，基本上是作者痛斥和贬低的对象。这类负面的"外国人"或者"洋人"形象原型是19世纪后半叶进入中国的外国殖民主义者。因其特殊身份，他们在中国成为能享受特权的人群，他们气势汹汹，在中国国土上欲所欲为，成为中国命运的主宰者。在文学作品中，作家对此类贴上"洋"标签的人物进行了"漫画式"的反讽。

忧患余生所著反映庚子之乱为背景的小说《邻女语》第一回中，作者讽刺中国人为了避免进京的外国军队骚扰，个个更换民族身份的滑稽可笑行为。庚子之乱后，怕死的王公贵族在门上挂着"大日本顺民"，车上插着"日本大顺民"的旗号，整个京城变成了"外国人"的地方。"外国人"成了保护生命免于涂炭的护身符。更有趣的是一老太太在咒骂洋兵的时候，有人用被对面洋兵听见会被洋枪打死的话恐吓她，老太太便吓得面无人色，两手发抖。由此可见，中国人心目中的"洋人"被贴上了负面的标签。

佚名所著的华工禁约主题小说《苦社会》是一部控诉西方人对待华工的血泪史。贩卖华工的洋商人是作者站在人道主义和民族主义的立场上极力声讨的对象，因此作者视野下的洋商人呈现出残暴、蛮横等人性丑恶的特点。吴趼人的《新石头记》描述庚子之乱后，洋兵进京后的情势，中国百姓家家门首，都插有"大英顺民"、"大德顺民"等小旗子。更可气的是还送给洋兵热腾腾的馒头、肥鸡、肥肉等吃食，洋兵却用枪托抵住这些跪地老百姓的下巴。狭邪小说《九尾龟》第一百五十八回讲述了两个醉酒的洋兵碰到中国兵部主政的身上，便撒野殴打、谩骂，甚至用小刀行刺，章秋谷实在恼怒，便把洋兵打翻在地的故事。吴趼人的《上海游骖录》和旅生所著的《痴人说梦记》中，提到没有势力的中国百姓为了寻求靠山，进入洋人办的学堂，或入教，就没人敢欺负。主人公贾守拙为了改变自己的地位送八岁的儿子去读洋文，读洋文的目的就是为了接近外国人。在第十二回描写中国人在火车上因为行李多，外国人要他出钱，他服服帖帖地拿出来。李伯元的《文明小史》的故事起因就是因为店小二父亲不小心打碎了外国人的茶碗，外国人不依不饶，湖南永顺柳知府百般安抚、讨好洋人，致使本地武生闹事，最终丢官的故事。表现了外国人在中国官员跟前的蛮横、跋扈，但又惧怕中国百姓的丑恶行为。那些势力小人的中国人本民族的弱势群体趾高气扬，对于洋人显示出一幅"奴才相"。《九尾龟》第四十三回，作者写穿着洋衣服的车夫，但一幅卑劣的嘴脸，作者借着知识分子辛甫的议论表达自己的情感：

> 穿一身奴隶的衣服，不晓得一毫惭愧，反觉得一面孔的得意非常，靠着他主人的势力糟蹋自己的同胞，和现在的一班朝廷大老一班，见了外国人侧面而视，侧倾听，你就是叫他出妻献子，他还觉得荣幸非常。仗着外国人的势头，拼命地欺凌同种，你道可气不可气？怪不得外国人把我们中国的人种比做南非洲的黑人，这真是天地生成的奴隶性质，无可挽回"①。

小说《官场维新记》中，作者描写到中国百姓痛恨洋教士的情形。因为西崽买农家鸡蛋时与百姓发生了口角，三四百人聚齐把西崽打个半死，把洋教士的行李抢光，教士只好逃走。这场冲突不仅是西崽和中国百姓之

---

① 张春帆：《九尾龟》第1册，时代文艺出版社2003年版，第306页。

间的纠葛，而且是民族之间仇恨的冲突。保持了几千年的中国传统安定社会，被西方国家用武力击毁，在中国的土地上，异族是剥夺中国人自然状态下生存的攫取者。即使在偏远较封闭的地方，自给自足的自然经济和社会被外来势力所打破，西方人以盛气凌人、高人一等的傲慢行为引起民族情绪和民族怨恨，所以，"外国人"、"洋人"成为贬义词和极具意识形态意义的词汇。林林总总的小说，以文学的形式记录了带有异族烙印的"外国人"或"洋人"的负面西方人物形象，既是外国势力在中国的罪恶见证，又是中国民族主义情绪长期受压抑后外在的表现。当然，作家在塑造这些洋人形象时，也不排除站在民族主义的立场上，带有夸张的文学成份。对洋人形象进行"妖魔化"艺术处理，表达作家的独特情感，在那个特殊时代，言为心声是普遍的创作心理。

这一类西方人物形象在小说文本中融于一定的故事情节中，所以文学性、趣味性较浓，艺术价值也相对较高。至于亲善"洋人"或"外国人"一派的中国人，不论是官商，还是士子或其他类型的人，作者都怀有"怒其不争，哀其不幸"的鲁迅式情结，深刻揭露和批判了"国民劣根性"，这也是作家在言说"他者"的同时，对"自我"的冷峻思考和审视的结果，回归到"新小说""新民"与"新国"的时代主题上。

与之相反，这一时期的小说除了对西方人物负面形象笼统化、模糊化的描写外，还有大量具象化的描写，具象化的西方人物形象以明晰的"英雄"和"豪杰"形象出现在作家的视野中。这类作家基本上属于心怀"兼济天下"雄心壮志之士，多以关心民族国家命运的新式知识分子社会精英。通过塑造英雄式的西方人物形象，为社会精英和民众树立精神导师和典范，以此启蒙民众，达到救世功能。虽然这一类先哲人物形象文学性很弱，不足以艺术审美来判断，但其社会价值和意义重大。

虽然西方人物形象存在着共性，但因为作家本身存在着差异，所以作品中反映出的西方形象也具有差异性。梁启超以社会思想家、改良派精英知识分子的文化身份，以文学作为政治和思想启蒙的重要形式，所以他书写的政治小说《新中国未来记》用来阐释他新小说为新民之最佳途径的文学革命观念。此小说以幻想的文学表达方式，以西方政治制度为范式来勾勒未来中国的繁荣景象。未来的中国因为实行西方资产阶级制度，跃为世界强国，成功举办"世界博览会"标志着中国的强大。梁氏认为强大的途径是学习西方，以卢梭、拜伦、罗兰夫人等西方鸿儒作为中国年轻知识分子学习的楷模，只有经过中国仁人志士的不懈努力，中国社会才会真正变成世界强国，所以说，《新中国未来记》中的西方形象是作者政见的直接呈现，也是他实施心中救国、报国宏伟蓝图的体现。梁启超视野中的"西方形象"虽然缺乏人物的丰富性格，但以先哲和圣贤的形象出现在文本中，具有启蒙的社会功能。其它政治小说《洪水祸》、《东欧女杰传》等主人公也都具有"救世"和"普世"的社会功能。

吴趼人与李伯元出身于旧式士子，带有浓厚的传统文化思想，他们远离意识形态，处于社会权力的边缘地带，所以思想相对自由，很大程度上能保持文学的独立性，对于西方的认知通常带有强烈的"自我"文化心理意识的影响。在小说文本中，"西方形象"生动地呈现出戏剧性的特点，在嬉笑怒骂的诙谐调侃中，塑造出形形色色、接近真实生活的西方人物。两人的小说中的西方形象主要涉及西方器物和西方人物两种西方形象。

这两个层面的西方形象在19世纪末20世纪初已经融合于中国社会。中国人对于西方器物的偏好，对西方人物好恶的判断不再是盲目的，而是上升到理性的思考和选择。他们笔下的西方人物形象已经去掉了神圣的光环，更接近日常生活，呈现出"圆形人物"所具备的有血有肉的鲜活感，尤其以书写"传教士"而传神。

"传教士"作为在华数目最多的西方人物，中国人对这一群体有着较直观的了解和全面认识。由于"传教士"人群存在着个体的差异，在现实生活中以丰富多层面的形态呈现于中国人的视野中。这一文学形象不但反映了社会现象，而且还寄托着作家对"传教士"的文化心理。

作家曾朴，与落拓文人不同，他虽被冠以"谴责小说家"的称谓，实际上，他身上具备更多的是现代文人的气质。他虽然与社会权力中心保持一定的距离，但身怀时代的"忧患意识"。由于他常年从事法国文学的翻译工作，所以，他对于西方的了解和思考比吴趼人和李伯元等未跨出过国门的小说家来说，更为全面和深刻，对中国社会的发展也做出了全方位的反思。他笔下的西方人物形象具有英雄传奇色彩，起到了警世和救世的启蒙作用。无论是俄国虚无党女英雄还是日本浪人从外貌到性格的形象刻画，西方人物形象都呈现出了清晰和具体的特点，相对于梁启超小说《新中国未来记》中对卢梭、拜伦模糊、抽象的书写更富有文学色彩。

颐琐著的妇女解放题材小说《黄绣球》成功地塑造了西方女杰法国罗兰夫人。罗兰夫人被作家神化，赋予了更多的神性色彩，承担了对中国妇女的"启蒙"功能。文本中出现的其他西方人物形象基本上属于西方杰出人物，属于扁平式人物，同样具有劝诫的社会功能。

荒江钓叟的科幻小说《月球殖民地小说》除了着重对西方器物"气球"书写之外，就是对日本人物形象"玉太郎"的书写，这两种西方形象都是作者视野中对西方的美好想象。因为交通工具"气球"作为西方先进科学技术的象征是中国社会所缺失的部分，玉太郎这位具有人道主义，悲悯情怀的日本人形象也是中国文化中缺失的完美人物形象。

三　西方政治制度和民主思想观念

小说中西方政治制度和民主思想观念工具化。19世纪中期至20世纪初，社会"内忧外患"加剧，形势迫使知识分子精英思考社会发展的前景，维新派人士清醒地意识到要改变民族国家的命运途径不仅是向西方学到制造洋机器的技能，而是要彻底改变中国社会的政治体制。因此，西方先进的政治制度和观念被译介到中国时，就带有强烈的意识形态化特点，成为解救和改变民族国家的良方。

西方政治制度和民主思想观念是新小说作家们极力推崇和宣传的内容，尤以政治小说最为明显。作家往往也采用政论的形式表达自己的思想，但艺术价值不高。在特殊的社会历史语境下，这是中国小说的探索初期阶段常见的现象。这一类西方形象也表达了作家们的政治理想，即：建构现代民主国家，抵抗强权的政治抱负。在社会小说《痴人说梦记》的第八回，作者虚构了一个平等、自由、祥和、积极向上的"世外桃源"性质的岛国。岛国没有君主、官府、百姓之分，岛民性质纯良，岛国物产丰富，不与世界交往。这是作者对未来社会的美好想象，也是对于现世的愤恨和失望之后对于未来美好的重建。第十四回中描写新派仕子们坐在有洋书的屋子里，谈论西方政体，举出美国林肯、法国的皇帝路易的例子，认为外国皇帝和百姓没有多余的分等，值得中国效法。

第三节　西方形象的叙事策略

综观19世纪末20世纪初中国小说中有关"西方形象"的独特书写，基本上展现了这一时期中国知识分子精英阶层对西方的主观看法，充满了乐观主义的话语特点。作家以欧美国家和日本为榜样，以西方物质文明、制度文明和精神文明为典范[1]，结合本土特点，为中国勾画出了具有"现代性"的民族国家。作家在表述他们视野中的具体的西方时，采取了"本土化"的叙事策略，本土化的叙述策略，反映了中国作家"西方主义"的文化心理。

一　西方形象"本土化"

19世纪末20世纪初的中国小说中"西方形象"发生在中西文化碰撞的历史语境下，"西方形象"的书写者大多是带有浓厚的传统文化烙印的晚清知识分子，他们依据传统思想，在西方文化的刺激下，形成属于他们自己的理论观点[2]。在"西学东渐"的文化背景下，来华的各类西方形象给予中国知识分子直接或间接的启发和刺激，他们并未对真实的西方进行过实际考察或有系统的了解和充分领悟，所以他们视野中的西方呈现出片

---

[1] 杨联芬：《晚清至五四：中国文学现代性的发生》，北京大学出版社2003年版，第11页。

[2] 王尔敏：《晚清政治思想史》，广西师范大学出版社2007年版，第9页。

段式的特点，与真实的西方存在着一定的差距，主要原因应归于晚清知识分子所处的具体历史语境。他们处于中西两种文化碰撞的时代，不可避免以中国传统文化的眼光去打量和判断具有异质的"他者"文化，所以他们的头脑中存在着对西方不同程度的误读，他们笔下的西方形象往往会带有较明显的"本土化"特征。

西方器物形象与西方人物形象和西方政治制度与民主观念相比，"本土化"的特征最为微弱。相反，来自西洋的器物呈现出奇妙、精良的特点，与中国传统社会中落后、笨重的器物形成对比，具有很强的实用价值和优越性。作家在作品中会有选择性地描述或夸大西方器物的优点，这由作家的文化心理决定。

西方文明在一部分文化保守的作家意识中仅仅反映在先进的科学技术方面，发达的高科技是西方国家跃为世界强国的主要原因。落后的中国如果能学会制造高科技的西方器物，那么强国梦很快就能得以实现。因此，他们在描述西方先进器物的时候，会夹杂着主观情感和改造"自我"形象的良好愿望。这种复杂的文化心理充分体现在科幻小说中对于西方先进器物及其特性的想象书写。想象中的先进器物已经不再是现实中所接触到的纯粹洋物品，而是一种乌托邦式的神化构筑。强大后的中国直接表现就是对先进武器的拥有，这种思想和19世纪60年代兴起的"洋务运动"思想相通，不过以改善科技的方式，达到救国、强国的现实目的。

不仅如此，连晚清小说中的受中国人喜爱的"西方人物形象"都是经过中国"本土化"艺术再加工。这些定居中国的西方人，穿着中国人的衣服，阅读中国的书籍，讲中国话，隐逸在中国民间。他们的故事常常带有中国民间神话故事的传奇色彩：李伯元的《文明小史》中对湖南"传教士"的"中国化"做过详细的描写；颐琐著《黄绣球》中的本为法国革命女杰罗兰夫人披上了"神性"的圣洁面纱；梁启超《新中国未来记》里受到赞颂的民族英雄兼诗人"拜伦"等人，作者对这些西方圣贤人物形象进行了适合中国社会实际需要的"本土化"艺术加工处理，从情感上拉近了距离，被中国读者更容易接受。"本土化"的西方人物形象消除了中西文化的情感隔阂，具有"中西糅杂"的文化特质。

在西方思想制度的译介方面，译者也采取了"本土化"的策略。19世纪末维新派知识分子严复译介了西方一系列以西方资产阶级政治制度和民主思想为主要内容的书籍。西方资产阶级民主思想的"天赋人权"学说，本意是提倡个人思想之自由、人权之平等、政治之民主等权利，但经译介后，被中国知识分子置于民族国家话语范畴内去阐释和言说。中国传统文化是以"国家"和"集体"为核心的文化模式，并不看重个人主义，国家、民族代替了个人权利的诉求，所以严复、梁启超等维新派知识分子有意将卢梭的资产阶级启蒙思想转化为适合中国本土传统文化的形式，经过改造后的西方民主思想在中国更能被接受和认同，杂糅了中国传统儒家思想和18世纪法国启蒙思想，形成了维新派自己的政治观念。王尔敏在《晚清政治思想及其演化的原质》中这样概括晚清政治思想的特点：

> 关于晚清七十年间政治思想的中西成分，逐一地就每个孤立的概念加以考察，大致可以发现一个共通的现象。就是除了他们独立的创新观念之外，每当提倡和介绍西方的新思想时，往往混入中国传统的固有思想，两者渗合，十分自然，终至融会而不着痕迹[1]。

他指出晚清的政治思想是中西两种文化经过渗透和整合后而形成的新思想，带有中国传统思想和西方思想的痕迹和烙印。

中国小说中的西方形象"中国化"或者被称为"本土化"实际上是异质文化有效传播策略之一。因为与"自我"本土文化越是接近的"他者"文化，文化心理距离越近，越容易被中国人接受。这样的本土化叙事策略使得读者在阅读过程中减少异质文化陌生感，作者的道德观念、文化价值的取向更容易被读者接受。因此，文学作品中有意被"本土化"的西方形象仍旧

---

[1] 王尔敏：《晚清政治思想史》，广西师范大学出版社2007年版，第16页。

是作者传承"文以载道"的文学传统思想的叙事策略之一。

二　中国作家"西方主义"文化心理

中国晚清作家对于西方形象采用"本土化"的叙述策略体现了作家"西方主义"的文化心理。

1978年美国籍巴勒斯坦阿拉伯人著名学者爱德华·萨义德提出了"东方主义"之说,拓宽了学界的研究方法。东方学家认为:东方并非现实客观存在的东方,是西方人视野中的东方,是西方人以自己的思维方式建构了他们所认为的东方。这种被"虚构"或者"歪曲"的东方是西方人为"遏制"和"管理"东方文化和文明的工具。西方人始终认为非西方的文化和文明属于劣等地位。"东方主义"从文化层面来说是文化霸权主义的表现。

如果从理解"东方主义"的文化角度去理解中国作家塑造"西方形象"的文化心理,我们能否可以与"东方主义"相对的"西方主义"去理解东方人所书写的西方形象呢?

"西方主义"并非一个陌生的词汇。近十多年来,中外学者关于"西方主义"的讨论没有停止过。中国学者罗世品平2003年在其论文《东方主义与西方主义比较研究》[①]中对于"西方主义"做了比较详尽的理论综述。

依据萨义德的"东方学"理论,晚清小说中的西方形象是东方人对西方的认知再现。中国作家在书写西方的时候,自然会以东方为中心的自我文化想象来建构他们视野中的西方。由于西方的丰富性和复杂性,西方形象在小说文本中呈现出多样性。无论西方形象被赋予什么样的文学色彩,他们都无一例外表现出作者的政治意图和对异质文化的取向。

小说文本中的中西方并非都是简单的二元对立。由于晚清作家的人生经历迥异,他们对于西方的认知也就不同。在不同的作家笔下,不少故事情节中的中西方也进行了友好的对话和融合。中国作家或多或少地还原了西方在中国本土的真实面目,这与时代背景是一致的。即使在文化保守主

---

① 罗世平:《东方主义与西方主义比较研究》,《学术论坛》2003年第5期。

义吴趼人的作品中，他并没有对西方进行全面否定。虽然他塑造了很多具有负面形象西方人物，但对精良先进的西方器物还是表现出喜好和认同。这种文化心态与19世纪早期经世派知识分子相似，还是没有脱离"西体中用"的文化模式，仍然表现出自我文化中心主义，也就是前文所提的"西方主义"。通常，政治小说家以乌托邦式的想象将西方的政治体系作为民族意识的建构要素。

因此19世纪末20世纪初的中国作家并不像萨义德所描绘的"东方主义者"对"他者"进行任意诋毁和扭曲的思维方式，把一个活生生的东方想象成一个神秘怪异的地域和文化场域，而是在具体的时代背景下，在文本中与西方进行互动，对具有"他者"身份的西方做了较为真实的还原或者过分美好的想象和虚构，当然也避免不了对某些丑恶现象的诅咒和深刻批判。

比较文学形象学学者们认为，被美化的"他者"形象是形象建构者对异国理想化的想象。大部分中国作家对西方的感知并非亲身经历，而是靠报刊杂志的宣传或其它渠道得来的信息。面对中国社会转型时期的混乱局面，为了维持或者修正自我文化传统，他们以与自身相异的西方形象为书写对象，往往会着眼于西方的先进性和现代性，并企图借此来颠覆自身所处社会的愚昧和落后境况时，难免会将异国形象进行理想化的放大。但他们从情感上，还是站在自我文化立场上来舞动着具有"西方主义"的笔墨。

三 作家的文化利用

19世纪末20世纪初中国小说以书写形态各异的"西方形象"回应了中国现代性诉求的潮流。作家对于"西方形象"的文学书写正是中国文学现代性的体现，民族国家、救亡启蒙，科学幻想 这些意义宏大的关键词正是"西方形象"所呈现的现代性具体特点。小说中的"西方形象"以丰富的思想内涵和丰满的文学形象展示出一幅晚清社会现代化蓬勃发展的蓝图。中国知识分子对于西方形象的美化正是文化利用的结果。

19世纪中期以来，在西方外力的刺激下，中国社会内部经历了变革的疼痛，固有的社会秩序和文化模式被撕裂和颠覆，新质文化正在逐步形成。西方以"进步"为指向的社会文化是中国新型文化建立过程中不可回避的参照。

在鸦片战争初期，中国人对西方文化的态度和感受恰似"犹抱琵琶半遮面"般的害羞。到了"戊戌变法"失败后，维新派知识分子四处寻求救国之路，视西方文化为拯救民族苦难的良方；再到革命派下定决心推翻封建统治过程，取得了民主主义的胜利。近代西方无疑是中国社会发生一系列变革的外动力。西方文化之所以在近代中国有如此强大的生命力，由近代西方文化的特质与中国社会发展的现实需要所决定。中国社会利用西方文化主要体现在科学和民主的层面上，西方在近代中国的直接镜像就是从器物层面到思想观念层面的变迁。

中国经历了数千年的封建统治，虽然王朝频繁更替，但仍然保持一成不变的社会制度、经济和文化模式。18世纪后，处在世界格局范围内的中国不可能再继续保持原有的封闭状态，必须与其他民族和国家进行交流或对话。而18世纪后的欧洲经历了工业革命，以势不可挡的强权称霸世界，落后的中国注定成为已经崛起的西方帝国实现"帝国梦想"的"珍馐"。"变"与"不变"直接决定中国社会发展的轨迹，西方文化的价值取向恰好符合处在19世纪中期中国"经世致用"的文化思潮[①]。

作为部分呈现社会和历史的文学，"西方形象"中的西方器物形象，是西方在中国的最初直观呈现。中国人从官方到民间对西方器物的新奇和精良品质都表现出喜好的态度。西方器物和西方科学带给中国人的是一个全新、神奇的不可想象的新世界。中国人逐渐接受这种新的特质文化。残酷的竞争现实告诉中国人，西方的优势在于其占有先进的科学技术，要想与西方列强抗衡，必须学习西方科学技术，在这样的思潮影响下，中国思想界逐渐发生变化。西方形象所带来的"启蒙"功能发生了社会效应。

19世纪末的中日甲午战争标志着中国真正的觉醒，自认为的"泱泱大

---

① 杨联芬：《晚清至五四：中国文学现代性的发生》，北京大学出版社2003年版，第3页。

国"被新崛起的邻国日本打败的事实真正惊醒了企图以"西方科学"来富国强民的中国一代知识分子的美梦。科学不能救治"病入膏肓"的中国,只有社会变革才是"救亡"的有效渠道。西方政治制度和民主思想为中国维新改良派知识分子所借鉴,并且成为中国社会外来的思想力量。以借鉴西方资产阶级政治制度和民主思想使得中国资产阶级取得了"辛亥革命"的成功,结束了几千年的中国封建独裁统治。中国资产阶级政治制度和民主思想带有西方资产阶级制度和民主思想的深厚烙印,对"自由、平等、民主"等思想观念进行了本土化的改造,更符合20世纪初的中国社会现实。在小说中,被美化了的"西方人物形象"是中国知识分子社会精英对于理想化的西方资产阶级政治制度和民主思想观念的政治诉求的凸显。

在"启蒙"与"救亡"双重变奏的历史语境下,中国文学也参与了民族国家新文化的建构活动。新小说与社会的至关重要关系经过梁启超的鼓吹和宣传,小说的地位大大提高,扭转了对以娱乐为主,具有消遣功能的小说的简单认知和看法。身兼政治功能的"新小说"成为"启蒙"和"救亡"的社会工具,从另一方面来看,新小说以其广阔的社会内容和叙事方式,极大拓展了中国文学的聚焦视野和审美境界。新小说形象地囊括了一系列中国传统小说所不具备的社会新内容,近代西方的社会意识、思想观念、科学技术、知识体系以及现代生活方式都被新小说接受和认同,西方文学成为中国现代文学的标准范式。[①] 20世纪初的中国小说中的西方形象是作家们对文学现代性直接诉求的外在内容和形式的综合表现。在政治思想层面,被作家美化的"西方形象"在民族主义叙事中充当"救亡"和"启蒙"者的角色。新小说中开始出现单一的启蒙革命话语特点[②]。

[①] 杨联芬:《晚清至五四:中国文学现代性的发生》,北京大学出版社2003年版,第55页。

[②] [美]王德威:《没有晚清,何来"五四"?》,《被压抑的现代性——晚清小说新论》,北京大学出版社2005年版,第1页。

结　语

　　形象学是比较文学的重要研究领域之一，是在一国文学中对"异国"形象的塑造或描述。本书中所论述的"西方形象"是中国作家在中国文学作品中对"西方"的书写，重点探讨了作家塑造西方形象的社会、历史和文化原因。

　　"西方形象"虽是作者视野中的"他者"和"被注视者"，同时也是"自我形象"的镜像的呈现。也就是说，西方形象不仅反映出作家对西方的认识和理解，而且也是对自我的看法和认知。"他者"和"自我"、"看"与"被看"的辩证关系在两种不同的文化背景下形成了形象学研究的张力。作家视野中的西方形象不仅仅是作家通过文学手法对现实的复制或想象的虚构，而且是深受社会、历史、时代影响下形成的"社会集体想象物"。因此19世纪末20世纪初中国小说中的"西方形象"反映着中国社会、文化的内容和变迁，带有深深的时代烙印。

　　首先，"西方形象"是处于中国社会转型期的普遍社会现象。随着中西文化交流逐步加深，中国人视野中的西方发生了很大的变化，这个时代的中国小说中的"西方形象"与社会内容紧密相关。第一次鸦片战争后西方器物和西方人在中国随处可见，西方器物因为其新奇、精良、廉价等诸多实用特性，很快被中国人所接受和认同。第二次鸦片战争后，中国知识分子社会精英官绅阶层意识到学习西方制造先进器物的技能的重要性，朝廷兴起"洋务运动"，实现富国强兵自强之路。这一时期，对于西方的认识还仅仅停留在西方先进器物的层面上，西方科学技术为中国知识分子所崇尚。

结　语

　　70年代后，中西交流加强，一批知识分子亲临欧美西方各国，耳闻目睹西方社会的现实生活，他们带回了非常重要的有关西方国家真实的信息，有助于同时代的知识分子进一步了解西方。随着对西方的译介，越来越多有关西方社会制度优越性的信息业传递到中国，对于西方的认识逐渐从器物层面转向社会制度层面。甲午战争后，中国人真正被后崛起的东邻日本国的巨大变化所惊醒，30年学习西洋制造炮舰技术的强国梦被打败的事实所击碎，维新派知识分子意识到社会制度变革的紧迫性和重要性，西方社会的政治制度和民主思想被中国社会精英视之为救国良方。以严复、梁启超为代表的维新知识分子极力鼓吹西方政治制度和民主思想观念与中国社会变革的紧密关系。

　　1898年的"戊戌变法"失败也证明了西方政治制度和民主思想在中国现实社会受到的重重阻隔。梁启超独辟蹊径，依照19世纪西方文学的发展模式，发动了文学革命，用文学承担起"启蒙救亡"的社会目的。"新小说"承载起"新民"、"新国"的历史重任。20世纪初的小说成为启蒙救亡的工具，与社会紧密连接在一起，所以小说中的西方形象不仅仅是文学意义上的表达，更是社会内容的体现。

　　在西学东渐和中西文化发生强烈碰撞的历史语境下，中国社会看待西方的方式反映出中国知识分子自我审视的文化心理。中国知识分子在小说中塑造西方形象的文学艺术方式在很大程度上反映了作家独特的文化心理和民族情绪。小说文本中所描写的西方形象具有时代共性和作家独特的文化心理特点，这一点主要反映在作家对西方人物形象的书写。小说对西方人物的书写具有美化的特征，西方人物形象在中国被赋予"启蒙者"的社会角色，是作者视野下社会问题的拯救者，所以他们以"神性"的面目被中国作家所描绘，每一个启蒙者都以明晰的人物形象出现在文本里。另外一类模糊人物形象是社会小说家所选择的艺术加工手段。他们被统称为"外国人"或"洋人"，往往以负面的人物形象出现在小说故事情节中，这是作家民族情绪的痛苦记忆和情感宣泄。往往，这一类西方人形象最为真实和丰满，最贴近现实生活，所以艺术程度也最高。

"西方形象"不仅反映了中国人如何看待"他者"的方式,而且从另一方面也是对照西方形象行进"自我形象"的塑造过程。"自我形象"与"西方形象"之间具有互动性。"自我"注视"他者"的同时,反映出"自我"在"他者"视野中的形象,两者互为参照,形成对立和互补关系。

70年间,西方对中国的影响体现在社会政治、经济和文化各个不同领域。在不同历史阶段,言说不同的"西方形象",是作家对"自我形象"的审视。"西方器物形象"不仅呈现出其优于中国的高科技性能,而且还寄托了作家对中国本土器物的否定和对西洋器物美好一面的幻想。尤其在理想小说中作家勾画出未来中国的蓝图,对西方先进科技的崇尚,背后突出中国科学技术的落后。"西方人物形象"从最初明朝年间的"妖魔化"到19世纪末20世纪初的"美化"和"理想化"都反映出了中国人对"自我"形象认识的变化。在对西方形象"妖魔化"阶段,作家表现出中国人"天朝子民"中心的文化自大心理。"美化"和"理想化"西方圣贤或先哲人物形象实际上是对他者的崇拜,对与西方圣贤形象形成强烈对比中国人的现实忧虑。在西方政治制度和民主思想层面,反映出作家对近代西方先进的政治制度的艳羡和推崇,从另一面,也是对作家对自我民族的忧虑感的体现。

塑造"异国形象"不仅仅反映出中国作家的独特文化心理,而且是社会集体想象物的表现,时代赋予作家共同的文化气质。知识分子对"西方形象"的认识主要靠中西文化的交流。西学东渐在晚清时期蔚然成风,中国知识分子社会精英和西方传教士对西方文化各个层面的译介起到了非常至关重要的作用。没有对西方文化的译介,就不可能形成对西方具体形象的想象,最早可归于19世纪初来华西方传教士对于西方先进科技知识的介绍。他们通过办报纸杂志、兴新式学堂等方式对西方宗教、科技等西方知识进行传播。鸦片战争后,西方传教士陆续来华,带来了大量西方知识,到了19世纪60年代,"洋务运动"兴起,学习西洋技术,成为强国富民之重要途径,在兴办民族工厂企业里,雇用外国技师,购买西洋先进机器,同时创办京师同文馆等新式学校,培养翻译人才,增大了中西文化交流的

结　语

范围。随之，中国官员出使西洋各国，看到了真实的西方，带回了有关西方不同领域的信息，中西文化开始了直接对话。

甲午战争失败标志着"洋务"兴国梦的破灭，西方列强加大了瓜分中国的野心。在国难当头的危机关头，中国知识分子思索国家民族的前途，向西方仅仅学习先进的科技知识并不能挽救衰弱政权，只有改变中国社会的政治制度，才可能有效地挽救民族生死存亡的命运。这一时期，中国知识分子社会精英加大对西方19世纪启蒙思想的译介，西方政治制度和民主思想成为中国未来社会发展的蓝本。是中国知识分子对自由、民主的强烈渴望的表达。

中国社会处在动荡时代，知识分子仍以传统的文化心理关心着国家民族命运，无论是看重西方器物，美化西方圣贤，还是想象西方先进政治制度，都体现出对未来中国社会的深度关心和现状的焦虑。中西文化冲突之下，如何做好两种文化的融合和贯通，是晚清知识分子包括后来"五四"时期的知识分子都无法很好解决的问题。

总的来说，中国小说中的"西方形象"仅仅是一个展现19世纪末至20世纪初这一阶段的文学镜像。通过研究"西方形象"，可以折射出更广阔的社会内容和丰富的时代特征，具有跨文化特征的"西方形象"，从晚清到五四，乃至20世纪中国，都具有特定时代话语。

参考文献

专著：

1. 阿英：《晚清文学史》，南京：江苏文艺出版社 2009 年版。
2. 阿英：《说小说》，上海：上海古籍出版社 2000 年版。
3. 碧荷馆主人：《痴人说梦记·月球殖民小说·新纪元》，《中国近代小说大系》，南昌：百花洲文艺出版社 1989 年版。
4. 陈惇等编：《比较文学》，北京：高等教育出版社 1997 年版。
5. 陈国庆编：《晚清社会与文化》，北京：社会科学文献出版社 2005 年版。
6. 陈平原：《二十世纪中国小说史第一卷（1897—1916）》，北京：北京大学出版社 1989 年版。
7. 陈平原、夏晓虹编著：《二十世纪中国小说理论资料（1897-1916 年）第一卷》，北京：北京大学出版社 1989 年版。
8. 陈平原、夏晓虹编著：《图像晚清》，天津：百花文艺出版社 2001 年版。
9. 陈平原：《中国现代小说的起点 - 清末民初小说研究》，北京：北京大学出版社 2010 年版。
10. 单正平：《晚清民族主义与文学转型》，北京：人民出版社 2006 年版。
11. 方长安：《接受·选择·转化——晚清 20 世纪 30 年代初中国文学流变与日本文学关系》，武汉：武汉大学出版社 2003 年版。
12. 方汉奇：《中国近代报刊史》（上册），太原：山西人民出版社 1981 年版。
13. 冯天瑜等：《中华文化史》，上海：上海人民出版社 2005 年版。
14. 郭延礼、武润婷：《中国文学精神》（近代卷），济南：山东教育出版社 2003 年版。
15. 郭延礼：《近代西学与中国文学》，南昌：百花洲文艺出版社 2008 年版。
16. 郭延礼：《中国近代文学发展史》，北京：高等教育出版社 2001 年版。
17. 龚书铎：《中国近代文化概论》，北京：中华书局 2002 年版。
18. 荒江钓叟：《月球殖民地小说》，《痴人说梦记·月球殖民地小说·新纪元》，《中国近代小说大系》，南昌：百花洲文艺出版社 1993 年版。

19. 李伯元：《文明小史》，《中国近代小说大系》，南昌：江西人民出版社1989年版。
20. 李泽厚：《中国近代思想史论》，北京：三联书店2008年版。
21. 李泽厚：《中国现代思想史论》，天津：天津社会科学出版社2004年版。
22. 梁启超：《饮冰室合集》，北京：中华书局1985年版。
23. 林举岱：《英国工业革命史》，上海：上海人民出版社1957年版。
24. 刘巨才：《中国近代妇女运动史》，北京：中国妇女出版社1989年版。
25. 刘小枫：《沉重的肉身》，北京：华夏出版社2007年版。。
26. 鲁迅：《鲁迅全集》，北京：人民文学出版社2005年版。
27. 鲁迅：《中国小说史略》，武汉：长江文艺出版社2008年版。
28. 陆学艺、王处辉主编：《中国社会思想史资料选辑》晚清卷，南宁：广西人民出版社2007年版。
29. 孟华：《比较文学形象学》，北京：北京大学出版社2001年版。
30. 孟华：《中国文学中的西方形象》，合肥：安徽教育出版社2006年版。
31. 钱理群等：《二十世纪中国文学三人谈》，北京：北京大学出版社2004年版。
32. 容闳：《我在中国和美国的生活》（My Life in China and America），北京：团结出版社2005年版。
33. 沈炼之主编：《法国通史简编》，北京：人民出版社1990年版。
34. 时萌：《曾朴研究》，上海：上海古籍出版社出版1982年版。
35. 苏雪林：《苏雪林文集》（第三卷），合肥：安徽文艺出版社1996年版。
36. 《中国近代小说大系》，南昌：江西人民出版社1989年版。
37. 吴组缃等主编：《中国近代文学大系：小说集》，上海：上海书店出版1995年版。
38. 王晓秋：《近代中国与日本：互动与影响》，北京：昆仑出版社2005年版。
39. 王尔敏：《晚清政治思想史》，桂林：广西师范大学出版社2007年版。
40. 王尔敏：《弱国的外交—面对列强环伺的晚清世局》，南宁：广西大学出版社2008年版。
41. 王立新：《美国传教士与中国现代化》，天津：天津人民出版社1997年版。
42. 王洁群：《晚清小说中的西方器物形象》，湘潭：湘潭大学出版社2009年版。
43. 魏绍昌编：《孽海花资料》，上海：上海古籍出版社1982年版。
44. 魏绍昌：《吴趼人研究资料》、《李伯元研究资料》，上海：上海古籍出版社1980年版。
45. 夏晓虹：《阅读梁启超》，北京：三联书店2006年版。
46. 夏晓虹：《晚清女性与近代中国》，北京：北京大学出版社2004年版。

47. 向卿：《日本近代民族主义》(1868-1895)，北京：社会科学文献出版社 2007 年版。
48. 肖旭编：《社会心理学》，成都：电子科技大学出版社 2008 年版。
49. 熊月之：《西学东渐与晚清社会》，上海：上海人民出版社 1994 年版。
50. 薛正兴编：《李伯元全集》（第三卷），南昌：江西古籍出版社 1998 年版。
51. 杨联芬：《晚清至五四：中国文学现代性的发生》，北京：北京大学出版社 2003 年版。
52. 杨光辉等编：《中国近代报刊发展情况》，北京：新华出版社 1986 年版。
53. 颐琐：《负曝闲谈·黄绣球》，《中国近代小说大系》，南昌：江西人民出版社 1988 年版。
54. 郑师渠、史革新主编：《中国文化通史》晚清卷，北京：北京师范大学出版社 2009 年版。
55. 钟叔河编：《走向世界丛书》，长沙：岳麓书社 1984 年版。
56. 朱士嘉：《美国迫害华工史料》，北京：中华书局 1958 年版。
57. 曾朴：《孽海花》，上海：上海古籍出版社 1980 年版。
58. 张春帆：《九尾龟》，长春：时代文艺出版社 2003 年版。
59. 周宪：《中国文学与文化的认同》，北京：北京大学出版社 2008 年版。
60. 周宁：《永远的乌托邦——西方的中国形象》，武汉：湖北教育出版社 2000 年版.
61. 周宁：《去东方，收获灵魂——中华帝国的福音之路》，济南：山东画报出版社 2006 版。
62. 周宁：《想象中国——从"乌托邦"到"红色圣地"》，北京：中华书局 2004 版。
63. 邹振环：《西方传教士与晚清西史东渐：以 1815 年至 1900 年西方历史译著的传播与影响为中心》，上海：上海古籍出版社 2007 年版。
64. ［美］爱德华·W·萨义德著，王宇根译：《东方学》，北京：三联书店 1999 年版。
65. ［美］费正清、刘广京编，中国社会科学院历史研究所编译：《剑桥中国晚清史：1800—1911 年》（上下卷），北京：中国社会出版社 1985 年版。
66. ［美］勒内·韦勒克、奥斯丁·沃伦著，刘象愚等译：《文学理论》，南京：江苏教育出版社 2005 年版。
67. ［美］欧内斯特·梅、小詹姆斯·汤姆逊编，齐文颖等译：《美中关系史论——兼论美国与亚洲其它国家的关系》，北京：中国社会科学出版社 1991 年版。
68. ［美］李欧梵著，毛尖译：《上海摩登———种新都市文化在中国》，北京：北京大学出版社 2001 年版。
69. ［美］王德威著，宋伟杰译：《被压抑的现代性——晚清小说新论》，北京：

北京大学出版社 2005 版。

70. ［美］史景迁著，廖世奇等译：《文化类同与文化利用》，北京：北京大学出版社 1990 版。

71. ［美］James Phelan Peter J.Rabinnowitz 编，申丹等译：《当代叙事理论指南》，北京：北京大学出版社 2007 年版。

72. ［英］崔瑞德编，中国社会科学院历史研究所西方汉学研究课题组译：《剑桥中国隋唐史：589-906》，北京：中国社会科学出版社 1990 年版。

73. ［英］伊格尔顿著，王逢振译：《当代西方文学理论》，北京：中国社会科学出版社 1988 年版。

74. ［英］李提摩太著，李宪堂、侯林莉译：《亲历晚清四十五年——李提摩太在华回忆录》（FORTY-FIVE YEARS IN CHINA REMINISCENCES BY TIMOTHY RICHARD,D.D,Litt.D.），天津：天津人民出版社 2005 年版。

75. ［英］科林·琼斯著，杨保筠、刘红雪译：《剑桥插图法国史》，北京：世界知识出版社 2004 年版。

76. ［英］P.J. 马歇尔主编，樊新志译：《剑桥插图大英帝国史》，北京：世界知识出版社 2004 年版。

报刊：

《时务报》、《清议报》、《直报》、《新民丛报》、《浙江潮》、《万国公报》、《东方杂志》、《少年中国》、《新青年》、《新小说》、《绣像小说》、《月月小说》、《小说月报》、《新新小说》等。

论文：

1. 方国武：《晚清谴责小说作家的文化身份研究》，《阜阳师范学院学报》（社会科学版）2008 年第 3 期。

2. 耿传明：《"开明的保守派"——"谴责小说"作家群的文化性格考察》，《天津师范大学学报》（社会科学版）2006 年第 6 期。

3. 雷芳、李天福：《试论〈孽海花〉中的异国英雄形象》，重庆文理学院学报（社会科学版）2007 年第 2 期。

4. 李政亮：《亮丽的强国梦》，《读书》2006 年 11 期。

5. 李宏伟：《西学东渐的文化冲突及其反思》，《科学学研究》第 24 卷增刊，2006 年 8 月。

6. 李勇：《形象学的文化转向》，《人文杂志》2005 年第 6 期。
7. 林金水，吴巍巍：《传教士·工具书·文化传播——从〈英华萃林韵府〉看晚清"西学东渐"与"中学西传"的交汇》，《福建师范大学学报》（哲学社会科学版）2008 年第 3 期。
8. 刘勇强：《明清小说中的涉外描写与异国想象》，《文学遗产》2006 年第 4 期。
9. 刘永文：《西方传教士与晚清小说》，《明清小说研究》2003 年第 1 期。
10. 罗爱华：《晚清西方形象研究导论》，《淮阴师范学院学报》（哲学社会科学版）2010 年第 1 期。
11. 罗爱华：《观念背景下的西方形象》，《求索》2008 年第 10 期。
12. 马来平：《儒学和科学具有广阔的协调发展前景——从西学东渐的角度看》，《山西大学学报》（哲学社会科学版）2009 年第 3 期。
13. 沈潜：《近代社会变迁与曾朴的文化选择》，《苏州大学学报》（哲学社会科学版）2008年第1期。
14. 唐欣玉：《从"番妇"到"西方美人"：西方女性在晚清》，《中国比较文学》，2009 年第 3 期。
15. 王立新：《中国近代民族主义的兴起与抵制美货运动》，《历史研究》2000年第1期。
16. 王引萍：《从女性视角看〈黄绣球〉的人文价值》，《宁夏社会科学》2005年第1期。
17. 王学钧：《李伯元与"谴责小说"的兴起》，《江苏社会科学》2002 年第 5 期。
18. 王学钧：《中国小说：19 到 20 世纪的变革》，《南京大学学报》（人文科学、社会科学版）2000 年第 2 期。
19. 王国伟：《论吴趼人批判现实表达理想的杰作〈新石头记〉——兼论吴趼人的"文明专制"思想》，《岱宗学刊》2001年第1期。
20. 夏晓虹：《〈世界古今明妇鉴〉与晚清外国女杰》：《北京大学学报》第 46 卷第 2 期，2009 年 3 月。
21. 夏晓虹：《晚清女性典范的多元景观——从中外女杰传到女报传记栏》，《中国高等学校学术文摘：文学研究》2009 年第 2 期。
22. 谢兆树、方国武：《试析晚清小说中的两种启蒙文学形态》，《江淮论坛》2007 年第 2 期。
23. 尹德翔：《郭嵩焘使西日记中的西方形象及其意义》，《社会科学战线》2009 年第 1 期。

24. 尹德翔：《晚清使西日记研究：走出近代化模式的构想》，《湖北大学学报》（哲学社会科学版）2010年第6期。
25. 曾艳：《近代中国西方形象的建构与演迁——从妖魔化到理想化的言说》，《四川师范大学学报》（社会科学版）2008年第1期。
26. 朱德慈：《晚清小说家琐考》，《明清小说研究》2005年第1期。
27. 张颖：《什么是日本浪人》，《历史教学》1984年第8期。
28. 张箭飞：《风景与民族性的建构——以华特·司各特为例》，《外国文学研究》2004年第4期。
29. 张箭飞：《风景感知和视角——论沈从文的湘西风景》，《天津社会科学》2006年第5期。
30. 张巧玲：《启蒙与民族认同视野下的雅俗文学建构》，《社会科学家》2011年第2期。
31. 郑大华：《西学东渐：晚清从封闭走向开放的桥梁》，《河北学刊》2006年第6期。
32. 周宁，宋炳辉：《西方的中国形象研究——关于形象学学科领域与研究范型的对话》，《中国比较文学》2005年第2期。
33. 周宁：《乌托邦与意识形态之间：七百年来西方中国观的两个极端》，《学术学刊》2005年第8期。
34. ［德］狄泽林克（Hugo Dyserinck）著，方维规译：《比较文学形象学》，《中国比较文学》2007年第3期。

后　　记

　　拙著自构思到问世，历时十年，也算是十年磨一剑。它是我十年学术里程的一个标识，也是我二十七年象牙塔生活的一个总结。生命有限，学海无崖，它算是我学术成就的起始。

　　因自己才疏学浅，如履薄冰，书稿每读必改，也记不清改了多少次，可总难免不足和纰缪。当它呈现在同行面前，我仍然战战兢兢。十载岁月，对人生而言，弥足珍贵。按孔子对人生区段的计算，人生不足十个十年。我从而立到不惑，苦乐参半，拙著犹如我的孩子，分外宝贵。

　　回首过去，从读研算起，已不知不觉过去了十五个春秋，可谓弹指一挥间，无不让人感慨万千。十五年既短暂又漫长，十五年前牵着儿子的小手送他上小学，而今他已大学本科毕业，我也不是那个意气风发、毛手毛脚的年轻人了。唯一没变的是我的生活轨迹，教室、图书馆、阅读与写作。包括硕士研究生和博士研究生的求学，我一直步履在学术路上，不曾偏离，也不曾生分外之念。我不忘"业精于勤，荒于嬉。行成于思，毁于随。"（韩愈的《进学解》）的古训在这一段韶华里，我收获了知识，有过喜悦，也有过艰辛和泪水。总的来说，求学的那些日子，是我最平淡、安静、辛劳、快乐的时光，永远收藏在我的记忆里，伴随我一生。

　　我是在职的英文老师，2004年又成为全日制统考进校的硕士生，不同身份的我必须在讲台和书桌上随时转换自己的角色，一讲完课程，便马上赶到其他教学楼去听课。珞珈山校园不仅面积大，而且地形起伏不平，每天穿行在不同校区的教学楼之间，颇费体力。

　　读研的第一年，学习课程繁多，教学任务繁重。上午课间休息的十五分钟内，我必须奔跑在狮子山的樱顶老外文楼与东湖畔的"变形金刚"主教学楼之间，无论哪种性质的课堂我都不能迟到，哪怕是一分钟。一年穿梭在两个校区的爬坡和跑步经历锻炼了我的体能，考验了我的意志。为了不耽误工作和学习，我把上午的英语授课时间挪到下午13:15，火炉的江城夏日炎炎，教室里没有空调，只有嗡嗡作响的电风扇，老师和学生都汗流浃背，两堂课讲下来，自己已疲顿不堪，唯一支撑我的信念，就是一定要完成我的工作和学业。家庭的压力曾让我软弱过，也无助过，甚至落泪过，但我的导师徐康教授一直在我身边，鼓励我，爱护我，开导我，使我在学业和生活的路上坚持走了下来。两年后，我拿到了"双证"，那种发自内心的幸福感难以名状，犹如珞珈山夏日的凌霄花一般娇艳。恩师同我一样高兴，但此时她微笑着说："祝贺你获得了初步成绩"。她的话语和目光使我感到高瞻才能仰目，远瞩方可看云。

读博士的想法越来越强烈，但我的孩子尚小，不能远行，本学院又没有博士点，若要在本校读博，就面临跨专业的严峻挑战。为了实现夙愿，我在哲学和文学之间，选择了自己喜爱的中国现当代文学作为未来的研究领域。但喜好和研究是截然不同的概念，面对中国文学，我是一个门外汉，既迷茫不清，又渴望不已。选择后就必须行动。为了备考，我非系统地旁听过本科生和硕士生的中国古代文学、外国文学和中国现当代文学的课程，文学像一盏灯能点亮内心的希望，也像一部内燃机能转换为动力，文学可以填充人内心的空虚，释放心中的焦躁和彷徨。

在备考期间，我选择了去新疆大学支教，在天山脚下、草原如画的遥远地方，我重启了久违的象牙塔里静心读书生活。我一狠心将现实生活的全部担子托付给了我的父母亲，他们从千里之外的青藏高原来到武汉，和我那似乎永远加班、无止境忙碌的先生撑起了这个家，承担起抚养年幼儿子的重任。在新疆大学我把课余时间都用在了图书馆里，全然沉醉于书的海洋。工夫不负有心人。待我次年从西域归来，如愿以偿地考入年轻俊彦方长安教授的门下，开始了读博士的旅程。

由于是跨专业的学习，面临了诸多挑战和意想不到的艰辛。方老师为了塑造我，颇费苦心，对我进行严格的学术训练。他常说：学问最怕认真和勤奋，只要认真和勤奋，就没有做不好的事情。我是在导师不断的鼓励和鞭挞下，一步一步地迈入中国现代文学研究的大门。

没有想到的是，中文书面语言表达却成为了我的第一障碍。我认为自己具有双语的文化身份，语言只不过是一个转换而已，并非什么难事。然而，语言不仅是结构和修辞，还是思维习惯。母语国家的人未必能使用好母语，语言也是要经过专业训练。因此我经常受到两种语言的相互干扰，驾驭语言的能力常常力不从心，处于尴尬的境地。方老师曾经逐字逐句地、手把手地教我理清字句之间的逻辑关系，认真推敲每一个文字的表达准确性。在研究上，方老师根据我的特点，为我制定了符合我的培养方案。我自己除了阅读学术文章外，还坚持每天写点随笔，以提升中文的表述能力。在方老师的耐心指导下，我博士二年级就开始着手准备毕业论文，阅读小说文本，搜集史料，泡图书馆，晚上忙完家务后，每天坚持撰写一千字。在近两年快节奏的充实生活中，我如期完成了论文初稿。在最后修改文稿的几个月里，方老师要求我一边推敲论文、修改内容，一边打磨文字，我几乎没有一个像样的睡眠……。终于迎来了毕业论文答辩的时刻，我始终忐忑不安，登高履危。然而，毕业答辩结果出来后，我喜出望外。学生最大的愿望就是论文能得到专家的首肯，这是对我付出辛勤劳动的最好褒奖。

在学校授予学位的那一刻，我激动万分地接受李晓红校长的祝贺，当我接过证书，望着台下我的丈夫、我的妹妹、还有我初中一年级的儿子，我充满了无限的感激，双目湿润。他们对我的付出，对我的支持，是用语言无法表达的。唯一遗憾的是，我最亲爱父母却远在千里之外，未能参加。另外，我实现了对儿子的诺言，我曾在他儿时的成长日记里写到："我要成为你引以为骄傲的母亲"。这应该也是我人生中最幸福和荣耀的事情。

博士学位不是炫耀的资本，也不应该是通向仕途的敲门砖，而是学术生涯中的一个标记。因为研究文学，我的思想能力有了质的飞跃，明确了人生的方向和价值，明晓了做人做事的准则。它对我的生命质量和精神生活有着非凡的意义。

后　记

在书稿付梓之际，首先感谢我的诸位老师、学友以及帮助过我的所有人，尤其是我的好友贾女士，在她的鼓励和推荐下，促成我与中国社会科学出版社签约；还要感谢责任编辑陈肖静女士为本书付出的辛勤劳动和对我的关爱。

最后，以此书特别献给天国的父亲，愿之父含笑九泉！还有帮我操持家务的母亲，愿她康健喜乐！

2019 年 5 月 写于武昌珞珈山